DIANA
SCHWARTZ

*adventures
of love*

UNENDLICHE
SEHNSUCHT

ROMAN

Besuchen Sie uns im Internet:
www.knaur.de

Originalausgabe Januar 2015
Knaur Taschenbuch
© 2015 Knaur Taschenbuch
Ein Unternehmen der Droemerschen Verlagsanstalt
Th. Knaur Nachf. GmbH & Co. KG, München
Alle Rechte vorbehalten. Das Werk darf – auch teilweise – nur mit
Genehmigung des Verlags wiedergegeben werden.
Redaktion: Haus der Sprache – Momo Evers
Umschlaggestaltung: ZERO Werbeagentur, München
Umschlagabbildung: FinePic®, München
Satz: Adobe InDesign im Verlag
Druck und Bindung: CPI books GmbH, Leck
ISBN 978-3-426-51663-8

2   4   5   3   1

adventures of love

1. Letzte Ankunft

Bühne frei für den letzten Akt.

Ulli brummte zufrieden und wischte sich die vom Spülwasser nassen Hände an der Jeans ab. Mit einem letzten prüfenden Blick über die Schulter stieß sie die Schwingtür auf und verließ die Küche, um den Gastraum zu betreten. Auch hier war bereits alles perfekt, nichts mehr zu tun. Einer der sechs Tische aus hellem Kiefernholz war für vier Personen eingedeckt; Platzsets aus hellgrünem Stoff, dazu dezent blaugepunktetes Tongeschirr, perfekt abgestimmt auf die dunkelblauen Vorhänge und die robusten Zimmerpflanzen in grauen Übertöpfen auf dem Fenstersims.

Genug Landhausstil, um die Erwartung der Gäste einer Berghütte zu erfüllen, aber nicht so rustikal, dass Ulli es nicht ertragen hätte. Ihr Blick blieb an dem einzigen Bild im Raum hängen, einer knallbunten Comic-Collage des Motivs *röhrender Hirsch*. Sie konnte sich dieses verrückte Tier kaum ansehen, ohne zu lachen. Ein Bekannter hatte es vor zwölf Jahren bei der feierlichen Eröffnung des *Al-*

penglühen extra gezeichnet. Sie sollte das Bild mitnehmen, wenn sie die Hütte zumachte, denn es war nicht Bestandteil der Einrichtung, sondern gehörte ihr und Saskia – oder nur noch ihr, denn die Freundin hatte es nicht mitnehmen wollen.

Das Bild hatte der Einrichtung einen weiteren modernen Touch gegeben, und auch sonst fanden sich nirgendwo in der Hütte karierte Tischwäsche, Trockenblumen oder Rüschen. Darin waren sie und Saskia sich immer einig gewesen – wie in so vielen anderen Dingen auch. Der gemeinsame Traum zweier starker Frauen. Der Betrieb der Berghütte inmitten der Alpen mit sechzehn Schlafplätzen in vier Räumen für Wanderer und Mountainbiker. War dieser Traum nun endgültig ausgeträumt?

Ulli lächelte wehmütig, angelte sich ihre Sweatshirtjacke von der Rückenlehne eines Stuhles und trat nach draußen vor die Tür in den hellen Spätsommernachmittag. Der Schotter knirschte unter ihren Sohlen, ansonsten war es ungewöhnlich still.

Sie streifte sich die Jacke über und wanderte ziellos ein paar Schritte hin und her. Ihr war klar, was fehlte: das beständige Bimmeln der Kuhglocken, wenn sich die Tiere im Umkreis der Hütte auf die Suche nach den saftigsten Gräsern machten. Der Unterstand in Sichtweite des Hauptgebäudes lag verwaist; nur ein paar vertrocknete Kuhfladen und einige Bündel Stroh erinnerten daran, dass die kleine Herde überhaupt hier gewesen war. Ihr Besitzer hatte sie vorzeitig abgeholt, damit Ulli sich nicht auch noch um die Tiere kümmern musste, während sie die Hütte dichtmachte.

Endgültig dichtmachte und nicht nur das Gebäude winterfest für die nächste Saison hinterließ, wie sie sich ins Gedächtnis rief. Bei diesem Gedanken zog sie unbehaglich die Schultern zusammen und rief sich innerlich sofort wieder zur Ordnung. Schlechte Laune oder gar Schwermut waren Zeitverschwendung. Es war eine tolle Erfahrung gewesen, aber sie war nun bald Vergangenheit. So war das eben. Sie würde neue Herausforderungen finden.

Sie grinste über ihr eigenes Bemühen, die Melancholie fernzuhalten. Leichter gesagt als getan, denn sie liebte dieses Fleckchen Erde einfach über alles. Es war ihr im Sommerhalbjahr zur Heimat geworden, und sie wollte es nicht aufgeben. Doch ihr blieb keine Wahl. Saskia hatte eine Entscheidung gefällt, und das war auch ihr gutes Recht. Auf die Freundin wartete ein Leben an der Seite eines Traummannes am Ufer des Gardasees; da konnte Ulli sie kaum dazu zwingen, die Hütte weiterzuführen. Das würde ihr selbst schließlich auch nicht einfallen, wenn sie an Saskias Stelle gewesen wäre. Und sie gönnte es ihrer Freundin von Herzen.

Ulli umrundete das kleine Gebäude und ließ dabei die Hand über das rauhe Natursteinfundament des Hauses gleiten. Auf der Seite mit dem Blick ins Tal standen verwitterte Holzbänke, auf denen Wanderer am Ende des beschwerlichen Pfades die grandiose Fernsicht genießen konnten. Die Mountainbiker hatten es einfacher, zur Hütte zu kommen. Sie konnten auf den letzten Metern den sandigen Zufahrtsweg nutzen, der auch Ulli, ihren Range Rover und ihre verbliebenen Habseligkeiten in wenigen Tagen nach Bozen bringen würde.

In der Saison war hier die Hölle los. Ulli liebte den krassen Gegensatz, die Wanderer mit den quengelnden Kindern, die halbstarken Biker, die sich auf der Zufahrt Wettrennen lieferten, die rüstigen Rentner mit ihren Hüten und Wanderstöcken.

Und dagegen sonst nur Natur und Kühe, die Berge und die sanft gewellten Almen knapp unterhalb der Baumgrenze, schroffer grauer Fels und der endlose Himmel. Es gab weder Pisten noch Loipen in der Nähe, was zum einen bedeutete, dass die Landschaft weitgehend unberührt war, zum anderen aber den Betrieb der Hütte im Winter zu schwierig und unwirtschaftlich machte.

»Mist, verdammter!«, knurrte sie, ließ sich auf eine direkt am Haus stehende, lehnenlose Bank fallen und räusperte sich missmutig. Es fiel ihr schwer, sich einfach so kampflos zu ergeben. Aber sie hatte niemanden gefunden, der mit ihr gemeinsam weitermachen wollte, und allein konnte sie es nicht schaffen. Sie hatte darüber nachgedacht, es einfach zu versuchen und die Dinge auf sich zukommen zu lassen. Aber sie wusste aus Erfahrung, dass es nicht funktionieren würde. In den Sommermonaten brauchte sie eher noch eine dritte oder vierte Person. Zwar hatten Saskia und sie bislang immer Aushilfen gefunden, aber auch das war in den letzten Jahren schwieriger geworden. Sie konnten kaum etwas zahlen, und der Betrieb der Hütte hatte viel weniger mit Romantik als vielmehr mit harter und stressiger Arbeit zu tun. Die meisten warfen nach ein paar Tagen das Handtuch; eine Studentin war sogar eines Morgens einfach verschwunden.

Es ging nicht. Wenn sie selbst bei einer derart dünnen Personaldecke ein paar Tage krank wurde, würden die Gäste davonlaufen und ihren Unmut in Windeseile über das Internet verbreiten. Außerdem würden die Kühe verdursten. Nein, ohne Saskia funktionierte es einfach nicht. Zu zweit war man eben nicht allein.

Sollte es denn wirklich niemanden mehr geben, der ein bisschen verrückt und wagemutig vom zeitweiligen Ausstieg träumte? Jemanden wie sie? Erwachsen und vernünftig werden konnte man schließlich irgendwann später.

Ulli spähte den Weg entlang, der sich als helle Linie zwischen den grünen Almen im Schatten der umliegenden Berge hinaufschlängelte. Sie glaubte, ein paar dunkle, sich bewegende Punkte auszumachen. Das mussten sie sein, die allerletzten Gäste, drei junge Männer und eine Frau. Ungefähr eine Stunde würde jetzt noch vergehen, bis sie an der Hütte eintrafen.

Ulli zog die Knie an, umschlang sie mit den Armen, lehnte sich zurück und genoss die Restwärme der starken Mauern in ihrem Rücken. Fast einhundert Jahre stand das Gebäude, das als *Rifugio Enrosadira* in den Wanderführern eingetragen war, doch weil das italienische Wort der Doppeldeutigkeit nicht gerecht wurde, hieß es unter Kennern mit einem wissenden Augenzwinkern *Alpenglühen* – und auch sie übernahm diesen Namen mittlerweile oft, wenn sie ihren Gästen die Hütte vorstellte.

Sie hob das Gesicht und genoss den milden Wind auf ihrer Haut. Eine hellbraune Haarsträhne löste sich aus dem Zopf, zu dem sie ihr Haar wie üblich geflochten hatte, und kitzelte ihr über die Wangen. Sie zupfte an der

Strähne, wickelte sich das Haar um den Finger und lächelte still. Ja, sie sollte sich mit den schöneren Erinnerungen beschäftigen, nicht mit der ungewissen Zukunft. Mit der tieferen Bedeutung, die Stammgäste dem *Alpenglühen* eines Tages gegeben hatten, ohne dass sie oder Saskia dies zu Beginn beabsichtigt hatten.

Es hatte sich vielmehr einfach so ergeben.

Zum Beispiel mit Kyle, einem Australier, der jedem, ob er es hören wollte oder nicht, lachend erzählte, dass er auf *Work and Travel* Tour durch Europa wäre. Er war knapp zwei Wochen geblieben und hatte bewiesen, wie ernst er es mit der Arbeit meinte. Gegen Unterkunft und Essen hatte er nicht nur die Kühe versorgt, sondern auch Zäune ausgebessert, Holz gehackt und sich auf tausend andere Arten nützlich gemacht.

Eines Tages hatte Ulli ihn beim Holzhacken angetroffen und sich gewundert, dass er noch ein T-Shirt trug, obwohl es brüllend heiß gewesen war. Ulli grinste bei dem Gedanken daran, was folgte. Sie schloss die Augen, und der Wind streichelte sanft über ihre Wangen, während sie in der süßen Erinnerung dieses heißen Sommers versank.

»Wir sind hier nicht im Outback«, hatte sie ihm beruhigend erklärt, als sie ihn in der Sonne hatte schwitzen sehen, und ihm stattdessen eine Sonnencreme hingehalten. An Kyles Antwort mit seinem breiten Akzent erinnerte sie sich noch genau, und auch an das Funkeln in seinen Augen, das sie begleitet hatte: »Dann musst du mir den Rücken cremen.«

»Komm her«, hatte sie gesagt, ihn zu sich gewunken und dann ...

legte er das Spaltbeil neben dem Hackklotz ab und zog sich beim Näherkommen das T-Shirt über den Kopf. Sein dunkelblondes Haar hatte einen Rotstich; die Haut war ebenso hell, und an den Schultern erkannte sie den schwachen Schatten von Sommersprossen. Seine Brust war unbehaart.

Er faltete das T-Shirt ordentlich zu einem kleinen Bündel und legte es auf seinen Trecking-Rucksack.

Ulli hatte bereits etwas Sonnenmilch in ihren Händen verteilt, als er ihr den Rücken zuwandte und sich ein wenig bückte. Sanft begann sie, die weiße Creme einzumassieren. Sie fühlte die weiche Haut unter ihren Fingern. Kyle war zwar nicht dick, aber auch nicht muskulös, sein ganzer Körper strahlte diese sanfte Freundlichkeit aus, die ihm zu eigen war. Er weckte in Ulli spontan den Wunsch, sich anzulehnen und die Wärme seines Körpers zu genießen.

Sie träufelte noch etwas Sonnenmilch auf ihre Fingerspitzen, ließ mit leichtem Druck die Handflächen kreisen, tat, als gebe sie sich besondere Mühe, alles gut zu verteilen, und wollte in Wahrheit einfach nur nicht aufhören.

Es war eine Weile her, dass sie mit einem Mann zusammen gewesen war. Der Betrieb der Hütte hatte alle ihre Ressourcen beansprucht.

Kyle brummte überrascht und richtete sich ein wenig auf.

»Am Saum ist es besonders kritisch, da verbrennt die Haut sehr schnell«, erklärte Ulli ihm ungefragt und ließ ihre Fingerspitzen den Hosenbund seiner Jeans entlanggleiten. Sie war sich nicht sicher, ob sie sich traute, weiter zu gehen. Verstohlen schaute sie sich um. Sie waren allein, Gäste nicht vor dem Nachmittag zu erwarten und Saskia ins Tal gefahren, um Vorräte einzukaufen.

Was konnte passieren? Sie waren beide erwachsen. Kyle hatte nicht einmal eine Freundin, das hatte er vor ein paar Tagen erzählt. Und auch sie selbst war ungebunden, niemandem Rechenschaft schuldig über das, was sie tat.

Geschmeidig glitten ihre Finger über die Haut seiner Hüfte und an den vorderen Bund der Hose. Mit dem Daumen strich sie über den Knopf und verharrte schweigend.

Kyle erstarrte ebenfalls, aber er hatte zweifelsohne kapiert, was sie beabsichtigte, und er schien nichts dagegen zu haben.

Ulli lehnte den Kopf gegen seinen Rücken und sog mit einem wohligen Schaudern das Aroma seiner sonnenwarmen Haut ein, vermischt mit dem fruchtigen Duft der Creme. Wie von allein bewegten sich ihre Finger und öffneten die Hose. Als sie über die härter werdende Wölbung streichelte, ging Kyles Atem schneller. Er lehnte sich ein wenig nach hinten und legte seine Hände über die ihren.

»Du bist ... hungrig?«, flüsterte er.

»Ja.« Ulli versagte die Stimme, so nervös wurde sie. Wie kam sie dazu, einen Gast zu verführen? Sie zögerte, überlegte, wie sie einen eleganten Rückzieher machen konnte. Doch da ergriff Kyle ihre Hand und führte sie unter den Saum seiner Shorts. Ulli keuchte überrumpelt, als ihre Fingerspitzen seine heiße Haut streiften. Ohne weiter darüber nachzudenken legte sie die Hand um seinen Schaft und begann, ihn zu massieren. Kyle schloss die Augen und stöhnte zufrieden.

Ulli ließ alle Bedenken fahren. Sie schob seine Hose ein Stück nach unten. Seine Männlichkeit richtete sich auf und wurde unter ihren Fingern schnell hart. Kyle bewegte sein Becken, streckte sich ungeduldig ihrer Hand entgegen. Der Bann war gebrochen, alles Zögern dahin.

Sie drängte sich enger an ihn, rieb ihren Schoß an seinem Hintern; ihre Erregung wuchs mit jedem Moment und prickelte durch ihren Körper. Seine Haut roch nach Schweiß, Holz und Sommer, steigerte ihre Vorfreude darauf, ihn gleich in sich aufzunehmen. Immer schneller glitten ihre Finger über seine Haut, während sie ihre Wange an seinen Rücken presste. Erst jetzt wurde sie sich bewusst, dass sie selbst laut keuchte. Dabei hatte er sie noch nicht einmal berührt …

Wieder ergriff Kyle ihre Hand und zwang sie dieses Mal, innezuhalten. Behutsam löste er ihren Griff um seine Erektion und drehte sich um.

Ullis Blick wanderte von seiner Brust, die sich von seinem heftigen Atem hob und senkte, über seinen Bauch zu seinem harten Schwanz. Verdammt, der Kerl hat einiges zu bieten! Sie erschauderte und trat einen Schritt zurück. Dabei stieß sie mit den Oberschenkeln gegen die Werkbank hinter sich.

Kyle lächelte beruhigend und auffordernd zugleich, und einen Moment später wusste Ulli nicht mehr, wie er es geschafft hatte, ihr so schnell die Hose abzustreifen und sie auf die Werkbank zu setzen. Das rauhe Holz scheuerte unter ihrem nackten Hintern, als er ihr mit einer fließenden Bewegung die Beine spreizte und sich vor sie hinkniete. Gierig stieß er seine Zunge zwischen ihre feuchten Schamlippen. Ulli warf den Kopf zurück und hielt sich an der Kante der Werkbank fest. Am liebsten hätte sie vor Wonne laut aufgeschrien. Jede seiner Berührungen jagte ihr heiße Lust durch den Körper. Sie zitterte, war bereits viel zu erregt von seinen wenigen Berührungen, als dass sie seine Liebkosungen lange ertragen hätte. Tief tauchte seine Zunge in sie und saugte an ihrer Klitoris, bis sie es nicht mehr aushielt und seinen Kopf von sich stieß.

Kyle richtete sich auf. Um seinen Mund glänzte Feuchtigkeit. Er lächelte, und Ulli lehnte sich zurück. Sehnsüchtig beobachtete sie, wie er seinen Schwanz in die Hand nahm, ihn massierte und sich ihr quälend langsam näherte. Sie spreizte die Beine weiter, ruckte mit dem Becken nach vorn, zeigte ihm, dass sie bereit war, ihn aufzunehmen.

Endlich war er heran, ließ seine Erektion wie zufällig über ihren Kitzler streifen und drang sofort in sie ein. Seine Stöße waren hart, schnell und kurz.

Ulli spürte den Orgasmus, noch bevor Kyle richtig in ihr war, hielt sich an der rauhen Kante der Werkbank fest und ließ das köstliche Gefühl über sich hinwegrollen. Mit jedem Stoß steigerte er ihr Verlangen, und sie schrie auf, befreit und glücklich. Dann kam auch er, entlud sich mit einem letzten harten Stoß in ihr.

Befriedigt beobachtete sie, wie er sich zurückzog. Sein Glied zuckte noch, nass von ihren Säften.

Freundlich schaute Kyle sie an, lächelte und schwieg.

Auch Ulli war damals nichts eingefallen, was sie Passendes hätte sagen können, aber sie hatte gewusst, dass sie mehr wollte, viel mehr als diese kleine Nummer hinter dem Viehunterstand.

Und das war erst der Anfang gewesen.

Gedankenversunken schaute Ulli auf die überwältigende Kulisse der Berge, die sie so liebte. Kyle war der erste, aber lange nicht der letzte Gast gewesen, dem sie oder Saskia ein Bett abseits der Galsträume angeboten hatten. Oder auch sie *und* Saskia. Wie es sich eben ergab. Es war nie ein Problem gewesen – ein Blick, ein Wort, und sie hatten einander blind verstanden.

Ja, das waren gute Zeiten gewesen ...

Resolut schob sie diese wehmütigen Gedanken von sich. Die dunklen Punkte auf dem Weg hatten sich derweil tatsächlich als vier Mountainbiker entpuppt, die sich die letzten Meter den Wanderweg hinaufquälten und dann auf den Fahrtweg einbogen. Ulli erhob sich, um ihren Gästen ein Stück entgegenzugehen, als sie einen fünften Radfahrer sah, der ihr bisher gar nicht aufgefallen war. Er würde die Vierergruppe noch weit vor der letzten Kurve eingeholt haben.

Ulli blinzelte angestrengt, doch auf die Entfernung konnte sie nichts Genaueres erkennen. Ein einzelner Fahrer, der Statur nach ein Mann, doch Helm und eine dunkle Fahrradbrille verdeckten das meiste seines Gesichts. Ulli lächelte. Was sollte sie gegen einen weiteren Gast einzuwenden haben? Sie war gespannt, wer er war.

2. Ein unerwarteter Gast

Ulli wanderte gemächlich um die Hütte herum, um sich dort den Schlussspurt anzusehen. Sie konnte den Weg hier nicht weit überblicken, da eine letzte steile Serpentine den Blick versperrte.

Kaum war sie auf Höhe des schmalen Platzes vor dem Eingang der Hütte angelangt, schoss auch schon der erste Fahrer um die Kurve, trat wild in die Pedale und hielt mit Mühe die Spitzenposition.

Im nächsten Moment waren die anderen heran, auch der Fremde und selbst das Mädchen hielten auf dem Steilstück noch mit.

Beachtlich, dachte Ulli, *sie muss eine gute Kondition haben.* Eigentlich war das logisch, denn andernfalls hätten ihre drei Begleiter sie gar nicht erst mitgenommen. Ulli jedenfalls kannte kein Beispiel, bei dem gemischtgeschlechtliche Gruppen funktionierten, wenn die Frauen nicht einigermaßen mitkamen. Sobald die Leistungsunterschiede zu groß wurden, gab es nur Frust und Streit. Das hatte sie oft genug erleben müssen, wenn Paare, bei denen die Frau nur mitfuhr, um dem Mann einen Gefallen zu tun, gemeinsam auf Tour waren.

Kaum hatte Ulli diesen Gedanken zu Ende gebracht, fiel die junge Frau hinter den anderen zurück, und gleichzeitig gab einer ihrer Begleiter die Verfolgung auf.

Ulli lachte. Das war also der »Gentleman« der Gruppe, der sich aus Rücksicht auf seine Mitfahrerin zurücknahm, in Wirklichkeit aber froh war, wenn er eine Ausrede fand, um sich nicht verausgaben zu müssen. Diese Gruppen funktionierten einfach immer alle gleich.

Trotzdem wurde es jetzt interessant, weil die verbliebenen beiden Fahrer bemerkten, dass der Fremde nach der Kurve nicht nur aufgeschlossen hatte, sondern jetzt sogar zum Überholen ansetzte. Alle drei Fahrer hoben sich aus den Sätteln. Ulli konnte sogar das Krachen der Gangschaltungen hören. Hinter ihnen rief das Mädchen lachend etwas, worauf der vorderste Fahrer grimmig das Gesicht verzog.

Ulli stellte sich auf den Randstreifen und zeigte winkend auf den Boden, markierte damit eine imaginäre Ziellinie.

Im gleichen Moment blieb ihr fast das Herz stehen.

Der führende der beiden Fahrer aus der Gruppe schien seinen Sieg nicht so leicht aufgeben zu wollen und drängte den herankommenden Fremden an die Böschung ab. Dessen Rad bewegte sich gefährlich nah an der Kante des steil abfallenden Weges. Doch statt das Überholmanöver abzubrechen, lehnte sich der Fahrer mit dem ganzen Körper nach innen zu seinem Konkurrenten – und der versuchte ein weiteres Mal, ihn abzudrängen!

Beide waren inzwischen so nah, dass Ulli Einzelheiten ausmachen konnte. Der fremde Fahrer war wesentlich älter als seine Konkurrenten; trotzdem hielt er mühelos mit.

Viel entscheidender war jedoch die grimmige Anspannung in den Gesichtern der beiden. Das war jetzt kein Spaß mehr ...

Der zweite jüngere Fahrer hatte sich zurückfallen lassen und schrie etwas, während er mit der flachen Hand vor seinem Gesicht wedelte, um anzuzeigen, wie bescheuert er das Verhalten der beiden fand. Wenigstens einer, der erkannte, wie riskant die beiden fuhren.

Kies platzte unter den Reifen weg und kullerte die Böschung hinunter. Ulli hielt den Atem an und fluchte leise. Jeden Augenblick erwartete sie, dass der Radfahrer abrutschte und stürzte, oder sogar beide die Balance verloren.

Da riss der ältere Fahrer seinen Lenker mit einem Ruck nach innen und gab seinem Konkurrenten gleichzeitig einen harten Stoß mit der Schulter. Der Jüngere kam ins Schlingern und musste ausweichen, wenn er das Gleichgewicht nicht verlieren wollte.

Das reichte: Der Weg war frei.

Der ältere Fahrer schaltete ein letztes Mal und trat kraftvoll in die Pedale, gewann jetzt Meter für Meter an Boden. Ulli sah die Anspannung in seinem Körper – von den kräftigen Oberschenkeln bis zu dem verbissenen Zug um den Mundwinkel, obwohl der Sieg nun klar und deutlich vor ihm lag. Mit mehreren Radlängen Vorsprung überfuhr er die »Ziellinie«, blieb direkt danach stehen, beugte sich schwer atmend über seinen Lenker und nahm den Helm ab. Volles silbrig glänzendes Haar kam darunter zum Vorschein.

Verstohlen ließ Ulli ihren Blick tiefer gleiten, bewunderte den straffen Oberkörper des Siegers in dem enganliegenden Trikot. Schweiß glänzte auf der nackten Haut an Armen und Waden, doch insgesamt sah der Kerl nicht so aus, als hätte ihn dieser Sieg seine letzten Reserven gekostet. Seine selbstsichere Haltung zeigte vielmehr, dass er es gewohnt war, in allen Bereichen zu gewinnen – und sich dessen bewusst war.

Ulli schluckte ihre Empörung über sein riskantes Überholmanöver hinunter. Schließlich hatte sie mit der Definition der »Ziellinie« selbst ihren Teil dazu beigetragen, den Wettbewerb anzuheizen. Nach all den vielen Jahren, die sie gerade die männlichen Gäste der Hütte hier hinauffahren sehen hatte, hätte sie es besser wissen müssen.

Nun bremsten auch die beiden jüngeren Verfolger neben Ulli ab, dass der Schotter zu allen Seiten spritzte.

»Pech, Jul, hast mal wieder einen Meister gefunden!«, rief der Größere von beiden lachend, stieg vom Rad und nahm seinen großen Trekkingrucksack vom Rücken. Sein Freund tat es ihm gleich und knurrte dabei missmutig: »Kein Wunder. Hast du das Fahrrad gesehen? Sechstausend Euro, mindestens. Und im Gegensatz zu uns hat der Typ kaum Gepäck dabei.«

Juls Freund lachte. »Jetzt hab dich nicht so. Verlier wie ein Mann!«

Der Fremde war ebenfalls abgestiegen und kam auf die Gruppe zu. Er schien die letzten Worte gehört zu haben und winkte spöttisch grinsend ab. »Ich bin ja auch den

Fahrtweg hinaufgekommen. Aber du kannst gern eine Revanche haben. Grüngemüse wie dich putz ich jederzeit von der Strecke.«

Bevor der harmlose Wortwechsel sich zu einer handfesten Rivalität auswachsen konnte, hob Ulli beide Hände und trat auf die Männer zu. Inzwischen waren auch die letzten beiden heran und bremsten hinter den anderen. »Bevor ihr euch für weitere Wettrennen verabredet, würde ich euch lieber erst einmal im *Alpenglühen* willkommen heißen. Ihr seid die Gruppe, die die Übernachtung gebucht hat, oder? Wer von euch ist denn Max Braumann?«

»Ich. Hallo! Du bist Ulrike Bönninger? Wir haben telefoniert. Freut mich!« Es war der Größere der beiden, der seinen Kumpel aufgefordert hatte, die Niederlage sportlich zu nehmen. Er nahm seine dunkle Fahrradbrille ab und streckte Ulli freundlich lächelnd die Hand entgegen.

Der, den er Jul genannt hatte, tat es ihm mit einem missmutigen Seitenblick auf den Fremden nach; die anderen winkten ihr freundlich zu. Der fünfte Gast jedoch trat zögernd an Ulli heran, während er sein Rad neben sich herschob. »Übernachtung buchen? Hätte ich reservieren müssen, um hierzubleiben?«

»Manchmal ist das besser, vor allem in der Hochsaison«, entgegnete Ulli freundlich. »Du hast nämlich Glück: offiziell ist die Hütte seit 15. September geschlossen. Ich bin aber noch bis Ende des Monats hier oben, und wer Quartier sucht, wird nicht abgewiesen. Aber wie du siehst, sind außer euch keine weiteren Gäste mehr da. Du kannst also sogar ein Zimmer für dich allein belegen.«

»Da sag ich nicht nein. Bennett Johannson aus Hamburg«, stellte er sich vor und gab Ulli ebenfalls die Hand.

»Dann auch dir herzlich willkommen. Du kannst mich Ulli nennen. Passt auf, hier links hinter dem Haus ist ein Unterstand, dort könnt ihr eure Bikes abstellen. Falls ihr Bedenken habt, sie über Nacht draußen zu lassen, könnt ihr sie auch mit ins Zimmer schleppen. Seit ich die Hütte leite, hat sich aber noch niemand hierhin verirrt, um Fahrräder zu klauen.«

Die Gäste nickten zustimmend, sahen sich erstmals richtig um, und Ulli bemerkte, wie sie realisierten, dass sie das Etappenziel für den heutigen Tag erreicht hatten. Erleichterung und Stolz mischten sich auf ihren Gesichtern mit Erschöpfung, und Ulli, die diesen Vorgang schon kannte, lächelte verständnisvoll: »Ich mach gleich das Abendessen fertig. Im ersten Stock sind die Zimmer. Schaut einfach, in welchem die Betten bezogen sind. Bennett, dir mach ich noch eines der freien Zimmer fertig. Duschen könnt ihr oben im Bad oder einmal durch den Gastraum neben der Sauna. In einer Stunde könnt ihr essen.«

»Klasse, danke!«, rief Max.

Bennett hob nur wortlos den Daumen in die Höhe.

»Sauna?« Jul hielt inne, wandte sich noch einmal um und wischte sich eine Haarsträhne aus der Stirn.

Ulli lachte über seinen verdutzten und zugleich sehnsüchtigen Gesichtsausdruck. »Das lohnt sich leider nicht mehr, die heute Abend in Betrieb zu nehmen. Wenn ihr morgen fahrt, versetze ich hier alles in den Winterschlaf, und dann ist in ein paar Tagen offiziell Schluss mit dem *Alpenglühen*. Für immer.« Für die letzten Worte hätte sie sich am liebsten auf die Zunge gebissen. Das fehlte noch, dass sie vor Gästen ihr Herz ausschüttete!

»Schade.« Jul zuckte mit den Schultern und ging weiter.

Seine Begleiterin hingegen blieb bei Ulli stehen und gab ihr nun auch die Hand. »Ich bin Isa. Danke auch für den tollen Empfang. Machst du das hier alles ganz allein?«

Ulli schüttelte bedauernd den Kopf. »Allein schaffst du das hier oben nicht. Wir waren zu zweit, und im August hatten wir meistens noch eine Aushilfe. Aber meine Partnerin ist ausgestiegen.«

Isa blickte sich aufmerksam um, und Ulli erkannte in ihren glänzenden Augen, dass auch die junge Frau spürte, was Ulli selbst all die Jahre täglich empfunden und so sehr genossen hatte: Die weite Aussicht auf die Berge, die die Alm mit der Hütte umrahmten, so dass man sich klein und fern und doch dem Himmel so nah fühlte. Die sanften Wiesen, die sich bis an den Waldrand mit den hohen Lärchen erstreckten. Scheinbar harmlos funkelten sie im Sonnenlicht, aber wer einmal in den Bergen von einem Wetterumschwung überrascht oder in ein Gewitter geraten war, der wusste um die unterschwellige Gefahr dieses Paradieses. Die Berge und das Leben in dieser Höhe waren selbst in einer Zeit, wo mancher Wanderweg mit den Menschenmassen zur Autobahn wurde und die Bergrettung in Windeseile mit einem Hubschrauber zur Stelle sein konnte, eine Herausforderung; und manch einer, der sie auf die leichte Schulter nahm, hatte seinen Irrtum bereits mit dem Leben bezahlt. Ulli hatte zweimal erleben müssen, wie leichtsinnige Wanderer mit falschem Schuhwerk und einem ungesunden Maß an Selbstüberschätzung gerettet werden mussten, und das reichte ihr vollkommen.

Isa, das erkannte sie deutlich, war sich der Schwierigkeiten trotz aller Faszination bewusst. Einen Moment sah Ulli sich selbst da stehen, als sie die Schlüssel zum *Alpenglühen* von ihren Vorgängern übernommen hatte. Sie war nur wenige Jahre älter als Isa gewesen.

»Das muss toll sein, hier die gesamte Saison zu leben. Sicherlich ist es manchmal hart, aber dieser Ausblick … das wiegt eine Menge auf«, murmelte die junge Frau.

»Ich hätte noch Bedarf an einer Co-Wirtin«, sagte Ulli leichthin und kam sich zugleich lächerlich vor, als sie merkte, wie gleich wieder die Hoffnung in ihr aufkeimte. Als ob eine Wildfremde, die ein paar nette Worte über ihre Hütte sagte, ihre Rettung sein könnte! Auf der anderen Seite: Wer wusste schon, ob es nicht doch noch einen Ausweg vor der endgültigen Schließung gab?

»Das wäre toll, ganz sicher.« Isas Lachen brach Ullis Anspannung. »Aber ich sollte wohl erst einmal mein Studium beenden. Ich bin im letzten Semester vor meiner Bachelorarbeit. Das schmeiß ich ganz sicher nicht einfach über Bord. Und was passiert im Winter? Was machst du im Winter?«

»Ach so, ja.« Ulli machte eine vage Handbewegung. »Ich bin Skilehrerin in einem Hotel in Bozen. Also bleibe ich der Bergwelt zumindest in dieser Zeit erhalten, was immer der nächste Sommer bringen wird.«

»Wow, daher deine sportliche Figur!« In Isas Stimme schwang ehrliche Bewunderung, und Ulli lächelte geschmeichelt. Die junge Dame gefiel ihr, und sie fühlte sich ihr auf eine angenehme Art verbunden.

»Die Wirtin dankt«, gab sie lachend zurück. »Und gibt einen Rat dazu: Ich würde mich an deiner Stelle beeilen. Sonst haben die Herren der Schöpfung gleich alle Duschen belegt.«

Seufzend verdrehte Isa die Augen. »Meine drei Jungs machen aus allem einen Wettbewerb. Da komme ich lieber zu spät zum Essen, als dem siebenundachtzigsten Schwanzvergleich des Tages im Weg zu stehen.«

»Aha.« Ulli grinste belustigt.

Isa schien das falsch zu verstehen und schaute verlegen zu Boden. »'tschuldigung für diesen Ausdruck. Ist aber so. Wir sind seit fünf Tagen unterwegs, und langsam ist es echt ein wenig anstrengend.«

Ulli klopfte ihr beruhigend auf den Unterarm. »Mach dir keine Sorgen. Ich verstehe genau, was du meinst. Aber jetzt haben sie ja einen zusätzlichen Konkurrenten.«

»Das wird sie eher anstacheln.« Isa zuckte mit den Schultern. »Aber na ja ... eigentlich ist es ganz unterhaltsam und macht Spaß. Nur manchmal wünsche ich mir eine Verbündete. Die eine Hälfte der Zeit vergessen sie, dass ich dabei bin, und führen *Männergespräche*, die ich nicht hören will, und die andere Hälfte buhlen sie um meine Aufmerksamkeit. Verstehst du, was ich meine?«

»Nur zum Teil. Aber ich leihe dir gern den ganzen Abend ein offenes Ohr. Besonders der Teil mit den Männergesprächen interessiert mich.« Ulli zwinkerte ihr zu und reizte Isa zu einem weiteren Lachen. Dann verabschiedete sie sich in Richtung Küche, um sich um die deftige Kartoffelsuppe zu kümmern.

★

Ulli schaute sich aufmerksam in der Küche um, während sie in der Suppe rührte. Still lächelte sie vor sich hin, weil sich wieder einmal ungefragt eine Erinnerung aufdrängte. Dort drüben, vor der Anrichte mit dem Frühstücksgeschirr, hatte es Saskia erwischt, und das konnte man durchaus wörtlich verstehen.

Eines Morgens, vor etwa einem halben Jahr, war Ulli ahnungslos in die Küche gekommen und hatte ihre Freundin in Ricos Armen erwischt – ganz in einem leidenschaftlichen Kuss versunken. Die beiden hatten sie gar nicht kommen hören. Erst als Ulli sich geräuspert hatte, weil sie sich das Lachen nicht mehr verbeißen konnte, waren die beiden erschrocken auseinandergefahren und hatten sich verlegen wie Teenager zu ihr umgesehen.

Saskia war das vor allem und ausschließlich deshalb peinlich, weil sie abends zuvor noch behauptet hatte, nichts für Rico zu empfinden. Er war ein Freund aus Kindertagen, der Sohn eines Hoteliers in Limone am Gardasee, den sie zufällig nach vielen Jahren wiedergetroffen hatte. Sie hatte Rico, inzwischen Inhaber des Familienbetriebs, in der festen Absicht angeschleppt, ihn mit Ulli zu verkuppeln, weil er gut zu ihr passen würde. Von Beginn an hatte Ulli gedacht, dass vielmehr das Gegenteil zutraf: Rico war eher Saskias Typ. Der Italiener war ihr zwar grundsätzlich sympathisch gewesen, doch es war nicht der kleinste Funke zwischen ihnen übergesprungen.

So war es anders gekommen, und das war völlig in Ordnung so. Ulli hatte nie etwas davon gehalten, dass Saskia ihr einen Mann auswählte, zumindest nicht, um sich verkuppeln zu lassen. Über solche Dinge wollte sie lieber selbst entscheiden.

»Kann ich dir helfen?«

Die Stimme riss Ulli aus ihren Gedanken, und sie fuhr herum. Max hatte den Kopf durch die Schwingtür gesteckt und sah sich neugierig in der Küche um, wagte jedoch nicht, hineinzukommen.

Ulli überlegte kurz, während sie begann, das Brot aufzuschneiden. »Nein, eigentlich nicht, es ist alles so weit fertig. Aber du kannst reinkommen und mir Gesellschaft leisten.«

Ihr fiel auf, wie sehr sie sich nach einem Gespräch sehnte. Ohne Saskia war es nicht dasselbe. Diese Einsamkeit war einfach nichts für sie. Dabei war sie erst seit drei Tagen ganz allein hier oben, und sie hätte zu den Gampers gehen können, die kaum einen strammen Fußweg entfernt eine Molkerei betreiben. Aber die beiden Betreiber, Vater Antonio und Sohn Giovanni – oder besser Johnny –, waren im Moment gut beschäftigt, auch ohne dass Ulli ihnen auf den Füßen herumstand.

Max zögerte. »Darf ich denn in die Küche?«

»Bin ich die Chefin von dem Laden hier? Wer sonst will dir das verbieten?« Ulli grinste. »Nein, ganz im Ernst, kein Problem. Der vordere Teil ist sogar für Selbstversorger. Wenn ich für jeden Gast, der morgens in aller Herrgottsfrühe aufbrechen möchte, mit aufstehen würde, bekäme ich vermutlich gar keinen Schlaf mehr. Außerdem muss ich nicht auf den letzten Metern pingelig werden.«

»Ja, stimmt.« Max war herangetreten und griff, ohne noch einmal zu fragen, nach den angerichteten Käse- und Aufschnittplatten, um sie in den Gastraum zu tragen.

Ulli schmeckte die Suppe ab. Noch ein wenig Sahne und Pfeffer, dann war sie perfekt. Dem Urteil der Gäste nach konnte sie nicht die schlechteste Köchin sein.

Da Max bei seiner Rückkehr nichts entdeckte, was er sonst noch tun könnte, schob er die Hände in die Taschen seiner bequemen Trainingshose und lehnte sich an ein Küchenboard. »Isa hat mir erzählt, dass du hier komplett dichtmachst, sobald wir weg sind?«, fragte er.

Ulli nickte stumm und beobachtete den jungen Mann aus den Augenwinkeln. Er war fast eineinhalb Köpfe größer als sie, und seine Schultern waren breit und kräftig. Sein dunkelblondes Haar war beinahe so kurz wie die dichten Stoppeln seines struppigen Dreitagebartes. Eigentlich sah Ulli es lieber, wenn Männer ihr Haar länger trugen – zumindest auf dem Kopf. Aber Max stand dieser etwas militärisch anmutende Schnitt hervorragend und bildete einen interessanten Kontrast zu den ruhig dreinblickenden Augen unter den dichten Brauen.

»Und dann?«

»Wie bitte?« Ulli schreckte aus ihren Gedanken auf und bemerkte, dass sie seine Frage noch gar nicht beantwortet hatte.

»Was machst du, wenn du die Hütte nicht mehr betreibst?«

»Ich weiß es nicht«, gab sie mit wesentlich mehr Gelassenheit zu, als sie verspürte. »Ich kann es immer noch nicht ganz glauben, dass ich nächsten Sommer wirklich nicht wiederkomme. Die Hütte hat jedenfalls bisher keinen neuen Pächter und wird nicht wiedereröffnet.«

Und ich klammere mich an die Möglichkeit, dass immer noch ein Wunder geschieht, ergänzte sie stumm.

Max lächelte aufmunternd. »Du findest eine neue Lösung, da bin ich sicher.«

»Ja, ich weiß. Ich sollte mich nicht so hängenlassen. Aber es fällt mir verdammt schwer, und ich drehe mich seit Tagen nur im Kreis.« Sie biss sich erschrocken auf die Lippen und starrte verbissen in den Kochtopf, während sie noch etwas Sahne unterrührte. Jetzt heulte sie auch noch bei Wildfremden herum, das ging deutlich zu weit!

Da legte sich plötzlich ein Arm um ihre Schultern. Ganz einfach so, ohne Worte. Und sie merkte, wie gut das tat. Sie lehnte sich ein wenig zurück, schloss die Augen und genoss die Nähe des großen Mannes, der ihr ganz selbstverständlich etwas Trost spendete. Das Bild eines märchenhaften Riesen kam ihr in den Sinn, den alle wegen seiner Größe fürchteten, obwohl er in Wahrheit nur freundlich zu allen sein wollte.

Sie spürte ihre alte Tatkraft zurückkehren, ergriff die Hand an ihrer Schulter und drückte sie kurz, ehe sie sie resolut zurückschob. Die Bewegung jagte ihr einen kleinen wohligen Schauer über den Rücken.

»Danke«, murmelte sie, wandte sich um und lächelte zu Max hinauf.

Er zuckte kurz mit den Schultern, schwieg jedoch. Kurz bevor er sich abwandte, erhaschte Ulli einen letzten Blick in sein Gesicht. Seine Augen glänzten erwartungsvoll und zugleich ein wenig verschämt. Diesen Blick kannte sie. Sie wusste nach all den Jahren um ihre Wirkung auf Männer – und auf die ein oder andere Frau –, ganz gleich, welchen Alters. Max hatte Lust auf ein Abenteuer, und er würde sich mit ihr einlassen, sobald sie ihm den kleinsten Hinweis gab, den ersten Schritt zu tun. Auch er war sich dessen bewusst, und noch war es ihm unangenehm, da er nicht wissen konnte, ob und wie sie auf eine Annäherung reagieren würde.

Der Beginn dieses uralten Spiels machte Ulli jedes Mal aufs Neue riesigen Spaß. Den Flirt zu wagen, kleine Zeichen zu geben und doch nicht von Anfang an zu viel zu versprechen, damit keiner der Herren dachte, sie wäre leichte Beute. War sie auch nicht. Offen zu sein hieß schließlich nicht, jede Gelegenheit mitzunehmen. Tatsächlich war sie in den letzten Jahren sogar eher wählerischer geworden.

Ulli wandte sich vom Herd ab und nahm eine der beiden bereitstehenden Schüsseln, um die Suppe abzufüllen. »Kannst du die rausbringen? Ich komme dann gleich mit dem Brot. Wer da ist, kann schon anfangen.«

»Na klar.«

Max war so verdammt jung, könnte beinahe ihr Sohn sein. Junge Männer waren interessant – und es schmeichelte Ullis Ego, wenn sie sich auf sie einließen. Warum sollte sie das nicht zugeben? Aber junge Männer waren auch häufig einfallslos oder trauten sich nicht, ihrer Kreativität freien Lauf zu lassen. Oder lag das an ihr, an ihrem mit der Zeit und der eigenen Erfahrung gewachsenen Anspruch?

Ulli stellte den Herd ab, griff nach dem Brotkorb und folgte Max in den Gastraum. Dort saß Isa neben dem dritten jungen Mann, der sich ihr, ehe er sein Zimmer bezog, als Giannis vorgestellt hatte, und tippte versonnen lächelnd auf ihrem Smartphone. Bennett stand, die Hände in den Hosentaschen einer leichten Wanderhose vergraben, am Fenster und blickte hinaus.

Vielleicht ist er der Grund, aus dem ich Max keine falschen Hoffnungen machen möchte, dachte Ulli bei sich. Erst jetzt wurde sie sich des aufgeregten Flatterns in ihrer Magengrube bewusst. Bennett war der Mann, der vom ersten Augenblick an ihre Aufmerksamkeit gefesselt hatte. Und er war leider auch der Mann, der sie – ihre Funktion als Almwirtin ausgenommen – noch keines Blickes gewürdigt hatte.

»Hey, Max oder Giannis, könnt ihr mir grad mal helfen?« Jul steckte den Kopf durch die Haustür in den Gastraum. »Ich hab zwei Räder beim Unterstellen verkeilt, und allein krieg ich das nicht gelöst.«

»Ich komme«, riefen die Angesprochenen und sprangen auf, während Ulli in die Küche zurückkehrte. Als sie kurz darauf durch den Spalt der Schwingtür spähte, um zu sehen, ob nun alles zum Essen bereit war, sah sie, dass Isa und Bennett noch immer allein im Gastraum waren. Bennett hatte sich Isa genähert und spähte ihr neugierig über die Schulter.

»Was ist so interessant an dem Ding?«, fragte er.

»Ach, eigentlich gar nichts.« Isa lachte. »Ich chatte mit ein paar Freundinnen zu Hause, aber die meiste Zeit habe ich kaum Empfang.«

Bennett setzte sich auf den Stuhl neben sie. »Ich dachte, man macht Urlaub, weil man mal abschalten und anderes, Neues kennenlernen will.«

Ulli schluckte trocken. Isa war zu abgelenkt, doch für sie selbst war die Botschaft sonnenklar. Bennett saß in selbstbewusst-lässiger Haltung auf dem Stuhl, eine Hand ruhte auf dem Innenschenkel seiner leicht gespreizten Beine. Beiläufig strich er sich über die Hose.

Isa lachte laut und hob das Gerät in die Höhe. »Hier zum Beispiel ist ein Foto, das ich eben bekommen habe. Das ist der Kater meiner Freundin in der Yucca-Palme. Das Tier ist irre, aber da du ihn gar nicht kennst, muss er für dich total langweilig sein.«

»Ach, wieso?« Bennett schmunzelte, beugte sich zu Isa und tat, als wolle er auf ihr Display schauen, doch Ulli sah, wie er die Gelegenheit nutzte und das Aroma von Isas nackter Haut an ihrem Nacken einsog. Sie zuckte kurz, weil sein Atem ihre Haut streifte, bemerkte seine Annäherung jedoch nicht.

Ulli knurrte lautlos. Sie hatte genug. Dass die beiden anbandelten, war das eine, aber musste das ausgerechnet genau vor ihren Augen passieren? Das hier war immer noch ihr Revier.

Mit Wucht stieß sie gegen die Tür und registrierte zufrieden, wie Bennett rasch zurückwich, und tat, als wäre nichts gewesen.

»Hey, könnt ihr den kleinen Tisch noch ranschieben? Oder willst du allein sitzen, Bennett?«, rief Ulli mit gespielter Fröhlichkeit.

Er wandte sich ihr zu und lächelte unverbindlich. »Und auf charmante Gesellschaft verzichten? Kommt nicht in Frage.« Dabei fiel sein beiläufiger Blick auf Isa, die nach wie vor mit ihrem Handy beschäftigt war.

Ulli biss sich unauffällig auf die Unterlippe. So also war das. Er bestätigte ihr freimütig, dass sie hier keine Rolle spielte. Natürlich, sie hatte kein Recht, eifersüchtig auf so ein junges Ding zu werden. Es ging sie schließlich nichts an, wer hier was von wem wollte. Aber Bennett sprach sie an, sein Anblick erregte sie, und sie gestand sich unumwunden ein, dass sie auf jedes Zeichen von ihm eingestiegen wäre. Was leider noch lange nicht hieß, dass *er* sich auch auf *sie* einlassen wollte. Aber warum sollte er auch, wenn die Alternative zu ihr ein sportliches, intelligentes und gutaussehendes Mädchen war, das allein schon durch ihren Ritt mit dem Mountainbike auf die Almhütte zeigte, dass sie etwas auf dem Kasten hatte. Dazu kam ihre unbeschwerte Art und die Tatsache, dass dieser Bennett sich bei Isa im Wettbewerb mit drei anderen Kerlen befand. So etwas war für Männer immer eine Portion Extra-Anreiz. Es war kaum anzunehmen, dass Bennetts Annäherungsversuche bei Isa auf Dauer unbemerkt blieben. Und was dann? Würde sie ihn ranlassen?

Egal, rief Ulli sich innerlich zur Ordnung, während sie das Brot auf den Tisch stellte. Sie würde wie immer eine gute Gastgeberin sein. Danach würde sich zeigen, ob sie es mit Isa aufnehmen konnte. Ganz so einfach würde sie sich nicht geschlagen geben.

3. Nachschlag

»Das war super, echt.« Isa strahlte. »Ich hatte schon befürchtet, wir bekommen auch hier nur Schinken und Kümmelkäse. Das war zumindest in der letzten Hütte so, und ich hasse Kümmel!« Sie schüttelte sich mit einer übertriebenen Grimasse.

Ulli schüttelte lachend den Kopf. Sie hatte sich auf die beharrliche Einladung aller dazugesetzt. »Ich hatte auch überlegt, euch Polenta mit frischen Pilzen zu machen, aber ich bin nicht zum Pilzesammeln gekommen«, sagte sie in die Runde und ließ ihren Blick über ihre satten Gäste wandern.

Das Gespräch drehte sich vor allem um die bisher gefahrene Strecke und die Erlebnisse am Rande der Tour. Juls Arm lag währenddessen wie zufällig auf Isas Stuhllehne, was ihm empörte Blicke von Max einbrachte; Giannis, der Dritte in der Runde, hingegen beteiligte sich kaum an den Gesprächen.

Auch Ulli wurde zusehends stiller. Sie kannte jeden einzelnen Streckenpunkt und hatte auch sonst das Gefühl, alles Gesagte irgendwann schon einmal gehört zu haben. Ihre Gäste waren unbenommen sympathisch, aber trotzdem begann sie, sich zu langweilen. Bennett ignorierte sie nach wie vor, von belanglosen Bemerkungen abgesehen, hielt sich aber immerhin auch bei Isa zurück. Die ging mit allen gleich freundlich und unverbindlich um, wobei Ulli heraushörte, dass sie und Max sich offenbar am längsten kannten und ein recht vertrautes, rein freundschaftliches Verhältnis miteinander pflegten.

Irgendwann hatte Ulli genug; hier passierte heute scheinbar nichts mehr. Sie erhob sich und sammelte die leeren Teller ein. »Wann wollt ihr morgen los?«

»Nicht vor zehn Uhr«, erwiderte Jul. »Wir haben nur eine kurze Etappe. Vier Stunden Fahrtzeit, und den Rest des Tages feiern wir Bergfest. Dann haben wir die Hälfte der Strecke und zwei Drittel der Höhenmeter hinter uns.«

»Verstehe. Viel später solltet ihr aber nicht los. Der Wetterdienst hat Regen vorausgesagt.«

»Wir sind wetterfest«, gab Max zurück. »Wir sind den kompletten ersten Tag im Regen gefahren.«

»Ja, und das reicht doch für den Rest des Urlaubs, oder?«, brummte Giannis. Die anderen lachten, und Max klopfte ihm gutmütig auf die Schulter.

»Wenn man das anderen erzählt, fragen sie einen sowieso, ob man geisteskrank ist«, sagte Isa grinsend. »Acht Tage über die Berge zu fahren, und das auch noch Urlaub zu nennen. Ich frage mich in manchen Momenten selbst, warum ich das eigentlich tue.«

Bennett zwinkerte ihr verschwörerisch zu: »Weil du es *kannst*.«

Sie lächelte, wirkte jedoch nicht ganz überzeugt. »Klar. Meistens macht es auch Spaß. Wenn Jul nicht gerade wieder zu blöd ist, das GPS-Gerät zu bedienen, und uns so einen kilometerlangen Umweg beschert zum Beispiel.« Sie warf ihm einen frechen Blick zu. »Oder wenn wir eine Stunde auf Giannis warten müssen, der wieder mal seine Radbrille verloren hat, weil er sie so dämlich ins Trikot gesteckt hat.«

»Jetzt mecker auch noch. Dafür müssen wir die ganze Zeit auf dich warten, sobald du ein paar aufeinandergestapelte Steine entdeckst, von denen du dann unbedingt ein Foto machen musst«, murrte Jul.

Ulli erhob sich eilig mit dem Tellerstapel und sah zu, dass sie in die Küche kam. Auch solche Situationen kannte sie zur Genüge, und nicht selten – wenn der Grad der Erschöpfung zu groß oder die Freundschaftsbande nicht tief genug waren – erwuchs daraus ein handfester Streit.

»Nun hört schon auf. Jeder ist mal dran. Hauptsache, wir kommen am Ende alle gemeinsam am Gardasee an«, klang es durch die Schwingtür. Der Stimme nach war das Max, der Jul wieder einmal beschwichtigte. Es klapperte hinter ihr, als weiteres Geschirr zusammengeschoben und Stühle gerückt wurden. Ulli stellte ihre Ladung auf der Anrichte ab und richtete sich auf, als Max die Küche betrat.

»Musst du spülen? Sollen wir dir helfen?« Er stellte die halbleeren Aufschnittplatten ganz selbstverständlich neben ihr ab und sah sich um.

Sie schüttelte den Kopf, verblüfft über seine Hilfsbereitschaft. Da kam auch Isa in die Küche. »Ich trockne ab.«

»Ihr braucht nicht zu helfen. Das kommt alles in die Spülmaschine, die Reste in den Kühlschrank. Ich muss noch Bennetts Bett beziehen, und das war es für heute.«

»Ach, das kann ich doch machen. Ist das die Wäsche, die vor den Schlafräumen auf dieser schönen verzierten Truhe liegt?« Isa war schon halb auf dem Weg.

»Ja. Aber warte mal!« Für einen Moment war Ulli überfordert. Gäste der Hütte neigten zu viel Selbständigkeit, aber dass Isa ausgerechnet Bennetts Bett beziehen wollte, gefiel ihr nicht.

»Lass sie«, nahm Max ihr die Entscheidung ab. »Sie ist ein Unruhegeist. Außerdem hängt sie dann nicht die ganze Zeit mit Jul rum.«

Ulli hob amüsiert die Augenbrauen. »Eifersüchtig?«

»Quatsch. Jul ist ein guter Kumpel, aber er hat einfach seine Macken. Außerdem wäre es mir lieber, wenn sie bis zur Ankunft in Limone wartet, bis sie was mit einem aus der Gruppe anfängt. Das gibt sonst nur Stress.«

»Aha.« Ulli begann, die Spülmaschine einzuräumen. Max hatte ihre Vermutung ihrem Empfinden nach ein wenig zu schnell abgestritten, aber was ging sie das an? Sie fragte sich eher, wie Isas Hilfsbereitschaft bei Bennett ankommen würde. Hoffentlich bemerkte er nicht, dass Isa es war, die sein Bett bezogen hatte – oder überraschte sie am Ende noch dabei. Schließlich wusste sie aus Erfahrung, dass so etwas sehr schnell *zwischen* den Laken enden konnte.

Sie richtete sich auf und prallte mit Max zusammen, der gerade eine Rolle Alufolie von der Anrichte angelte.

»Vorsicht!« Er riss sie am Arm zu sich, bevor sie über die offene Klappe der Spülmaschine fallen konnte. Taumelnd fing sie sich wieder und hielt sich an der Kante der Anrichte fest. Erst als Max sicher war, dass sie wieder fest auf beiden Füßen stand, ließ er sie los. »Alles okay?«

»Schon gut.« Ulli merkte, dass sie zitterte, und wurde ungehalten. Seit wann war sie so leicht aus der Bahn zu werfen? Was war denn nur los mit ihr? »Wie sagt man doch so schön? Die meisten Unfälle passieren im Haushalt.« Sie wandte sich ab. »Lass das bitte alles stehen. Ich muss nur ein paar Minuten an die frische Luft.« Und ohne eine Antwort abzuwarten, lief sie hinaus.

Es war bereits Nacht, und abseits des Lichtscheins der Außenbeleuchtung rund um die Hütte stockfinster. Ulli erkannte Giannis und Jul nahe dem Fahrradunterstand. Giannis rauchte; leise Gesprächsfetzen summten zu ihr herüber.

Sie wandte sich in die andere Richtung und tauchte in die Dunkelheit ein. Wie von der Wettervorhersage angekündigt, hing der Himmel voller dichter Wolken, und kein Stern war zu sehen.

Tief atmete Ulli die frische Luft ein. Es roch nach Herbst, nach feuchtem Stein und modrigem Boden. Außerdem war es empfindlich kalt geworden. Heute Mittag war sie noch im T-Shirt herumgelaufen, und jetzt konnte sie den Atem vor ihrem Mund aufsteigen sehen. Sie umschlang den Oberkörper mit den Armen und wünschte sich ihre Outdoorjacke herbei. Lange würde sie es hier draußen nicht aushalten, aber der Gedanke an die Küche, an diesen vertrauten und geliebten Arbeitsplatz, löste auf einmal Beklemmungen in ihr aus. War Abschiednehmen eigentlich immer so schwer? Oder wurde sie einfach alt und unflexibel?

»Isa? Oder Ulli?« Wieder war Max da, einfach da mit einer großen Schulter, an die sie sich am liebsten einfach wortlos angeschmiegt hätte, um sich trösten zu lassen. Aber was ihr all diese Jahre so selbstverständlich erschienen war, kam ihr auf einmal auch nicht mehr richtig vor. Sie hatte das Gefühl, ihn auszunutzen, wenn sie sich jetzt an ihn heranschmiss, nur um ein paar schöne Momente zu erleben.

»Ich bin es«, sagte Ulli so laut wie nötig.

»'tschuldigung, ich wollte nicht stören. Nicht dass du glaubst, ich würde dir nachrennen. Ich suche eigentlich Isa, aber ihr habt die gleiche Statur.«

»Alles gut.« Ulli wandte sich um. Max stand dort – nein, eigentlich sah sie nur eine große Silhouette, die sich von den Lampen an den Wänden der Hütte im Hintergrund abhob. Es müsste bedrohlich wirken, fand sie, aber wieder kam ihr das Bild des freundlichen Riesen in den Sinn.

Er machte einen Schritt auf sie zu, dann einen weiteren. »Ist dir nicht kalt? Ich finde es lausig.«

»Doch. Ich wollte auch wieder rein.« Jetzt stand er fast direkt vor ihr, und sie rührte sich nicht vom Fleck. Natürlich, er schnitt ihr nicht direkt den Weg ab, und sie hätte nur einen Bogen um ihn machen müssen, aber sie fühlte sich mit einem Mal wie gefangen in diesem Augenblick, und jetzt wurde ihr doch ein wenig unheimlich. Warum ging er nicht?

»Was ist?«, fragte sie, flüsterte fast. Die Nacht umhüllte sie wie schwarzer Samt. Mit allen Sinnen spürte sie die vertraute Umgebung, die Berge, wild und schön, behütend und gefährlich.

Oder war es nur der Mann, der vor ihr aufragte? Lauerte dort etwas Unberechenbares hinter seiner freundlichen Riesen-Fassade? Und warum blieb sie noch immer wie angewurzelt stehen und rührte sich nicht?

Er tat einen weiteren Schritt auf sie zu. Jetzt erkannte sie schemenhaft sein Gesicht mit den aufmerksamen Augen und den vollen Lippen. Er senkte ein wenig den Kopf und beugte sich über sie.

Ulli atmete unauffällig durch. Sie würde es einfach geschehen lassen. Wenn er den ersten Schritt tat, hatte sie sich nichts vorzuwerfen. Dann wäre es seine Entscheidung, nicht die ihrige. Es trugen immer beide einen Teil der Verantwortung, aber nun war er ihr gefolgt. Und jetzt streiften seine Lippen ihre Wange, fanden ihren Mund. Behutsam und scheu tastete sich seine Zungenspitze näher, sie öffnete die Lippen einen schmalen Spalt, und dann war er in ihrem Mund.

Der Kuss traf sie wie ein elektrischer Schlag, weckte sie aus der Lethargie der vergangenen Tage und Stunden und zeigte ihr, dass sie noch lebte und empfinden konnte. Plötzlich war sie nicht mehr sicher, ob sie sich würde zurückhalten können, und so unterdrückte sie den Impuls, Max an sich zu ziehen. Stattdessen reckte sie sich seinem weichen Mund entgegen, umspielte seine Zunge mit der ihrigen, knabberte sanft an seinen Lippen, und ließ sich schließlich doch in seine Arme ziehen. Sie genoss die Wärme seines Körpers und unterdrückte ein sehnsuchtsvolles Stöhnen. Seine Zunge wurde forscher, tanzte gegen ihren Gaumen. Es fühlte sich so gut an, so lebendig! Wie von selbst wanderten ihre Hände unter sein Sweatshirt, streichelten über die starken Muskeln unter der heißen Haut.

Er löste den Kuss. Sein Atem schien so gleichmäßig wie zuvor, doch Ulli fühlte den aufgeregten Herzschlag in seiner Brust.

»Willst du mitkommen?«, flüsterte sie.

»Du lässt mir keine Wahl«, gab er ebenso leise zurück.

Sie schob ihn in Richtung der Hütte, und nebeneinander, beide um den Anschein bemüht, als wäre nichts geschehen, betraten sie das Haus.

Wie lächerlich das ist!, dachte Ulli. Wenn einer der anderen einen Blick hinausgeworfen hatte, würde er sie kaum übersehen haben. Man hatte vielleicht nicht erkennen können, wer dort draußen stand, aber dass sich da zwei Menschen nahegekommen waren, war sicherlich nicht zu übersehen gewesen.

Doch sie begegneten niemandem. Der Gastraum lag verlassen, und nirgendwo waren Stimmen zu hören.

Schweigend betrat Ulli den Treppenflur in das obere Stockwerk. Auch hier war alles ruhig, nur die Nachtbeleuchtung erhellte die mit honiggelbem Holz verkleideten Wände.

Sie führte Max an den Türen der Gästezimmer vorbei zum Ende des Ganges, öffnete eine weitere Tür mit der Aufschrift »Privat«, trat in den engen Flur und winkte einladend. Ohne zu zögern, folgte Max ihr.

Ulli schloss die Eingangstür, und gemeinsam betraten sie ihr Schlafzimmer. Im Dunkeln huschte Ulli an den Nachttisch neben dem breiten Bett und betätigte den Schalter der Schirmlampe. Sanftes gelbliches Licht erhellte den freundlichen Raum, der überwiegend in Gelb- und Grüntönen gehalten war. Plötzlich war Max hinter ihr und überraschte sie mit einer groben Umarmung. Er zog sie eng an sich, und schon waren seine Hände unter ihrem Shirt, befreiten ihre Brüste aus dem BH und rieben hart über ihre Brustwarzen. Ulli keuchte auf und riss die Hände nach oben, überlegte einen Moment, ob sie ihm Einhalt gebieten sollte. Er kniff zu, und der Schmerz schoss durch ihre Eingeweide. Sie erstarrte.

Er hielt sie eng an sich gepresst und hielt ebenfalls inne. »Ich dachte, du magst so was.« Einen Moment lang wirkte er verunsichert. Dabei bemerkte sie sehr deutlich seine Erektion, die sich gegen ihren Rücken presste.

Ganz langsam ließ sie die Hände sinken. Woher wusste er das? Der Schmerz war längst nur noch eine Erinnerung, und ihr Köper verlangte nach neuen Reizen. Sie schloss die Augen und lachte leise. »Habe ich das Gegenteil behauptet?«

»Gut.« Seine Stimme klang belegt. Seine großen Hände legten sich erneut besitzergreifend um ihre Brüste, und er packte so fest zu, dass Ulli den Impuls unterdrücken musste, aufzuschreien. Er sollte auf keinen Fall wieder aufhören! Köstlicher Schmerz brannte durch ihren Oberkörper. Sie keuchte, sank unwillkürlich ein Stück tiefer und sackte in die Umarmung des großen Mannes. Er umschloss ihre Brustwarzen mit Daumen und Zeigefinger und zwirbelte sie, bis sie hart und wund waren. Gleichzeitig war er mit seinen Zähnen an ihrem Haaransatz, leckte und knabberte an ihrer Haut. Er bewegte sein Becken, rieb sich an ihrem Rücken und Po, und jede Berührung sandte einen heißen erwartungsvollen Feuerstoß durch Ullis Körper.

Sie wusste kaum noch, wie ihr geschah. Er war brutal, packte sie hart an. Sie hatte es geahnt, hatte vermutet, dass hinter seiner Freundlichkeit noch etwas war, das er sorgsam zu verbergen wusste. Was für eine wundervolle Überraschung!

Mit einem Arm umschlang er ihre Brust und drückte sie so eng gegen seinen Körper, dass ihr beinahe die Luft wegblieb. Seine andere Hand wanderte forsch nach unten und schlüpfte unter ihren Hosenbund.

Ulli hatte nicht erwartet, dass er seine große Hand in die enge Jeans quetschen konnte, doch er schob sich unbeirrbar weiter, legte seine Fingerspitzen über ihre Klitoris, glitt noch tiefer und traf auf ihre feuchten Schamlippen.

Ulli ruckte unbeherrscht in seiner engen Umarmung, doch es gab für sie längst kein Entkommen mehr. Sie legte die Hände auf seinen Unterarm und hielt sich daran fest. Ihr Atem wurde flach und schneller, als er mit mehreren Fingern gleichzeitig in sie hineinglitt.

Es war so göttlich eng!

Sie wollte die Beine schließen, doch sein Knie drängte sich zwischen ihre Schenkel, zwang sie, sich zu öffnen. Halb saß sie auf seinem Oberschenkel, und verlor beinahe den Boden unter den Füßen. Hilflos warf sie den Kopf zurück. Sie wusste nicht, wohin mit sich, zappelte in seiner Umarmung und erwartete ängstlich den Moment, in dem er ihre Gegenwehr falsch verstand und sie losließ.

Er war nicht eben sanft, der Stoff ihres Tangas scheuerte,

doch er schien verstanden zu haben, wie er seine Berührungen dosieren musste, damit es ihr gefiel. Immer wieder stieß er mit der Hand in sie hinein.

Bei jeder einzelnen Bewegung wurde ihr heißer. Sie wusste jetzt schon, dass ihr nur noch wenige Augenblicke blieben, bis der Sturm über sie hereinbrechen würde. Es ging immer so schnell, viel zu schnell. Sie spannte die Muskeln an. Sollte sie um eine Pause bitten, ein letztes süßes Zögern? Sie tat das Gegenteil, stemmte sich gegen seine Hand, versuchte, ihn wortlos dazu zu bringen, tiefer in sie zu dringen, doch sie ahnte, dass es nicht ging. Stattdessen presste er seine Handfläche gegen ihre Klitoris und rieb immer wieder darüber. Eine erste Welle trieb durch ihren Unterleib und entlockte ihr ein langes lautes Stöhnen.

Sein heißer Atem streifte ihren Nacken. »Ja, komm, Süße, lass es raus. Reite meine Hand, beweg dich!«

Sie zuckte hilflos, gefangen zwischen seinen Armen, die ihr jede Möglichkeit nahmen, sich gegen das unablässige Reiben über ihre Schamlippen zu wehren. Er stieß seine Finger in sie hinein, immer schneller und unerbittlicher. Seine andere Hand fand eine ihrer Brustwarzen und zwirbelte sie brutal. Es jagte ihr ein bittersüßes Brennen über die Haut.

Ulli schrie auf, versuchte, dem Schmerz auszuweichen, und warf sich mit aller Kraft nach vorne. Keine Chance, dort erwarteten sie seine Finger zwischen ihren Schamlippen. Sie glitten ab, so nass war sie inzwischen.

Doch es war ohnehin zu spät, viel zu spät. Ein zitterndes Beben erfasste ihren Körper und schüttelte sie, während der Orgasmus über sie hinwegfegte. Sie rang nach

Luft, und das Blut rauschte in ihren Ohren. Für einen kurzen Augenblick verlor sie den Boden unter den Füßen und schaukelte unsicher, während Max sie weiterhin seiner süßen Folter aussetzte.

Völlig außer Atem, erschlaffte sie endlich. »Lass mich los, bitte.«

Umgehend löste sich der Griff um ihren Oberkörper. Er zog seine Hand zurück und ließ sie frei.

Sie drehte sich, immer noch schwer atmend, zu ihm herum. Da stand er, ein wenig verlegen, doch der entrückte Ausdruck in seinen grünen Augen verriet ihn. Er hatte nicht nur ganz genau gewusst, was er tat, er hatte es auch genossen. Und hätte es der Ausdruck in seinen Augen nicht verraten, dann wäre es sein unübersehbar steifer Schwanz in der weiten Hose gewesen.

Ulli trat auf ihn zu und legte ihm die flache Hand auf die Brust. Ein kräftiger Stoß ihrerseits schickte ihn rücklings auf das Bett.

Er war zu überrascht, um sie abzuwehren, denn sie war schon über ihm, zog mit der Hand am Gummizug seiner Hose und langte zu. Zischend atmete er aus und ließ sich mit geschlossenen Augen zurückfallen.

Ulli setzte sich neben ihn, hatte sich noch gar nicht entschieden, was sie tun wollte. Sie drückte den Saum der Hose unter seine straffen Hoden und massierte seine Erektion mit weiten Handbewegungen.

Max lag still, und nach kaum ein paar Augenblicken spannte sich sein Körper. Hastig legte sich seine Hand auf ihre, als sich sein heller Samen auch schon pulsierend über ihre Finger ergoss.

Ulli hielt den Atem an. Allein bei diesem Anblick reagierte ihr Körper wieder. Stumm genoss sie das rhythmische Pochen in ihrer Hand, das nur langsam abebbte, und rieb sich dabei verstohlen über ihren Schoß. Der nasse Tanga klebte an ihren Schamlippen.

Max richtete sich auf und sah sie an, unfähig, etwas zu sagen.

Ulli stand auf und lächelte ein wenig spöttisch. »Vielleicht sollten wir uns jetzt etwas mehr Zeit nehmen. Das Bad ist direkt gegenüber.«

Max brummte und erhob sich. Während er verschwand, zog Ulli sich aus und legte sich unter die Bettdecke. Sie konnte nicht einschätzen, was der junge Mann jetzt erwartete oder ob ihm dieses kleine Intermezzo schon genügt hatte. Darauf zumindest war er ihr eine Antwort schuldig.

Nachdenklich umspielte sie mit einem Finger ihre Brustwarzen. Er ahnte gar nicht, wie gut ihr seine Annäherung getan hatte. Der Sex beantwortete natürlich keine ihrer Fragen, aber er hatte sie aus dieser sinnlosen Suche nach einer Lösung herausgerissen. Es würde sich etwas Interessantes finden. Sie allein entschied über ihr Leben, hatte es in der Hand, etwas daraus zu machen. Bis zum nächsten Frühsommer konnte viel passieren.

4. Zweisamkeit

Als Max zurückkam und sie im Bett liegen sah, stockte er verunsichert. »Soll ich gehen?«

»Möchtest du bleiben?«

»Ich weiß nicht. Vielleicht.«

»Dann bleib.« Sie reckte den Arm und klopfte neben sich auf das Bett. Ihr Tonfall wurde zu einer Mischung aus Angebot und Befehl. Auf keinen Fall war es eine Bitte. Sie bettelte nicht darum, dass ein Mann bei ihr blieb. Niemals.

Max grinste plötzlich breit, schien zu verstehen und nun stolz zu sein, dass er überzeugt hatte. Das hatte er, ganz sicher, und sie erwartete mindestens eine Zugabe. Genießerisch räkelte sie sich unter der Bettdecke, während sie ihn ungeniert dabei beobachtete, wie er sich auszog. Wie bei vielen sportlichen Radfahrern waren seine Beine ebenso rasiert wie sein Intimbereich. Nur auf der Brust entdeckte Ulli ein wenig Flaum. Er war von Natur aus gut gebaut und gehörte vermutlich zu den wenigen Glücklichen, die auch den Rest ihres Lebens wenig dafür tun mussten, in Form zu bleiben.

Mit einem wohligen Seufzer schlüpfte er neben ihr unter die Bettdecke.

Ulli legte sich, die Hand unter den Kopf gestützt, auf die Seite und sah ihn an. »Und jetzt erzähl mir, wer dir etwas über mich und meine Vorlieben verraten hat.«

Max wandte sich ihr zu. »Ich wollte das gar nicht, ehrlich nicht. Aber du hast so verloren ausgesehen, wie du da draußen standest und frorst. Ein Freund hat mir von dir erzählt, genauer gesagt von dir und Saskia. Jost van Someren. Er hat mir das *Alpenglühen* wärmstens empfohlen. Also auch, was die anderen ... Unterbringungsaspekte anbelangt.«

»Soso. Das will ich meinen.« Ulli zog amüsiert die Augenbrauen hoch. »Wir haben einen guten Ruf, nicht nur, wenn es um Bettgeschichten geht. Jost ist Niederländer, oder? Der war mit einer Wandergruppe hier und hat Magenschmerzen vorgetäuscht, um einen Tag länger bleiben zu können.« Ulli ließ ihren Finger beiläufig über Max' Schlüsselbein wandern. Er bekam eine Gänsehaut.

Streng senkte sie die Stimme. »Ich hoffe allerdings, dass Jost mit seinen Schilderungen nicht übertrieben hat. Ich lege keinen Wert darauf, dass es am Ende heißt, wir betrieben hier ein *Etablissement* oder so was in der Art.«

»Im Gegenteil. Er hat mir gesagt, dass ich vorsichtig sein müsse. Dass ihr sogar mehr Körbe als Einladungen verteilt. Aber eigentlich wollte ich ja auch gar nicht mit dir ... ich meine, ich hatte das nicht geplant ...«

»Das hast du gerade schon einmal gesagt. Keine Sorge, ich glaube dir doch. Ich kenne das. Es erleichtert mich. Ich habe selbst keine Initiative ergriffen, weil ich die Befürchtung hatte, dich nur auszunutzen. Ich wusste, dass deine Gesellschaft mir guttun würde. Es ging mir nicht gut.«

»Geht es dir denn jetzt besser?«

»Ja.«

»Das freut mich, wirklich.«

Sie war sicher, dass er es aufrichtig meinte. Sie lächelten einander an und schwiegen für einen langen Moment. Ulli genoss die Geborgenheit und stille Anteilnahme, die Max ausstrahlte. Beinahe konnte sie sich mehr vorstellen, ein partnerschaftliches Miteinander statt nur einen One-Night-Stand. So etwas hatte sie schon lange nicht mehr bei einem Mann empfunden, schon gar nicht bei einem mit einem Altersunterschied von gut zwanzig Jahren. Oder war das nur die unbestimmte Sehnsucht nach einer starken Schulter, wie Saskia sie gefunden hatte? So oder so war ihr vollkommen klar, dass daraus nichts werden würde.

»Aber mal abgesehen von der Frage, wie es dazu kam, dass du nun hier neben mir liegst: Dein Herz gehört einer anderen, oder?«

Max senkte die Lider und schwieg.

Ulli lächelte. »Na ja, geht mich auch nichts an.«

»Ach, es stimmt aber. Ich habe vorhin gesagt, dass Jul die Finger von Isa lassen soll. Aber nicht nur, weil das übel für die gesamte Gruppe enden würde, das habe ich schon mal erlebt. Das ist immer die große Frage, ob man ein Mädchen unter Jungs mitnehmen sollte. Irgendwer fängt immer ein Gebalze an. Aber ich kenne Isa schon seit fast acht Jahren. Sie war für mich immer mehr wie eine Schwester, weil sie schon seit der Steinzeit mit einem anderen Freund von mir zusammen war. Jetzt haben die beiden sich kurz vor der Tour getrennt – eigentlich wegen der Tour, weil sie ihren Kopf durchgesetzt hat und unbedingt mitfahren wollte. Und ihr Ex total eifersüchtig war.« Er schnappte empört nach Luft. »So ein Vollidiot! Er hätte sich auf Isa völlig verlassen können. Und ich bin ja auch noch da! Isa wäre niemals so blöd gewesen, sich vor meinen Augen irgendwas zu leisten, das hätte ihr Freund doch durch mich sofort erfahren. Denn ehrlich, so was geht für mich gar nicht!«

Er lächelte verlegen. »Womit ich wieder bei Jul wäre. Der hat nämlich eine Freundin zu Hause sitzen, auch eine ganz liebe. Das weiß Isa aber nicht, und ich hab es ihr bisher auch noch nicht gesagt.«

»Weil du dachtest, dass sie kein Interesse an ihm hat, aber seit heute denkst du anders«, vollendete Ulli seinen Redeschwall.

»Genau.«

»Vielleicht liegt es ja auch daran, dass du selbst die gesamte Atmosphäre im *Alpenglühen* als offener empfindest?«

»Kann sein. Aber wenn es daran liegt, wird es den anderen doch nicht anders gehen als mir. Dann werden auch sie die Atmosphäre als offener empfinden, oder?«

»Guter Punkt.« Ulli hielt inne und war sich nicht sicher, ob sie ihre Vermutung mit Max teilen sollte.

Nachdenklich musterte er sie. »Zumindest Isa ist offener als sonst. Das habe ich sehr deutlich gespürt. Und jetzt kannst du gern sagen, dass ich auch nur eifersüchtig bin. Bin ich. Auch wenn ich kein Recht dazu habe.«

Ulli nickte zustimmend und entschied sich, nicht zu sagen, dass sie für Isa weniger eine Gefahr in Jul als vielmehr in Bennett sah. Jul war ein unreifer Junge, aber Bennett war ein Mann. Andererseits würde Isa in ihrem unerwarteten Gast vielleicht gar nicht mehr sehen als einen alten Kerl, der es noch einmal wissen wollte, und sich lachend abwenden. Und natürlich war es auch möglich, dass sie, Ulli, selbst letzten Endes nur ihr eigenes Interesse an Bennett in die junge Frau hineinprojizierte.

Sie wurde des Gespräches müde, und ihr Finger wanderte von Max' Schlüsselbein über die Brust zu seiner Brustwarze. Spielerisch zupfte sie daran, und er zuckte zusammen. »Ganz schön empfindlich, hm?«

»Ehrlich gesagt, ja.« Er beugte sich zu ihr und berührte flüchtig ihre Lippen mit den seinen. Sie reckte sich ihm sofort entgegen, um seinen Kuss zu empfangen. Ungestüm eroberte er ihren Mund und nahm ihn mit seiner Zunge in Besitz. Vorbei war seine Zurückhaltung, die er eben noch in der Dunkelheit vor dem Haus gezeigt hatte.

Ulli hatte begriffen, dass er sie auch jetzt wieder völlig rücksichtslos behandeln würde – solange sie es ihm erlaubte. Und diese Gewissheit gab ihr die Sicherheit, sich fallen lassen zu können.

Rüde drang er noch tiefer in ihren Mund, bewegte seine Zunge schnell hin und her, biss in ihre empfindlichen Lippen.

Ulli bekam kaum Luft, unterdrückte nur mühsam den Impuls, ihn mit den Händen fortzuschieben. Gerade, als sie glaubte, es nicht mehr auszuhalten, zog er sich zurück.

Keuchend lag sie auf dem Kissen und beobachtete, wie er die Decke zurückwarf, sich über sie kniete und ihren Körper zwischen seinen Beinen einklemmte.

Allein dieser heiße Kuss hatte Ulli wieder in Aufruhr versetzt; ihr Schoß kribbelte unruhig, und sie fühlte, wie sich die Feuchtigkeit sammelte. Sehnsüchtig warf sie einen Blick in seinen Schoß. Sie war nicht die Einzige, bei der sich die Lust wieder regte. Und verdammt noch mal, er hatte ordentlich was zu bieten!

Max verharrte, ließ, ausnahmsweise ganz sanft, seine großen Hände über ihre Brüste, ihren Bauch und ihre Hüfte gleiten und verursachte ihr ein aufgeregtes Prickeln. Dann rutschte er nach hinten, spreizte ihre Beine weit und kniete sich aufrecht zwischen ihre Unterschenkel. Verwirrt spürte Ulli, wie er seine Füße über ihre Schienbeine hakte und ihre Unterschenkel regelrecht festpinnte. Mit seinen Knien schob er ihre Oberschenkel weiter auseinander. Kalte Luft traf auf ihren Schoß. Sie schauderte und ruckte mit den Beinen.

Darauf schien er gewartet zu haben. Mit einem wissenden Lächeln ließ er sich nach vorne fallen und griff mit beiden Händen nach ihren Armen. Bevor Ulli begriffen hatte, was er vorhatte, packte er zu und fixierte ihren Oberkörper mit eisernem Griff. Sie wand sich überrascht und warf den Kopf nach vorne. Dabei sah sie, wie sein steifer Schwanz sich über ihrer Mitte bedrohlich reckte, ihre Schamlippen boten sich ihm weit offen und ungeschützt dar.

Dann beugte Max seinen Oberkörper und versperrte ihr die Sicht.

Ulli stöhnte, unfähig, einen klaren Gedanken zu fassen. Dieser Mann nahm ihr allein durch seine körperliche Überlegenheit jegliche Bewegungsfreiheit. Obwohl es kalt im Zimmer war, brach ihr der Schweiß aus. Sie zappelte, was nur dazu führte, dass er ihre Beine noch etwas weiter spreizte. Dabei streifte seine Eichel über ihre Schamlippen. Sie zuckte hilflos, ballte die Hände zu Fäusten, öffnete sie wieder. Verlangen brannte durch ihren Körper und hinterließ eine heiße Spur auf ihren Innenschenkeln.

Max' Lippen fuhren trocken und rauh über ihr Dekolleté, wanderten über ihre Hügel und fanden eine ihrer Brustwarzen. Er nahm die kleine steife Knospe zwischen seine Lippen und lutschte einen winzigen Moment mit vermeintlicher Sanftheit daran. Dann biss er hart zu.

Der Schmerz fuhr ihr durch jede Faser ihres Körpers.

Und Angst! Das ging zu weit, er war zu groß und zu stark! Er musste aufhören!

Sie jammerte, bäumte sich auf, versuchte, sich unter seinem Gewicht zu erheben. Gnadenlos zwang er sie auf das Bett.

Ulli blinzelte zwischen den Tränen, die ihr der Schmerz in die Augen getrieben hatte, und fing seinen aufmerksamen Blick auf. Sie sah die Vorsicht darin und erkannte den Vorsatz, es nicht zu weit zu treiben. Er hatte den Griff um ihre Arme gelockert. Sie hätte sich ihm jederzeit entziehen können.

Er wusste genau, dass sie das mochte, und er hatte recht.

Sie rührte sich nicht.

Sie entspannte sich einen Moment, und er gönnte ihr die Pause. Als er glaubte, weitermachen zu dürfen, ergriff er ihre Hände, legte die Handgelenke über ihrem Kopf aufeinander und hielt sie mit einer Hand fest. Mühelos. Ulli sah, wie sich ihre Brüste durch die Dehnung ihres Körpers aufrichteten. Die Brustwarzen stachen rot und hart im matten Licht hervor. Zu verführerisch ...

Da war auch schon wieder sein Mund, etwas zärtlicher nun, doch nicht weniger fordernd. Er knabberte an ihren Nippeln und sog daran, knetete sie mit der freien Hand. Seine Zunge hinterließ nasse Spuren auf ihrer Haut, die sie angenehm frösteln ließen. Er lernte, den Schmerz zu dosieren, biss in das zarte Fleisch ihrer Hügel, mal kräftiger, mal sanfter, und zeichnete sie mit roten Spuren.

Immer wieder ruckte Ulli in seinem unbarmherzigen Griff, wand sich unter seinem mächtigen Körper. Jedes Mal ließ er ab und richtete sich auf, um sich mit der freien Hand seinen Schwanz zu massieren.

Das war für Ulli schwer zu begreifen. Selten hatte sie einen Partner gehabt, der sich so freimütig vor ihren Augen befriedigte. Es war obszön und aufreizend, eine Zurschaustellung seiner Männlichkeit. Allein der Anblick hätte genügt, um sie irgendwann zum Höhepunkt zu treiben. Als er das begriffen hatte, gönnte er ihr weitere Pausen und widmete sich immer wieder ausführlich sich selbst, während der verheißungsvolle Schmerz in ihren Brüsten verklang.

Sie versuchte, den Schoß zu heben, wollte ihn endlich in sich spüren, doch er dachte nicht daran, seine kleine Folter abzubrechen.

Oder doch? Kurz hielt er inne, schaute nach unten und musterte ihren offen klaffenden Schoß zwischen seinen Knien, als sähe er so etwas zum ersten Mal.

Dann ließ er ganz plötzlich ihre Hände los, rutschte auf sie und senkte sein Becken auf ihre Mitte.

Sie wollte instinktiv die Beine schließen, doch er war schon in ihr. Und dann glitt er mit einer einzigen fließenden Bewegung wieder aus ihr heraus und nahm erneut seine alte kniende Position ein.

Ulli starrte wie hypnotisiert auf seinen Schwanz, der sich ihr, nun nass von ihren Säften, entgegenreckte. Das war unbeschreiblich ... geil. Sie reckte die Hände, wollte ihn berühren, doch blitzschnell griff er wieder ihre Handgelenke und zwang sie über ihren Kopf. Ohnmächtig musste sie mit ansehen, wie er sich die Vorhaut über die Eichel schob, sich langsam zunächst, dann immer schneller und fester wichste.

Ulli knurrte unwirsch, hatte genug davon, zum Zusehen verdammt zu sein, und zerrte an seinem Griff. Jede ihrer Bewegungen pulsierte durch ihre Mitte, feuerte das wilde Klopfen ihrer Schamlippen an. Ihre wunden Brüste schmerzten köstlich, und ihr Herzschlag fiel in einen schnellen Galopp.

Endlich, als sie glaubte, es überhaupt nicht mehr auszuhalten, ließ Max von sich ab. Ohne ihr eine Pause zu gönnen, glitt er in sie hinein und presste sich an sie. Er senkte den Kopf und biss ihr wieder in die Brustwarzen, beinahe unerträglich qualvoll. Sie schrie leise auf, ruckte unter ihm, und fast wäre sie gekommen. Aber dann verkrampfte sie, wollte sich der Ekstase noch nicht ergeben.

Doch er stieß zu und nahm einen kurzen, schnellen Rhythmus. Sein Keuchen hallte laut in ihren Ohren wider. Er ließ ihr keine Chance, kannte keine Gnade. Sein schwerer Körper beherrschte und dominierte sie jetzt ohne Rücksicht, drückte sie nieder und schnürte ihr fast die Luft ab.

Er richtete sich etwas auf und drängte noch tiefer in sie. Dabei rieb er mit der flachen Hand über ihre Nippel.

Das war zu viel, das war endgültig zu viel! Er musste damit aufhören, ihr eine Pause gönnen, sonst …

Sie explodierte und schrie ihren Höhepunkt hinaus, verstärkte mit ihrem ekstatischen Zucken die Wucht seiner Stöße, bis die Erregung endlich abebbte.

Dann erst ergoss er sich stöhnend. Mit einem entrückten Lächeln auf den Lippen und geschlossenen Augen genoss Ulli diesen wundervollen Augenblick seines Höhepunktes. Wie sein Schwanz zwischen ihren Schamlippen pochte, bis er sich vollständig entladen hatte.

Er erschlaffte nicht sofort, sondern zog sich zurück, immer noch hart, als wäre er sofort bereit, sie wieder zu nehmen.

Sie blinzelte, und ihre Blicke trafen sich. Seinem Gesicht konnte sie dagegen ansehen, dass es ihm reichte, genau wie ihr. Liebevoll zwinkerte sie ihm zu, und er entgegnete ihr Zwinkern lächelnd mit der Andeutung einer Verbeugung.

Es war befriedigend – erst einmal. Aber die Nacht war ja noch lang.

5. Blitz ...

Ein lauter Donnerschlag riss Ulli aus dem Schlaf, ein infernalisches Krachen, das sogar die Fensterscheiben erzittern ließ. Eine Serie greller Lichtblitze erhellte für Sekundenbruchteile den Raum, direkt gefolgt von den nächsten Schlägen.

Die Kühe! Hatte Saskia das untere Weidentor kontrolliert? Was, wenn sie auf der Suche nach Schutz den Weg zu weit hinunterliefen?

Ulli sprang aus dem Bett, tastete im Dunkeln nach ihrer Hose, die nicht an ihrem üblichen Platz auf dem Stuhl, sondern seltsamerweise auf dem Boden lag.

»Was ist los?« Die schlaftrunkene Stimme des Mannes in ihrem Bett brachte sie wieder zur Besinnung. Das war Max, der Mountainbiker, dessen Gruppe gestern Nachmittag angekommen war. Und da draußen waren keine Kühe, um die sie sich Gedanken machen musste, keine Saskia.

Wieder krachte es, dieses Mal gleichzeitig zu den Blitzen, die durch das Zimmer zuckten. Ulli tastete sich zurück zum Bett und setzte sich auf die Kante. Eine Hand streifte sie flüchtig an der Hüfte. »Alles in Ordnung?«

»Ja, keine Sorge. Nur das angekündigte Gewitter.«

Max brummte zustimmend und ließ seinen Finger über ihre nackte Haut wandern.

Sie erschauderte unter der Berührung, ergriff sein Handgelenk und schob es sanft von sich. So rasch, wie er sich wieder in sein Kissen kuschelte und einschlief, war sie sich gar nicht mal sicher, ob er wirklich vorgehabt hatte, sie noch einmal zu verführen.

Sie blieb sitzen, lauschte dem Donnern und dem endlich einsetzenden Regen, bis sie vor Kälte zitterte. Es hatte keinen Sinn, sie war hellwach. Seufzend erhob sie sich, suchte im Dunkeln ihre Kleidung zusammen und zog sich an. Mit einem neidischen Blick auf den wieder ruhig und tief atmenden Max verließ sie das Schlafzimmer. Warum konnten Männer eigentlich immer und überall schlafen?

Aber wenn sie schon einmal wach war, konnte sie auch die Küche aufräumen, die sie am vergangenen Abend so überstürzt und chaotisch hinterlassen hatte. Vielleicht würde es ihr im Schutze der Dunkelheit sogar leichter fallen, die so verdammt vertraute Atmosphäre dieses Ortes auszuhalten.

Der Lärm des Gewitters begleitete sie die Treppe hinunter und in den Gastraum, wo sie eisige Kälte empfing. Die Eingangstür stand sperrangelweit offen, und der folgende Blitz erhellte die Silhouette eines Mannes, der mit dem Rücken zu ihr im Türrahmen stand. Wanderhose, Fleecepulli und Flip-Flops an den Füßen.

Ulli stockte der Atem, doch die Panik verflog so schnell, wie sie gekommen war. Die Atmosphäre erschien ihr nicht bedrohlich. Es konnte doch nur einer der Gäste sein, oder? Aber was tat er dort? Natürlich, die Tür war immer unverschlossen, falls Wanderer, die sich verschätzt hatten oder vom Weg abgekommen waren, noch eintrafen, wenn schon alles schlief. Noch niemals hatte jemand diese Gastfreundschaft ausgenutzt und die Zeche geprellt oder Schlimmeres. In den Bergen war man darauf angewiesen, sich aufeinander verlassen zu können, und ein Vertrauensvorschuss gehörte unbedingt dazu. Aber warum brannte draußen kein Licht? Das ließ sie doch immer an, damit verirrte Wanderer das *Alpenglühen* in Notfällen überhaupt finden konnten!

Der Mann rührte sich noch immer nicht.

Ulli räusperte sich entschlossen. »Was machen Sie da?«

Jetzt zuckte der Angesprochene zusammen und fuhr herum. Ihre Stimme hatte schärfer geklungen, als sie beabsichtigt hatte.

»Ulli? Ich bin …« Der Rest seiner Antwort ging im nächsten Donnerschlag unter, aber die Worte genügten, um wieder dieses aufgeregte Flattern in ihrer Magengrube auszulösen, als wäre sie ein Teenager. Diese dunkle, etwas rauhe Stimme gehörte eindeutig Bennett. Mit verschränkten Armen und die Schultern zum Schutz gegen die Kälte zusammengezogen, trat sie an ihn heran. »Warum steht die Tür offen? Hier drin ist es saukalt!«

»Tut mir leid.« Er wandte sich wieder nach draußen. »Ich wollte mir das Gewitter ansehen und dabei nicht nass werden. Deshalb habe ich auch das Licht ausgemacht.«

Wie zur Bestätigung krachte es. Ein langgezogener Blitz zickzackte über die Gipfel der Berge, so hell, dass Ulli für einige Sekunden geblendet war.

»So etwas bekomme ich in Hamburg nicht zu sehen.«

Der nächste Donner folgte, und obwohl Ulli mit ihm gerechnet hatte, zuckte sie ungewollt an Bennetts Seite zusammen.

Er lachte in die Dunkelheit. »Angst?«

Ulli glaubte ihren Ohren nicht zu trauen. Er fragte *sie*, die Almwirtin, ob sie sich fürchtete? »Kaum. Aber Respekt«, erwiderte sie kühl. »Wie du gerade gesagt hast, ist ein Gewitter in den Bergen nicht mit einem in Hamburg zu vergleichen. Ich möchte jetzt nicht dort draußen sein.«

Er nickte bedächtig. »Wohl wahr.«

»Außerdem sollte man die Folgen eines solchen Unwetters nicht unterschätzen. Ein Erdrutsch, der ein Stück des Weges oder eine Markierung wegreißt, eine Steinlawine, ein vom Blitz gefällter Baum, Wasser, das sich schnell zu Sturzbächen sammeln kann.«

»Schon gut, hab's verstanden.« Wieder lachte er, was Ulli sofort wütend machte. Was bildete sich dieses abgehalfterte Nordlicht ein? Machte er sich wirklich eine Vorstellung davon, was alles passieren konnte, oder gehörte er zu den sich selbst überschätzenden Idioten? Die Typen, die sich bei solchen Wetterbedingungen mit falscher Ausrüstung gerade noch völlig unterkühlt in eine Felsspalte retten konnten und von der Bergwacht eingesammelt werden mussten?

»Jedenfalls werdet ihr morgen auf der Fahrt eine ordentliche Schlammschlacht erleben«, fügte sie hinzu und gab sich keine Mühe, ihren gehässigen Unterton zu unterdrücken.

Er schwieg, wohl auch, weil er nicht gegen den Donner anschreien wollte, der nun in einer langen Abfolge über sie hinwegrollte. Scheinbar endlos krachte es, während die Blitze die grauen Bergriesen und den schwarzen Himmel für Sekunden in gespenstisch gelbes Licht tauchten. Trotz all der ungezählten Gewitter, die sie hier oben bereits erlebt hatte, erlag Ulli der Faszination und betrachtete das grandiose Schauspiel. Der Regen schwoll zu einer wahren Sintflut an und hüllte die gesamte Szenerie in einen dichten Vorhang aus Wasser. Die Natur zeigte ihre gesamte Macht; eine chaotische Komposition aus Lärm und Licht, die über das jahrtausendealte Gebirgsmassiv hinwegrollte, ohne ihm das Geringste anhaben zu können.

Dazu war es beißend kalt. Es würde Ulli nicht im Geringsten wundern, wenn in der Frühe alles von einer dünnen Schicht Eisschnee überzuckert wäre. Aber genauso gut konnte es morgen wieder spätsommerlich warm werden.

Das, die naturgegebene scheinbare Willkür, war ein Reiz, den die Berge auf den Menschen ausübten. Sie waren nicht zu beherrschen, sie herrschten. Ein Gewitter führte das jedem, der auch nur einen Fingerbreit für solche Eindrücke empfänglich war, vor Augen.

Die Blitze und Donnerschläge wurden langsam weniger, folgten in größeren Abständen aufeinander. Jetzt war das dominierende Geräusch das Prasseln des Regens auf dem Fels und in den Bäumen. Zum Glück hatte es keinen Sturm gegeben. Die Lärchen bogen sich zwar unter einem kräftigen Wind, doch das war nichts, was Ulli beunruhigte. Ein ordentliches, aber kein großartig besonderes Gewitter für diese Jahreszeit.

Als sie sich gerade abwenden wollte, sammelte der Himmel seine Kraft für einen letzten Höhepunkt. Ein mächtiger Blitz leuchtete über den Himmel, verzweigte sich, einer großen Landkarte gleich, auf dem schwarzen Hintergrund.

Bennett fluchte ehrfürchtig.

Ulli musterte ihn verstohlen von der Seite, als ein weiterer Blitz ihr die Miene des Mannes enthüllte, der sich im Dunkeln unbeobachtet glaubte. Das unstete Licht malte Linien in sein Gesicht, die jenen dunklen Linien glichen, die Krieger sich vor der Schlacht aufmalten, um ihre Feinde abzuschrecken. Seine Augen glänzten vor Aufregung, und der Mund war leicht geöffnet, während er selbstvergessen an seiner Unterlippe kaute und abzuwägen schien, ob das Gewitter in den Bergen wirklich so gefährlich war, wie sie behauptet hatte. Fast rechnete sie damit, dass er in der nächsten Sekunde hinauslaufen und sich der Gewalt des Gewitters stellen oder gar versuchen wollte, dessen Macht in sich aufzunehmen. Ulli schauderte.

»Es sieht aus, als ob der Blitz von Gipfel zu Gipfel springt. Tut er das tatsächlich?« Als er herumfuhr und Ulli mit wildem Blick ansah, verzog sein Gesicht sich in dem ersterbenden Licht zu einer grotesken Maske; dann wurde es erneut stockfinster um sie herum.

Sie wich erschrocken zurück und zuckte zusammen. Hatte er gemerkt, dass sie ihn beobachtete? Hastig senkte sie den Blick, während ihr das Blut heiß ins Gesicht schoss. Der nächste Donner bewahrte sie vor einer Antwort, und sie hoffte, dass er ihr Zucken wieder auf den Schreck zurückführen würde.

»Das weiß ich nicht«, brummte sie ungnädig. »Aber das ist jetzt kein guter Zeitpunkt, um es herauszufinden.« Sie wandte sich ab. »Ich wollte die Küche aufräumen. Achte bitte darauf, dass die Tür ordentlich verschlossen ist, wenn du fertig bist.«

»Jawohl. Mach ich«, sagte er leise. Und mit einer Schulter gegen den Türrahmen gelehnt, starrte er wieder hinaus in den gleichmäßigen Regen und die seltener werdenden Blitze.

»Gut«, sagte sie. »Dann noch viel Spaß beim Blitze zählen.« Ganz normale Worte, ganz normale Anweisungen, die sie betont nüchtern hervorbrachte, um damit die beunruhigende Stimmung, die sie erfasst hatte, zu brechen. *Und was sollte das überhaupt?*, schalt sie sich selbst. Da stand ein Mann, der ein Gewitter beobachtete. Nichts Besonderes, also. Er hatte sie weder bedroht noch sonst etwas Ungewöhnliches getan. Und falls er wirklich hinausrannte und dort irgendwelchen Unsinn anstellte, war das nicht ihre Sache. Er war erwachsen – sie konnte ihn warnen und an seine Vernunft appellieren, doch sie hatte ihn nicht zu belehren. Sie konnte höchstens den Hubschrauber der Bergrettung rufen, falls es zum Äußersten kam.

Ulli ging zurück in den Raum und suchte sich durch die Tische und Stühle den Weg zur Küche, an deren Eingang wie im Treppenflur eine funzelige Notbeleuchtung brannte, die ihr die Richtung wies. Sie war verwirrt und zudem wütend auf sich. Warum konnte *sie* sich in seiner Gegenwart nicht einfach ganz professionell verhalten, wie bei jedem anderen Gast?

Sie kannte die Antwort. Weil Bennett eine Seite ihrer Seele ansprach, die sie seit langem nicht mehr gespürt hatte. Und weil er Angst in ihr auslöste, ohne dass sie konkret erfassen konnte, warum. Oder doch: Der Leichtsinn sprach ihm aus jeder Pore. Solche Typen rissen gern andere mit, die für so etwas empfänglich waren.

Und sie kannte sich selbst gut genug und wusste, dass sie zu diesen Menschen gehörte, die sich mitreißen ließen. Sie sollte sich fernhalten, bis er aufgebrochen und verschwunden war.

6.   ... *und Donnerschlag*

Was für eine Wahnsinnsfrau! Bennett zupfte mit den Fingern versonnen an seiner Unterlippe, während er Ulli nachstarrte. Bei seiner Ankunft hatte er sie gut zehn Jahre jünger geschätzt. Erst ein sehr genauer Blick in ihr Gesicht hatte ihm gezeigt, dass sie eher in seinem Alter war. Ob sie wohl auch nur die geringste Ahnung von ihrer Wirkung auf Männer hatte?

Vermutlich nicht, denn sonst würde sie sich sicher nicht so ungezwungen geben. Oder war das Absicht?

Er dachte an ihren atemberaubenden Anblick, während die Blitze um sie herum aufzuckten, dachte an ihre Brustwarzen, die sich klein und rund unter dem viel zu dünnen Shirt abgemalt hatten. Und dann dieser abschätzende Blick, von dem sie vermutlich gedacht hatte, er würde ihn nicht bemerken.

Das war doch wirklich zu blöd. Diese Frau war anders als viele, denen er in der letzten Zeit begegnet war. Nein, sogar anders als alle, die er näher kennengelernt hatte. Sie wirkte tatkräftig und natürlich, weckte eine reine, brennende Leidenschaft in ihm, urtümlich wie die Kraft des Gewitters, das sich über den Gipfeln entlud. Und dann zeigte sie sich ihm gegenüber kalt wie eine Hundeschnauze. Warum nur? Was hatte er ihr getan? Er hatte sie doch bisher kaum beachtet!

Er brummte unzufrieden und schaute auf die Berge, die er vor sich hinter dem nicht nachlassenden Regenvorhang wusste. Der letzte Blitz hatte sich auf seine Netzhaut eingebrannt, er sah immer noch Sterne vor Augen.

Das Gewitter schien endlich weiterzuziehen. Blitz und Donner entfernten sich, und nur der Regen strömte weiterhin unablässig.

Bennett drückte sich vom Rahmen ab und schloss die Eingangstür sorgfältig, ganz wie er es versprochen hatte. Aus Richtung der Küche hörte er Poltern, gefolgt von einem halb unterdrückten Fluch. Kurz überlegte er, ob er nachsehen sollte, entschied sich dann jedoch dagegen. Nicht dass diese Ulli am Ende noch glaubte, er wolle was von ihr.

Was strenggenommen stimmte.

Verdammt, allein die Erinnerung an ihre sportliche Figur ließ ihn hart werden.

Bennett stahl sich lautlos durch den dunklen Raum in Richtung Treppe. Obwohl er genau wusste, dass er keinen Schlaf finden würde, huschte er zurück zu seinem Zimmer.

Isas Gesellschaft wäre auch nicht zu verachten gewesen, dachte er, während er die Stufen hinaufstieg. Sie wäre auf ihn angesprungen, wenn er ein bisschen mehr Zeit gehabt hätte, das hatte er genau gefühlt. Aber es hatte nicht sein sollen, und stattdessen war sie mit diesem blonden Milchgesicht abgezogen.

Und an Ulli hatte er sich nicht herangetraut. Bennett lächelte grimmig. Das war ihm schon ewig nicht mehr passiert. Nicht dass sich in letzter Zeit viel ergeben hätte. In den letzten zwei Jahren war Arbeit seine einzige Beziehung gewesen.

Natürlich, es hatte nette Abende gegeben, und es waren auch interessante Frauen dabei gewesen, mit denen sicher etwas hätte laufen können. Aber er hatte sie alle links liegengelassen, und es war ihm leichtgefallen. Sein Kopf war zu voll mit anderen Dingen gewesen und hatte seine Sinne vollkommen beherrscht. Dagegen war nicht einmal seine sonst lebhafte Libido angekommen.

Aber eine Frau für einen Abend *nicht zu wollen* und sich an eine *nicht ranzutrauen* waren doch zwei ganz verschiedene Paar Schuhe.

Sich nicht rantrauen war irgendwie peinlich, schwach. Und das Verrückteste war, dass er sich selbst nicht erklären konnte, warum er bei dieser Ulli nicht aufs Ganze gehen konnte. Vielleicht, weil er zum ersten Mal den Eindruck hatte, er könne eine Abfuhr kassieren. Was ihm bisher noch nie passiert war. Er hatte die Frauen immer ganz genau einschätzen könnten. So wie Isa. Sie wirkte noch so bezaubernd arglos, beinahe unschuldig. Er war sicher, dass sie noch nicht allzu viel Erfahrung hatte, und ein umso interessanteres Abenteuer hätte er ihr bieten können.

Aber Ulli war … undurchschaubar. Sie flirtete nicht, aber genau dieses kühle distanzierte Lächeln machte ihn fast wahnsinnig.

Vermutlich musste man so sein, wenn man hier oben mit zwei Frauen eine Hütte betrieb. Anpackend, streng und zugleich gelassen gegenüber den Dingen, die man nicht ändern konnte. Ja, so eine Hütte konnte man nur führen, wenn man die Zügel in der Hand behielt. Ulli könnte es sich nicht leisten, Befugnisse abzugeben. Ob sie im Bett auch so war? Bestimmend, dominant? Es fiel ihm so leicht, sich vorzustellen, wie sie sich geschmeidig auf ihm bewegte, seinen Schwanz ritt, und er mit seinen Händen ihre festen Brüste knetete …

Bennett lief die letzten Stufen hinauf und betrat eilig seinen Schlafraum. Kaum hatte er die Tür hinter sich geschlossen, lehnte er sich dagegen und griff sich in die Hose. Sein Schwanz pochte heiß und steif zwischen seinen Fingern. Er schloss die Augen und rieb sich mehrmals. Dabei dachte er an den wundervollen Schwung ihrer Hüften und ihren knackigen Hintern.

Er dachte an die kleinen harten Knospen unter ihrem Shirt. Warum hatte er sie nicht einfach gepackt? Was hätte schon passieren können? Sie hätte ihm vielleicht eine geknallt, und es wäre gut gewesen. Da sie ohnehin keine hohe Meinung von ihm hatte, gab es kaum ein Ansehen, das er hätte ruinieren können.

Oder sie hätte sich auf ihn eingelassen.

Er drückte den Hinterkopf gegen die Tür und stöhnte leise, während er mit seiner Hand einen schnellen und gleichmäßigen Rhythmus anschlug. Er stellte sich vor, wie er ihre vollen Lippen küsste und anschließend an ihren Brustwarzen knabberte. Diese verheißungsvoll harten Dinger, die sich so deutlich abgemalt hatten. Wie er dann seine Hand über ihren Bauch tiefer gleiten ließ, bis dort, wo sie heiß und feucht war und darauf wartete, dass er sich in sie versenkte.

Er stöhnte leise, als er sich eine Pause gönnte, die gerade so lange währte, bis er die Hose heruntergezogen und sich rücklings auf das Bett fallen gelassen hatte. Mit einer Hand knetete er seine Eier, mit der anderen fuhr er über die heiße Haut seiner Erektion. Er biss die Zähne zusammen und rieb sich schneller. Gleich dort an der Tür hätte er sie genommen, hätte ihr im Schein der Blitze die Kälte aus dem Körper gevögelt. Sie hatte so verloren ausgesehen, wie sie die Schultern zusammengezogen hatte. Und trotzdem unnahbar und kämpferisch. Nach so einer Frau musste man lange suchen. Vielleicht blieb er noch einen Tag länger. Vielleicht gab es doch noch eine Gelegenheit.

Er sah sie vor sich, sah ihren Blick, mit dem sie ihn maß, dann das unbestimmte, abschätzende Lächeln auf den feuchten Lippen. Er sah ihre gespreizten Beine und den Finger auf ihrer Klitoris. Sie verteilte ihre Feuchtigkeit auf der kleinen Perle und öffnete sich ihm. Packte seinen Schwanz und führte ihn ein, versenkte ihn in sich, bis sich ihrer beider Hüften berührten. Bewegte ihren Schoß, rieb ihn, ritt ihn, immer schneller und härter.

Er krümmte sich unter der Wucht, mit der er kam. Keuchend lag er da, spürte, wie sein Samen in seine Hand spritzte.

Es war anders als sonst. Als sich sein Puls und sein Herzschlag wieder beruhigt hatten, dröhnte die einsame Stille des Zimmers in seinen Ohren. Der Regen draußen hatte nachgelassen. Und er fragte, sich, was genau er vermisste.

7. *Der Morgen danach*

Als Ulli am nächsten Morgen den Gastraum betrat, merkte sie, dass die Stimmung gekippt war. Jul und Giannis saßen mit finsteren Mienen einander gegenüber und schwiegen sich an. Isa hatte sich sogar einen Tisch möglichst weit weg von den beiden gesucht und tippte wieder auf ihrem Smartphone herum. Erstaunlich, dass sie überhaupt so guten Empfang hatte. Die meisten Gäste waren froh, wenn sie eine SMS durchbrachten, an eine Datenverbindung war kaum zu denken.

Von Max und Bennett war keine Spur zu sehen.

Was war passiert? Hatten Jul und Giannis ein Problem damit, dass Max die Nacht bei ihr verbracht hatte?

Ulli rang sich ein fröhliches Lächeln ab. Ganz so schwer fiel es ihr nicht, denn ihre Laune war im Gegensatz zu der ihrer Gäste gut – besser als die ganzen Tage zuvor, um genau zu sein. »Guten Morgen allerseits. Frühstück ist in zwanzig Minuten auf dem Tisch. War alles okay bei euch?«

»Super.«

»Wunderbar.«

Die beiden jungen Männer schauten nicht einmal auf, als sie ihre Kommentare abgaben.

Ulli zog die Brauen zusammen und verkniff sich eine Antwort. Sie waren alle erwachsen, das galt auch für Max. Wenn er Ärger bekam, musste er damit klarkommen, und sie hegte keinen Zweifel daran, dass er das schaffte. Sie war Hüttenwirtin, keine Kindergärtnerin.

Isa hingegen schaute von ihrem Handy auf und lächelte ihr offen zu. »Es ist wirklich toll hier. Ich möchte helfen.«

»Mach das, ich werde mich nicht wehren.« Ulli nickte und winkte in Richtung der Schwingtür.

Hastig sprang Isa auf und folgte ihr. Kaum hatten sie die Küche betreten, atmete die jüngere Frau tief durch. »Mann, das ist ja nicht zum Aushalten! Die sind alle drei sauer aufeinander, und keiner erklärt mir, was los ist.« Sie wischte sich mit einer wütenden Geste eine Haarsträhne aus der Stirn. »Tut mir leid, ich wollte dich nicht mit meinen Problemen mit den Jungs volllabern. Aber ich bin gerade trotzdem froh, wenn ich mich für ein paar Minuten von denen fernhalten kann.«

»Ist kein Problem, Isa. Kannst mir ruhig erzählen, was los ist, wenn du möchtest.« Ulli zwinkerte kurz verschwörerisch zu ihr auf, während sie sich über die Tiefkühltruhe beugte und Aufbackbrötchen herausnahm. »Ich bin immer neugierig.«

»Es gibt nicht viel zu erzählen. Ich hab die Nacht mit Jul verbracht. Na und? Ich hab mich bisher zusammengerissen, aber ich finde ihn schon lange nett. Und wenn die drei es nicht schaffen, auf ihre Eifersüchteleien zu verzichten, fahre ich eben allein weiter.«

Ganz schön direkt, die junge Dame, dachte Ulli. Aber das war nicht ungewöhnlich – hier auf der Hütte rückten die Menschen rasch zusammen, hatten häufig schon nach ein paar Stunden das Gefühl, sich ewig zu kennen. Und entsprechend vertrauten sie einander auch schneller als andernorts das eine oder andere an.

Dann erst wurde ihr bewusst, dass Isa Jul und nicht Bennett gesagt hatte. War das der Grund, warum Letzterer heute Nacht so einsam da gestanden und sich das Gewitter angesehen hatte? Verletzte Eitelkeit, weil er nicht zum Stich gekommen war?

»Und du meinst, sie sind eifersüchtig auf Jul?«, fragte sie laut.

Isa nahm auf ihre Anweisung hin die passende Menge Besteck aus der Schublade. »Was denn sonst? Wenn es eine andere Erklärung für dieses Herumgeschmolle gibt, sagt es mir jedenfalls keiner.«

»Du kennst Jul noch nicht sehr lange, oder?«

»Nein, wieso? Ist das ein Grund, sich nicht in jemanden zu verlieben?«

»Nein, natürlich nicht. Also ist es das? Bist du verliebt in ihn?«

Isa starrte sie einen Moment verwirrt an, als würde ihr jetzt erst bewusst, was sie gesagt hatte. Unsicher zuckte sie mit den Schultern, und Ulli winkte lächelnd ab. »Tut mir leid. Das geht mich ja wirklich nichts an. Wie ich schon sagte, ich bin einfach neugierig. Wenn ich den ganzen Sommer hier oben verbringe, bekomme ich vom Rest der Welt um mich herum wenig mit. Also interessiert mich zwangsläufig, was zwischen den Menschen hier geschieht.«

»Aber du fährst doch runter nach Bozen? Du musst doch einkaufen, zum Arzt, Behördengänge machen, solche Dinge ... oder nicht?«

»Eher selten«, gab Ulli zu und nahm die stumme Aufforderung, das Thema zu wechseln, an. »Den Einkauf hat meistens Saskia gemacht, meine Partnerin. Und alles Übrige versuche ich im Winter zu erledigen.« Sobald sie es ausgesprochen hatte, wunderte sie sich darüber, wie sehr diese Worte nach Flucht klingen mussten. Warum war ihr das in all den Jahren nie aufgefallen?

Isa erwiderte nichts, sondern trug Besteck und Geschirr hinaus, um im Gastraum einzudecken. Ulli folgte ihr mit Marmeladen und Müsli. Inzwischen war Max eingetroffen, und die Anspannung war, sofern möglich, noch angestiegen. Er und Jul sprachen kein Wort miteinander und tauschten stattdessen finstere Blicke. Von Bennett war nichts zu sehen. Falls er vorgehabt hatte, die Gruppe ein Stück zu begleiten, hatte er es sich scheinbar anders überlegt.

Das Frühstück der vier verlief überwiegend in frostigem Schweigen. Ulli deckte einen Tisch für Bennett ein und zog sich in die Küche zurück, wo sie sich mit sinnlosen Kleinigkeiten beschäftigte. Sie war in der Nacht zu der Erkenntnis gelangt, dass dieser Abschied auf Raten nichts für sie war. Sie würde schon heute Abend das Auto packen und die Hütte verlassen. Sie hatte sechs Wochen Zeit, bis sie ihre Arbeit wieder aufnahm. Vielleicht sollte sie einfach in den Süden fahren, weg von den Bergen, bis nach Sizilien und ans Meer.

Erregte Stimmen aus dem Gastraum ließen sie aufmerken. Unauffällig trat sie an die Schwingtür. Max und Jul waren allein im Raum, gifteten einander inzwischen so laut an, dass Ulli ihr Lauschen schon gar nicht mehr als solches empfand. Es würde ihr erheblich mehr Mühe bereiten, *nicht* hinzuhören.

»... bist schließlich nicht mein Kindermädchen«, knurrte Jul gerade. »Ich bin alt genug, um selbst zu entscheiden, mit wem ich wann was anfange.«

»Anfangen kannst du, soviel du willst, wenn du vorher auch alles ordentlich beendest. Ich denke nur an Miri, die jetzt zu Hause sitzt und keine Ahnung davon hat, was ihr Freund hinter ihrem Rücken treibt.«

»Und das geht dich genauso wenig was an!«

»Isa weiß aber auch nichts davon! Ich glaube schon, dass sie ein Problem damit hätte, dass du gerade fremdfickst!«

Jul lachte wütend auf. »Bist du hier jetzt der Moralapostel vom Dienst, oder was?«

»Ich finde es einfach doppelt scheiße! Ich hätte echt Lust, Isa zu sagen, was für ein mieses Spiel du mit ihr treibst.«

»Untersteh dich!« Jul senkte drohend seine Stimme.

»Keine Sorge.« Max lachte höhnisch auf. »Ich möchte noch als Gruppe am Gardasee ankommen. Isa ist sowieso schon genervt, und wie ich sie kenne, bringt sie es fertig, allein weiterfahren zu wollen. Das will ich nicht verantworten.«

»Wie ehrenvoll!«, zischte Jul. »Aber vielleicht hat sie ja auch gar kein so großes Problem mit mir. Vielleicht war es ja auch für sie nur ein netter One-Night-Stand, und sie denkt sich nichts weiter dabei. Soll vorkommen.«

»Da kennst du Isa schlecht.«

»Natürlich. Du hingegen kennst sie ja schon so lange und weißt genau, was in ihr vorgeht. Weißt du was, Alter? Du bist eifersüchtig, weil du nicht zum Stich gekommen bist, das ist alles.«

»Und selbst wenn? Ich habe wenigstens keine Freundin zu Hause, die ich hintergehen würde.«

»Nee, ist klar. Du würdest dich standhaft allen Verlockungen widersetzen, edler Ritter. Aber weißt du was? Vielleicht legt die moderne Frau von heute gar nicht mehr so einen großen Wert auf Treue und all dieses Gedöns.«

»Probier's doch aus! Erzähl Isa von deiner Miri. Mal sehen, was passiert.«

»Ich denk gar nicht dran. Warum sich Probleme machen und endlose Diskussionen führen oder unnötig Erklärungen abgeben?«

»Feige bist du also auch noch. Das ist so bescheuert, dass ich darauf gar nicht erst antworte.« Mit einem wütenden Knurren verließ Max den Raum und knallte die Tür hinter sich zu.

»Besserwisserisches moralisches Arschloch«, rief Jul ihm halblaut hinterher.

Ulli zog sich in die Küche zurück. Wie viel Isa wohl davon mitbekommen hatte? Nach dem, was sie vor dem Frühstück gesagt hatte, wusste sie nichts von Juls doppeltem Spiel. Man konnte über Treulosigkeit denken, was man wollte, aber war es nicht eine Frage der Fairness, dass Jul ihr reinen Wein einschenkte? Was, wenn sie sich Hoffnungen machte? Und ihrer Bemerkung von heute Morgen zufolge tat sie genau das.

Andererseits, fuhr es Ulli durch den Kopf, hatte sie auch nicht jeden Wanderer nach seinem aktuellen Beziehungsstatus gefragt. Aber sie war auch nie in einen von ihnen verliebt gewesen. Ihr ging es vordergründig um eine schöne Nacht. Wenn sie allerdings ernstere Absichten gehegt hätte, hätte es sie schon interessiert, ob überhaupt Aussicht darauf bestand, etwas miteinander anzufangen, oder ob andere Frauen ältere Rechte hatten.

»Ulli? Wir wollten los. Vielen Dank für alles!« Isa steckte den Kopf zur Küchentür hinein. Sie trug Beinlinge unter ihrer Radhose und eine Regenjacke.

»Was? Ja klar. Ist es kalt? Regnet es wieder?« Ulli hatte noch nicht nach dem Wetter geschaut. Vielleicht sollte sie doch einen Blick auf die Umgebung werfen, ob das Gewitter irgendwelche Schäden angerichtet hatte, die sie beseitigen könnte. Das hatte sie bisher immer als Teil ihrer Pflichten hier oben angesehen, und noch war sie schließlich hier.

»Es nieselt; mal mehr, mal weniger. Die Temperatur ist okay, und wir hoffen, dass es wieder ein bisschen wärmer wird«, erklärte Isa und setzte sich den Fahrradhelm auf. Im Gastraum half Ulli ihr, den Rucksack bequem auf den Rücken zu nehmen. Gemeinsam traten sie hinaus in den regengrauen Tag. Das Nieseln war kräftiger, als Ulli erwartet hatte, und tauchte die Welt um sie herum in einen dichten Nebel aus Wasser. Max stand mit seinem und Isas Mountainbike vor der Tür und wartete geduldig. Ab und zu perlte ein Regentropfen über den kurzen Schirm seines Helms. Jul hingegen kreiste bereits einige Meter entfernt, übte sich in kleinen Bremsmanövern oder beugte sich über den Lenker und testete die Spannung der Feder an der Vordergabel. Giannis stand mit seinem Rad von allen abgewandt vor einer Bank an der Hüttenwand, als habe er mit keinem von ihnen noch etwas zu schaffen.

»Dann euch mal eine gute Fahrt. Ich hoffe, dass ihr keine allzu große Schlammschlacht erlebt.« Ulli warf einen zweifelnden Blick zum Himmel. Es war wärmer, als sie erwartet hatte, aber die dunklen Wolken über den Gipfeln verhießen neuen Regen, vielleicht sogar ein weiteres Gewitter.

»Danke, Max.« Isa nahm ihr Rad entgegen und schwang sich in den Sattel.

Max grinste Ulli an. »Vielen Dank für die Gastfreundschaft. Ich habe den Aufenthalt sehr genossen.«

Ulli lachte bei dieser verklausulierten Formulierung und fragte sich, wie viel die anderen von ihrer und Max' gemeinsamer Nacht eigentlich mitbekommen hatten. Isa und Jul waren ja offensichtlich mit sich selbst beschäftigt gewesen und hatten womöglich nicht einmal gemerkt, dass Max erst in den frühen Morgenstunden in sein Bett gekrochen war. Nur Giannis war allein in dem Zimmer der Jungs zurückgeblieben, was vielleicht ein Grund war, warum er so beleidigt wirkte.

Aber das war jetzt alles egal. Ulli winkte kurz zum Abschied. »Ihr fahrt da drüben an dem Wegweiser vorbei und nehmt den Wanderweg Richtung Süden nach Nova Ponente. Nicht den nach links weg, der führt euch nur auf die Nachbaralm zu den Gampers. Und dort könnt ihr nur noch direkt zurück ins Tal, oder ihr fahrt im Kreis und seid schneller wieder hier, als euch lieb ist.«

Die Gruppe nickte und verabschiedete sich. Angeführt von Jul, fand sie sich zu einer Reihe zusammen und verschwand in gemächlichem Tempo über den Schotterplatz und die Kuhwiese mit dem verwaisten Unterstand in die angegebene Richtung.

Ulli verbot sich jegliche Schwermut, die sie mit einem Mal wieder überrollen wollte. Sie beobachtete Max, der als Letzter fuhr, und bewunderte seine mühelos erscheinenden Bewegungen. Bei jedem Tritt in die Pedale glänzte der Stoff der schwarzen Radhose und betonte das Spiel seiner Muskeln an Oberschenkel und Po, was Ulli ein letztes sehnsüchtiges Seufzen entlockte. Der Junge war wirklich gut gewesen. Aber sie hatten beide keinen Zweifel daran gelassen, dass es nicht mehr als eine gemeinsame Nacht gewesen war – und das war völlig in Ordnung so.

Erst als die Radfahrer nicht mehr zu sehen waren, ging Ulli zurück ins Haus und begann, den leeren Frühstückstisch der Gruppe abzuräumen.

8. Am Abgrund

Isa hatte Mühe, auf dem rutschigen Untergrund vernünftig voranzukommen. Nach nur wenigen hundert Metern fragte sie sich, ob ihr Aufbruch wirklich schlau gewesen war oder ob sie nicht lieber noch ein paar Stunden hätten warten sollen, bis die Strecke wieder besser zu befahren gewesen wäre. Schon die Wiese war matschig; die Reifen ihres Mountainbikes saugten sich regelrecht am Untergrund fest und kamen nur mit einem satten Schmatzen wieder frei.

Als sie auf den Trail kamen, der in ihrem Radwanderführer als breiter sandiger Pfad von leichtem Schwierigkeitsgrad beschrieben war, fragte sich Isa sogar, ob sie nicht falsch abgebogen waren. Der Weg führte kaum erkennbar an einer Bergflanke vorbei, manchmal gerade noch eine Reifenbreite schmal. An anderen Stellen stachen große, halb ausgeschwemmte Felsbrocken aus dem Untergrund hervor, an denen man schnell mit dem Vorderrad oder einer Pedale hängenbleiben konnte. Noch schlimmer als diese Hindernisse aber waren die herumliegenden Steine, die Regen oder Wind auf den Weg gerollt hatten und die durch die beiden Fahrer vor ihr in Bewegung gerieten und mit unheilvollem Klackern und Krachen weiter den Hang hinabkullerten. Immer wieder wanderte ihr Blick nach oben, den felsigen Abhang hinauf und suchte nach möglichen Felsbrocken, die sich über ihr lösen könnten. Bisher waren es nur vereinzelte kleine Kiesel, die sie entdeckte.

Isa war unheimlich zumute. Ihr kam es vor, als wäre ihre gesamte Umgebung in Aufruhr. Sie verstand auf einmal sehr gut, wie die Bewohner dieser Gegenden auf Geschichten rund um Zwerge und andere Völker kamen, die im Inneren der Erde ihr Unwesen trieben. Aktuell ließ sich allerdings kein Zwerg blicken; Isa entdeckte nur Felsen, niedrige Büsche und Gras. Die steinernen Riesen rundherum lagen düster, grau und still in dichten Inseln regenschwerer Wolken, und auch das trübe Licht trug nicht gerade zu einer Verbesserung der ohnehin angespannten Stimmung bei.

Jul allerdings schien das alles überhaupt nicht zu stören. Er fuhr wie immer als Erster, schnell und sorglos, ohne zu wissen, was ihn hinter der nächsten Kurve erwartete.

Giannis an zweiter Position ließ sich davon allerdings nicht im Geringsten antreiben, sondern fuhr sein Tempo, was schon zu einer beträchtlichen Lücke zwischen ihm und Jul geführt hatte. Dabei war Giannis der technisch geschickteste Fahrer von ihnen. Isa hatte sich angewöhnt, weniger auf das Gelände zu achten, sondern sich ganz genau darauf zu konzentrieren, welchen Weg sich ihr Vordermann suchte. So fuhr sie automatisch die optimale

Strecke, kam kräfteschonend über Hindernisse oder wich ihnen rechtzeitig aus.

Von Max bekam sie wie immer nur ab und zu das Klackern seiner Gangschaltung oder das Rumpeln seines Rades mit, wenn er hinter ihr über eine Unebenheit fuhr.

Dann endlich wurde der Weg etwas angenehmer zu fahren. Jul preschte voran, doch Giannis blieb bei seinem gemächlichen Tempo, was Isa nur recht war. Sie schwitzte ordentlich unter der Regenjacke, denn trotz des Nieselregens wurde es warm und sogar leicht drückend. Isa fragte sich nicht zum ersten Mal, warum Giannis seinen eher gemächlichen Fahrstil so unverdrossen beibehielt. Wollte er Jul demonstrieren, dass er im Moment nicht zu den anderen gehörte? Giannis hatte wenig gesagt, wie immer, aber er und Max waren sich unbestreitbar einig, dass Jul irgendetwas verbrochen hatte. Nur was? Wenn es darum ging, dass sie die Nacht mit ihm verbracht hatte, hatte sie doch genauso viel Anteil daran.

Isa bereute die Nacht inzwischen bitter. Nicht nur, dass jetzt genau das eingetreten war, was vorher über Wochen, wenn nicht gar Monate diskutiert worden war und zum Bruch ihrer langjährigen Beziehung geführt hatte. Das machte ihr inzwischen nichts mehr aus, denn es hatte schon lange gekriselt. Lukas war ihr erster und bisher einziger Freund gewesen. Sie waren zusammen gewesen, seit sie siebzehn waren, und im Nachhinein hatte Isa das Gefühl, dass sie beide inzwischen schlicht erwachsen geworden waren und es eben einfach nicht mehr passte. Dass sie mit drei andern Jungs und vor allem mit Max diese Tour machen wollte, war der Grund, aber nicht die Ursache für die Trennung gewesen. Lukas war in letzter Zeit häufiger eifersüchtig auf Max gewesen. Warum auch immer, denn Isa hatte ihm nie einen Anlass dazu gegeben – und mit Max schon gar nicht.

Nein, dass diese Unkereien im Vorfeld nun wahr geworden waren, war nicht der einzige Grund, weswegen sie die Nacht mit Jul bereute, sondern weil sie nun das Gefühl hatte, nicht mehr zu den anderen zu gehören. Sie kam sich wie der Störenfried vor, der Unheil über eine Männergemeinschaft gebracht und sich in ein heiliges Kumpelding eingemischt hatte, in dem sie nichts zu suchen gehabt hatte. Sie hatte immer auf Gleichbehandlung bestanden und betont, dass ihr Geschlecht beim Radfahren keine Rolle spielen sollte – außer dass ihr vielleicht manchmal die Kräfte fehlten und die anderen warten mussten. Aber das hatte bisher keinen von ihnen gestört. Jetzt hingegen hatte sie selbst gegen die Spielregeln verstoßen. Und da das Ergebnis ganz und gar nicht ihren Erwartungen entsprach, nagte sie kräftig daran.

Sie hatte sich mehr erhofft. Hatte geglaubt, Jul würde ihre Gefühle erwidern und nicht nur eine Bettgeschichte suchen. Ja, sie hatten hinterher auch nett zusammen geredet, und es war insgesamt eine tolle Nacht gewesen. Aber seit er am Morgen wieder zu den anderen in den gemeinschaftlichen Schlafraum zurückgekehrt war, tat er beinahe so, als wäre gar nichts gewesen.

Das kränkte. Sie kam sich vor wie ein Spielzeug, das benutzt und danach weggeworfen worden war.

Es war ja grundsätzlich nichts gegen One-Night-Stands einzuwenden, aber Jul hatte sie die ganzen Tage zuvor schon heftig angeflirtet, hatte offen gezeigt, dass er sie näher kennenlernen wollte. Manchmal, wenn Max dabei gewesen war, hatte der Isa einen warnenden Blick zugeworfen. Sie hatte das nicht verstanden – oder nicht verstehen wollen. Denn jetzt fragte sie sich, ob Max gewusst hatte, wie oberflächlich Jul in Wirklichkeit war. Jetzt war sie schlauer, enttäuscht, und mehr als das. Die Querelen zwischen den Jungs – aus welchem Anlass auch immer sie ausgebrochen sein mochten – machten es nicht besser.

Grimmig trat sie in die Pedale und versuchte, so gut es ging, den teils überraschend tiefen Pfützen auf dem unebenen Untergrund auszuweichen. Dabei war sie sowieso schon bis auf die Haut durchnässt und von oben bis unten mit Dreck bespritzt. Was daran war noch mal Urlaub?

»Jul! Bremsen, bist du wahnsinnig!«, schrie Giannis plötzlich auf und bremste seinerseits so hart, dass sein Hinterrad ausbrach und nach rechts über den sanft abfallenden Abhang ragte. Giannis klickte mit beiden Füßen gleichzeitig aus der Befestigung seiner Pedale aus und warf seinen Oberkörper nach vorn, so dass er wenig elegant, aber sicher zum Stehen kam.

Isa machte ihrerseits eine Vollbremsung und wich Giannis aus, indem sie ihr Vorderrad nach links in den Hang hineinlenkte. Taumelnd kam sie zum Stehen, von Giannis gestützt, der sie hastig am Oberarm packte. Ihr Rad bekam einen Stoß, als Max fluchend von hinten dagegen rammte und ebenfalls absprang.

Alle drei konnten beobachten, wie Jul es gerade noch ein paar Meter über eine Passage des Weges schaffte, über die sich ein kleiner Wasserfall erstreckte. Auf dem Weg sammelte sich schlammiges Wasser, dessen Untergrund viel schlüpfriger war, als Jul vermutlich erwartet hatte. Kurz vor Ende des Wasserfalls kam er ins Rutschen, erst mit dem Hinterrad, dann mit dem Rest. Als er gegenlenken wollte, blieb er mit dem Fuß an einem Stein hängen und stürzte seitwärts die Böschung hinab.

Isa stieß einen spitzen Schrei aus, glaubte einen quälend langen Moment, dass er sich das Bein komplett verdrehen würde, weil das Gewicht des Mountainbikes seinen Fuß mitriss, doch dann schaffte er es, sich aus den Pedalen zu befreien. Das schlitternde Rad über sich, rutschte er in Zeitlupentempo über mehrere Felsen, bis er mit einem lauten Fluch liegen blieb.

»Halt mal!« Giannis war vorsichtig abgestiegen und drückte Isa seinen Lenker in die Hand. Max hatte sein Rad und den Rucksack bereits auf den Weg gelegt und balancierte vorsichtig die Böschung entlang. Zu ihrer aller Erleichterung stand Jul bereits, hatte den Rucksack vom Rücken gestreift und den Helm abgenommen, um seinen Kopf zu betasten. Auf die Entfernung und mit dem ganzen Dreck am Leib konnte Isa keine Verletzung ausmachen, doch Jul wirkte unverkennbar unsicher auf den Beinen.

Verärgert, weil sie sich nun mit zwei Mountainbikes abmühen musste, stieg sie ab und lehnte ihres und Giannis' Rad gegeneinander. Normalerweise funktionierte das gut, aber jetzt und hier musste sie beide lange ausbalancieren, und als sie sich von ihrem Rucksack befreit hatte, kamen Giannis, der den humpelnden Jul führte, und Max mit dessen Fahrrad schon wieder den Abhang hinaufgekraxelt.

»Alles okay? Braucht ihr noch Hilfe?«

»Hier, kannst du das Rad annehmen? Ich geh noch den Rucksack holen.« Max schob ihr Juls Bike entgegen, und Isa streckte sich, um es auf den Weg zu ziehen. Verdammt, die Böschung sah gar nicht so steil aus. Es war ja zum Glück kein Abgrund gewesen, aber das Rad hatte doch ein ganz schönes Gewicht.

»Mann, so ein blöder Mist! Ich hab sogar Schlamm in den Ohren!«, fluchte Jul und ließ sich auf einem größeren Felsen nieder.

Giannis funkelte ihn böse an. »Du bist selbst schuld! Das konnte ein Blinder sehen, dass der Weg unterspült und die Pfütze ziemlich tief ist. Da fährt man doch nicht einfach durch!«

»Wie konnte man das denn sehen, du Großmaul!«

»An der Art, wie das Wasser sich auf dem Weg ausbreitet. Einfach mal die Augen aufmachen und das Hirn einschalten!« Giannis schüttelte verständnislos den Kopf.

»Einfach mal Augen aufmachen und das Hirn einschalten!«, äffte Jul ihn nach. »Klar, dir wäre das nicht passiert. Du hast ja noch nie Dreck gefressen, weltbester Fahrer von allen. Ich habe meistens Pech, ich fahre ja auch vorne!«

»Zu viel Pech ist Unvermögen!«, warf Max, der jetzt mit zwei großen Schritten wieder auf dem Weg ankam, trocken ein. »Und es hat dich niemand darum gebeten, immer vorneweg zu fahren. Aber wenn du weiter hinten fährst, geht es dir meistens nicht schnell genug, und von deinen schwachsinnigen Überholmanövern haben wir auch die Schnauze voll.«

»Klar, ich bin wieder an allem schuld. Ihr könnt mich mal.« Jul beugte sich hinab, um ihren Blicken auszuweichen, und untersuchte sein Bein. Zwischen den schwarzgrauen Dreckstriemen sickerte Blut hervor.

»Viel interessanter ist die Frage, was wir jetzt machen«, sagte Isa. »Ist das Rad in Ordnung? Jul, kannst du überhaupt fahren?«

»Weiß nicht«, murmelte er und klang plötzlich ungewohnt kleinlaut. Er streckte sein Bein und winkelte es wieder an, wobei er vergeblich versuchte, seine Gesichtsmuskeln unter Kontrolle zu behalten. Isa war sich sicher, dass er Schmerzen hatte.

Max beugte sich über Juls Mountainbike und pulte Dreck aus der Vorderradbremse. »Es scheint okay zu sein. Aber um ehrlich zu sein, bin ich mir gar nicht mehr sicher, ob es wirklich eine gute Idee ist, bei dem Dreckswetter weiterzufahren. Habt ihr die Wolken dahinten gesehen? Da kommt gleich wieder Regen. Wenn ihr mich fragt, lasst uns zum *Alpenglühen* zurückfahren.«

»Denn beim Maxl glüht auch die Hose.« Jul grinste gehässig.

Max zog finster die Augenbrauen zusammen. »Pass auf, was du sagst.«

»Schluss jetzt!«, fuhr Giannis ungewöhnlich harsch dazwischen.

Isas Blick wanderte von einem zum andern, doch niemand gab ihr eine Erklärung. Genervt hielt sie den Mund. Sie hatte es satt, wie die drei sich in Andeutungen und dummen Phrasen ergingen. Sicherlich steckte nicht hinter jedem Gefrotzel eine tiefere Bedeutung, aber gerade jetzt wüsste sie schon ganz gern, worum es ging, und ob sie am Ende, ohne es zu wissen, Teil der anzüglichen Sticheleien war.

Wie auch immer – sie entschieden sich, zu Fuß umzukehren, und Jul bekam seine Quittung, denn er musste das Rad die meisten Abschnitte selbst schieben, da der Weg zu schmal war, als dass ein anderer von ihnen zwei Räder nebeneinander hätte nehmen können. Max übernahm trotz des vorangegangenen verbalen Angriffs Juls Rucksack und legte ihn über seinen Lenker und den Sattel. Isa ging als Letzte, schaute sich noch einmal gründlich um, ob sie auch nichts liegenlassen hatten, und stolperte dann hinter den anderen den Weg zurück zur Hütte. Was für ein großartiger Tag. Überhaupt, was für ein großartiger Urlaub! In diesem Augenblick jedenfalls wünschte sie sich mit aller Macht zurück in ihre kleine, frisch bezogene Single-Wohnung in Karlsruhe. Sie war erst drei Tage vor dem Urlaub aus der gemeinsamen Wohnung mit Lukas ausgezogen, aber selbst das Chaos aus Kartons und halb aufgebauten Möbeln erschien ihr verlockender als ihre momentane Situation. Daheim konnte sie sich immerhin die Decke über den Kopf ziehen. Ach was, sie würde sich sogar lieber um ihren Telefonanschluss kümmern, als weiter mit dieser Begleitung hier durch den Schlamm zu waten!

9. *Herbergsmutter*

Ulli schleppte ein paar Müllsäcke nach draußen und warf sie in den Kofferraum ihres Wagens. Missmutig betrachtete sie die gesamte Ladung – zwei Bücherkartons und ein Koffer –, die bereits ein gutes Drittel des Autos einnahm. Sie würde mindestens noch zweimal hin- und herfahren müssen, ehe sie das *Alpenglühen* endgültig verlassen konnte. So viel zum Thema finaler Aufbruch! Daraus wurde nichts, und das machte den Abschied keinesfalls leichter.

Sie betrat den leeren Gastraum. Ein paar Wassertropfen lösten sich aus ihren Haaren. Verwundert befühlte Ulli den Stoff ihres Sweatshirts, der doch viel feuchter war, als sie bei dem bisschen Regen erwartet hatte. Sie reckte sich und zog das nasse Teil über den Kopf. Dabei rutschte das T-Shirt darunter bis zu ihrem Brustansatz hoch. Ulli schüttelte sich und zupfte den Stoff wieder nach unten. Es hatte auch Vorteile, allein zu sein.

Da vernahm sie hinter sich plötzlich Schritte und ein nachdrückliches Räuspern. In letzter Sekunde unterdrückte Ulli den Impuls, herumzufahren. Sie hatte völlig vergessen, dass Bennett noch da war! Ja, eigentlich hatte sie sogar halb erwartet, dass er bereits in den Morgenstunden aufgebrochen und verschwunden war, nachdem er sich so lange nicht hatte blicken lassen. Wie war sie eigentlich auf diesen Gedanken gekommen?

Vielleicht, so dachte sie, *weil es dir so lieber gewesen wäre.* Aber da hatte sie sich wohl getäuscht. Jetzt also galt es, auch den letzten Gast angemessen zu verabschieden. Sie riss sich zusammen. »Guten Morgen, Bennett. Noch eine gute Nacht gehabt?« Lächelnd, als wäre nichts gewesen, deutete sie einladend auf den für ihn gedeckten Tisch, hängte das nasse Sweatshirt über eine Stuhllehne und nahm einen Teil des benutzten Geschirrs von dem verlassenen Vierertisch auf.

»Moin, Moin und grüß Gott, schöne Wirtin. Eine ganz großartige Nacht, danke sehr.«

»Schöne Wirtin?« Hatte der einen Höhenkoller oder schon was getrunken? »Wir sind doch hier nicht im Musikantenstadl! Oder wo siehst du mein Dirndl?«

»Du würdest sicher auch in einem Trachtenkleid großartig aussehen. Aber ich habe eben eine ganz andere Aussicht genossen.« Er grinste anzüglich, und Ulli hatte förmlich das Gefühl, dass er ihr das T-Shirt mit seinen Blicken wieder anhob.

»Kaffee steht drüben auf der Anrichte in der Küche«, erklärte sie kurz angebunden und balancierte eilig die benutzten Teller zurück in die Küche. Ihr wurde die Situation zu heikel. Auf keinen Fall wollte sie sich mit ihm auf ein Techtelmechtel einlassen. Aus guten Gründen: Sie hatte neben dem Verlust der Hütte keinen Bedarf an der Sehnsucht nach einem Mann wie diesem. Und dass der Kerl hielt, was er versprach und ihr signalisierte, lag im Bereich des Möglichen. Nein, der One-Night-Stand mit Max war ein angemessenes Ende unter diesem Kapitel ihres Lebens. Folgenlos, unkompliziert und gut. Bei Bennett würden zumindest die beiden erstgenannten Punkte schwierig werden, dessen war sie sich sicher. Und ganz nebenbei: Wenn Bennett glaubte, dass sie ihn auch noch bediente, hatte er sich geschnitten.

Mit Getöse räumte sie das Geschirr in die Spülmaschine. Als sie sich aufrichtete und umdrehte, stand Bennett mit der Kaffeekanne in der einen und seinem Becher in der anderen Hand an der Anrichte und prostete ihr zu. Sie hatte gar nicht gehört, dass er die Küche betreten hatte.

»Hab ich was falsch gemacht?«, fragte er jovial.

»Keine feine Art, sich so anzuschleichen.« Ulli bemühte sich um eine neutrale Miene, die ihr offenbar zunächst entglitten war.

»Nun mal sachte. Du hast gesagt, der Kaffee steht in der Küche, und ich bin dir in die Küche gefolgt. Dass du das nicht mitbekommst, wenn du so einen Lärm machst, ist doch nicht mein Verschulden.«

»Ja, richtig.« Ulli drückte die Hände gegen ihre Wirbelsäule und streckte sich durch.

»Rückenschmerzen?« Mit dem Kaffeebecher in der Hand kam Bennett näher und betrachtete sie aufmerksam, fast besorgt.

»Nur etwas verspannt. Nicht der Rede wert.« Sie wandte sich ab, von dem raschen Wechsel in diese arglose

Freundlichkeit völlig überfordert. Bennett wirkte insgesamt ganz anders als noch am Abend zuvor – angriffslustig, seine Höflichkeit berechnend. Was für eine tiefere Absicht verfolgte er? Sie hatte da so eine Ahnung. Und obwohl es genau das war, was sie am Abend zuvor noch herbeigesehnt hatte, wünschte sie sich jetzt vor allem weit, weit fort von diesem Mann. Von wegen Schlussstrich, falsche Hoffnung und so. Sie merkte nämlich sehr deutlich, dass dieser Kerl sie nicht kaltließ, und jede Minute, die er länger mit ihr auf der Hütte verbrachte, würde es ihr schwerer machen, loszulassen. Ihn, und das *Alpenglühen* an sich.

»Kann ich dir denn helfen, bei irgendetwas zur Hand gehen?«

Ulli warf einen spöttischen Blick über die Schulter. »Zum Beispiel? Etwas, was eine Frau ohne einen ganzen Kerl wie dich nicht schafft?«

Er hob abwehrend die Hände, und zum ersten Mal zeigte sich ein verärgerter Zug um seinen Mund. »Was soll das? Ich möchte nur nett sein.«

»Schon klar. Nein, es gibt nichts zu tun.« Sie wandte sich brüsk ab und wurde wütend auf sich selbst. Es stimmte schon, er machte doch gar nichts. Vielleicht täuschte sie sich auch, und er flirtete wirklich nicht – oder es war für ihn so natürlich, dass er es schon gar nicht mehr selbst bemerkte.

Sie hingegen verhielt sich unprofessionell, zickig und unhöflich. Aber irgendwas an seinem Verhalten provozierte sie. Und wenn es nur die Tatsache war, dass er überhaupt noch hier war, statt längst wie die anderen aufgebrochen zu sein und sie in Frieden zu lassen.

Sie räumte die Milch in den Kühlschrank und wollte sich gerade umdrehen, als sie Bennett fast in die Arme fiel. Erschreckt fuhr sie zusammen. Er stand unmittelbar hinter ihr! Seine Figur ragte bedrohlich vor ihr auf, schnitt ihr den Weg ab. Ulli hielt inne, und mit einem Mal schoss ihr der Gedanke durch den Kopf, dass sie mit ihm allein war. Doch dieses *allein mit ihm* bekam plötzlich eine ganz neue Bedeutung. Sie kannte ihn doch gar nicht! Was, wenn er …

Einen Moment stand sie da wie paralysiert, überlegte, was sie tun sollte. Angst schoss ihr in kurzen stoßartigen Wellen durch den Körper. Ihr Herz begann, wie wild zu schlagen.

Er legte den Kopf schief, lächelte plötzlich freundlich und hob die Hand.

Ein lautes Krachen ließ sie beide auseinanderfahren. Es hörte sich an, als ob eine Tür aus den Angeln gerissen wurde.

»Ulli?« War das Max' Stimme? »Verdammt, pass doch auf!«

Ulli und Bennett hasteten gleichzeitig durch die Küche und die Schwingtür in den Gastraum hinaus. Es war die Eingangstür, deren Türblatt gegen die Wand gedonnert war, als Max sie aufgestoßen hatte. Er stützte Jul, der ein Bein entlastete. Hinter ihnen kamen Isa und Giannis mit dem zusätzlichen Gepäck und den Helmen der beiden anderen. Alle vier waren klatschnass und mit Matsch bespritzt.

»Was ist denn mit euch passiert?«, rief Ulli entsetzt.

Jul war völlig mit Schlamm beschmiert. Seine Radhose

hing in Fetzen, an seinem Unterschenkel mischte sich der Dreck mit dünnen Rinnsalen halb verkrusteten Bluts. Er ließ sich auf einen der Stühle fallen und streckte das Bein aus. Dabei entlastete er die eine Seite, als könne er nicht richtig sitzen.

»Der Weg ist völlig unterspült.« Max versuchte, sich die Spritzer von den Wangen zu wischen, verteilte die braunen Punkte jedoch nur zu gleichmäßigen feuchten Striemen. »Jul hat einen Abgang gemacht. Zum Glück an einem Abschnitt mit flacher Böschung.«

»Um Himmels willen. Hol mal jemand da drüben in dem Wandschrank den Verbandskasten.« Ulli kniete sich vor den Verletzten und hob das Bein an, um die Wunde in Augenschein zu nehmen. »Nein, so hat das keinen Zweck. Du solltest nach oben unter die Dusche und erst einmal den ganzen Dreck abwaschen. Kannst du laufen?«

Jul nickte. »Ist nicht so schlimm, nur eine Schürfwunde. Es brennt höllisch. Aber das kennt man ja.« Er strafte seine Worte Lügen, als er mit dem Bein auftreten wollte und vor Schmerz das Gesicht verzog. »Mir brennt vor allem der Arsch.«

Wie auf ein stummes Kommando nahmen Max und Giannis ihn in die Mitte und führten ihn in Richtung Treppe. Da erst verstand Ulli, wie seine Worte gemeint waren und warum er sich nicht richtig hingesetzt hatte. Die Hose an seiner linken Pobacke hing ebenfalls in Fetzen, darunter kamen blutige Hautstriemen zum Vorschein.

»Nehmt die Dusche unten, neben der Sauna!«, rief Ulli ihnen nach, damit sie gar nicht erst auf die Idee kamen, den beschwerlichen Gang hinauf in den ersten Stock anzutreten. Isa legte Fahrradhelme und Gepäck neben der Tür ab und folgte den Jungen mit den Worten, sie wolle ebenfalls nach oben gehen, um zu duschen.

Bennett, der auf ihr Geheiß hin den Verbandskasten aus dem Wandschrank genommen hatte, war gleichfalls auf dem Weg zum Flur, drehte sich aber kurz vor der Tür noch einmal zu ihr um. Er hatte die Hand vor den Mund gelegt, doch Ulli sah sein Grinsen aufblitzen. Ihr erging es nicht anders. Bei allem Mitleid überwog die Erleichterung, dass keinem ihrer Gäste Schlimmeres als ein paar Hautabschürfungen widerfahren war.

»Warte!«, rief Ulli ihm nach. Sie rannte an ihm vorbei nach oben und holte ein paar frische Handtücher, die sie ihm zuwarf. »Hier. Die sollen wirklich gründlich schauen, dass der ganze Dreck aus der Wunde verschwindet.«

Bennett musterte sie nachdenklich. »Hast du eine Nagelbürste oder so etwas?«

Ulli starrte ihn an. »Wofür?«

»Na, um die Wunde sauber zu machen.«

»Ist nicht dein Ernst!«

Er lächelte boshaft. »Hab ich auch schon hinter mir; ist die einzige Möglichkeit, das vernünftig sauber zu bekommen. Der Welpe wird ein bisschen winseln, aber wenn sich nichts entzündet, wird er mir später dankbar sein.«

Ulli schluckte ihre Empörung über seine herablassende Art hinunter. Vielleicht hatte er ja recht. Sie ging zum Wandschrank und fand einen handtellergroßen weichen Striegel, den mal ein Gast in der Sauna liegengelassen hatte. Sicherlich nicht sehr steril, aber etwas anderes hatte sie nicht. Da musste Jul hinterher viel Seife nehmen, um die

Wunde zu desinfizieren. Ulli überlief bei der Vorstellung, wie sehr das brennen würde, ein kurzer Schauder.

»Hier.« Sie warf ihn Bennett in hohem Bogen zu, und dieser fing ihn geschickt auf.

»Ja, der sollte es tun.« Er lachte, als freue er sich bereits darauf, Jul damit zu behandeln.

»Dir wäre das natürlich nicht passiert«, stellte Ulli trocken fest.

Er drehte sich um und hob spöttisch die Augenbrauen. »Natürlich nicht. Wer das Risiko liebt, sollte seine Grenzen kennen. Außerdem weiß ich nicht, warum man bei so einem Wetter unbedingt aufbrechen muss. Nicht nur, weil ich Urlaub habe, sondern auch, weil die Alternative ein Tag im *Alpenglühen* mit fantastischer Gastfreundschaft ist.« Und mit diesen Worten drehte er sich um und ließ Ulli stehen, die sich prompt fragte, ob er das Kompliment ernst gemeint oder als ironische Beschwerde wegen ihres zickigen Empfangs an diesem Morgen gemeint hatte.

*

Eine gute Stunde später saßen alle fünf Gäste und Ulli wieder trocken und sauber im Aufenthaltsraum. Jul hatte ein paar dicke Mullpflaster am Hintern und einen Verband um den Unterschenkel und konnte fast normal laufen. Der Tag war eher dunkler statt heller geworden, die Deckenlichter brannten, draußen hatte ein kräftiger gleichmäßiger Regen eingesetzt, und es hatte nicht den Anschein, dass es vorläufig wieder aufhören würde zu gießen. Die Stimmung war gereizt und frustriert, da neben den Querelen der Jungs untereinander nun noch der Ärger über das schlechte Wetter und den unfreiwilligen Aufenthalt hinzukam. Ulli hatte das Radio angestellt, um die Stille zu durchbrechen, doch die leichten, Sonne versprechenden Popsongs des italienischen Senders verbesserten die Atmosphäre nicht merklich.

Nur Bennett saß entspannt an einem der Tische und war in eine ältere Tageszeitung vertieft, die er vor sich ausgebreitet hatte.

»Und jetzt?«, wollte Ulli wissen. »Wollt ihr hier abwarten, bis das Wetter besser wird? Oder zurück nach Bozen fahren und die Landstraßen nehmen?«

»Zurückfahren ist irgendwie gar keine Option. Das ist schlimmer, als die Fahrt komplett abzubrechen«, brummte Jul gereizt.

»Kannst du denn überhaupt sitzen?«, fragte Isa grinsend und erntete einen bösen Blick.

»Meinst du damit, dass du uns von der normalen Route abrätst?«, fragte Max, an Ulli gewandt.

Bennett hob den Kopf und sah interessiert zu ihr hinüber.

Nachdenklich schwieg sie und schaute aus einem der Fenster, vor dessen Scheibe die Regentropfen in nassen Bahnen hinunterliefen. »Ihr könnt es versuchen; ihr könntet auch das erste Stück laufen und die Räder schieben. Nach ungefähr zwei Kilometern führt der Weg zunächst einige Zeit über eine Hochalm. Für die dann folgende Abfahrt würde ich meine Hand jedoch nicht ins Feuer legen. Die wird ziemlich übel sein und dadurch nicht ungefährlich.«

Alle nickten, als hätten sie nichts anderes erwartet.

»Und jetzt?« Isa schlug sich auf die Oberschenkel und sprang auf. »Ich habe keine Lust, hier Däumchen zu drehen.«

»Was ist denn mit deinen Vorräten, Ulli? Was wäre denn, wenn wir hier noch länger festsitzen?«

Sie lächelte beruhigend. »Also, ihr seid ja nicht von der Außenwelt abgeschnitten. Ihr könnt immer noch runter nach Bozen. Oder ich fahre euch mit dem Range Rover runter. Und andersherum kann ich euch durchaus noch für drei bis vier Tage durchfüttern. Wenn alle Stricke reißen, könnte ich über Funk die Bergwacht rufen, und die holen uns mit einem Hubschrauber runter.«

»Das klingt jetzt nicht gerade nach Abenteuer«, seufzte Jul theatralisch.

Ulli lachte. »Du kannst ja losfahren, das wird dann Abenteuer genug. Das Wetter ist im Moment nicht berechenbar. Im Ernst, wir sind einmal zu fünft für einige Tage durch einen Steinschlag auf dem Fahrtweg von der Außenwelt abgeschnitten gewesen. Das war auch nicht halb so aufregend, wie du dir das vorstellst. Zumindest, wenn man ausreichend Vorräte hat.«

»Und die hattet ihr?« Max grinste vielsagend. Offenbar wanderten seine Gedanken in eine andere Richtung, und er malte sich aus, was sie und Saskia mit drei Gästen hier angestellt haben mochten. Ulli lächelte bei der Erinnerung, denn wenn es wirklich das war, was er dachte, hatte er keineswegs unrecht. Die Konstellation damals, fiel Ulli auf, war gar nicht sehr viel anders gewesen. Bei diesem Gedanken wurde ihr ganz warm in der Magengrube.

Sie lächelte versonnen. »Notfalls hätten wir eine der Kühe geschlachtet.«

»Echt jetzt?«, rief Isa.

»Niemals«, wies Jul sie zurecht.

»Ich wäre mir da nicht so sicher. Ich traue unserer Wirtin einiges zu.« Bennetts Stimme war kaum zu verstehen. Er bedachte Ulli mit einem langen unergründlichen Blick. Sie starrte zurück, konnte der intensiven Musterung jedoch nur mit Mühe und viel Trotz standhalten, wobei es ihr nicht gelang, die Botschaft dahinter zu entschlüsseln. Normalerweise war sie schlagfertig genug, um solchen Kommentaren zu begegnen, aber zum ersten Mal seit vielen Jahren und ungezählten zwischenmenschlichen Begegnungen fehlten ihr die Worte. Stattdessen fiel ihr auf, wie tiefblau Bennetts Augen waren, und wie stechend er sie ansah. Als ob er bis auf den Grund ihrer Seele vordringen wollte.

Sie drängte das wachsende Unbehagen in ihrem Inneren fort und stand ebenfalls auf. »Dort im Schrank sind ein paar Gesellschaftsspiele. Und da ihr ja nun noch ein paar Stunden bleiben wollt, werde ich euch die Sauna anheizen. Das ist doch genau das richtige Wetter für ein bisschen Wohlfühlwärme, oder? In ungefähr einer halben Stunde ist sie einsatzbereit.«

»Na super, danke auch«, maulte Jul, und auf die fragenden Blicke der anderen hin erklärte er: »Das kann ich ja wohl kaum mit dem Verband machen – weder schwitzen noch hinterher duschen. Ich bin grad froh, dass alles gut verpackt ist.«

»Pech für dich.« Isa grinste ihn mit wenig Mitleid an.

»Du wolltest unbedingt vorfahren. Wärst du nicht so stur gewesen, hätte Max im Dreck gelegen.«

Oder eben nicht, widersprach Ulli ihr im Stillen. Max wäre das ziemlich sicher nicht passiert. Er war nicht nur körperlich reifer, sondern Jul auch kognitiv weit voraus.

»Wir finden schon was für dich zu tun, Jul. Notfalls hilfst du mir Kartoffeln schälen. Und Hagebuttentee kochen, damit ihr in richtiges Jugendherbergsfeeling kommt.« Sie grinste ihn an, als er gequält aufjaulte und mit der Handfläche frustriert auf die Tischplatte schlug.

»Hagebuttentee? Das ist ja widerlich!«

»Find ich auch.« Ulli erhob sich lachend. »Ich mein's auch nur für die Stimmung. Jetzt brauch ich erst noch einen starken Kerl, der mit mir ein paar Holzscheite schleppt. Sonst wird das mit der Sauna nichts.«

10. Saunagang

Isa war froh, für einen Moment allein zu sein. Sie war auf ihr Zimmer zurückgekehrt, um sich auszuziehen und sich stattdessen in das riesige dicke Handtuch zu kuscheln, das Ulli ihr für die Sauna überlassen hatte.

Nachdenklich betrachtete sie das Bett, das sie morgens vor dem Aufbruch nur aufgeschlagen hatte. Sie hätte nichts dagegen, hier noch eine Nacht zu verbringen und eine ausgiebige Pause zu machen. Vielleicht bekamen sich ihre Begleiter dann wieder ein. Im Moment jedenfalls war es einfach nicht mehr auszuhalten. Am liebsten wollte sie keinen von ihnen mehr sehen, nicht einmal Jul. Die Sache mit ihm war ...

Sie trat an den schmalen Spiegel hinter der Zimmertür und betrachtete ihr Gesicht. Die Sache mit Jul fühlte sich einfach nicht mehr richtig an. War sie noch immer verknallt in ihn?

Nein, von ihren ursprünglichen Gefühlen war erstaunlicherweise nichts mehr übrig. Wenn sie jetzt an ihn dachte, empfand sie nichts mehr, gar nichts mehr. Sein Verhalten heute Morgen hatte sie in die Wirklichkeit zurückgeholt und ihr gezeigt, dass sie sich etwas vorgemacht hatte. Er war keine Spur romantisch und schien auch gar nicht weiter an ihr interessiert zu sein. Vielmehr musste er den großen Macker heraushängen lassen, kaum dass sie losgefahren waren – eigentlich wie immer. Geschah ihm ganz recht, dass er abgerutscht war. Sogar Isa hatte von ihrer Position aus gesehen, dass die unterspülte Stelle nicht einfach so passierbar war. Dann hatte Giannis auch schon geschrien, und Jul im Dreck gelegen.

Nein, es führte kein Weg daran vorbei: Jul war ein Vollidiot.

Rigoros schob Isa alle Gedanken an ihre Begleiter von sich. Sie wollte den Rest des Tages genießen, am liebsten auch die Nacht dazu. Einfach nur entspannen und die Seele baumeln lassen, genau danach stand ihr der Sinn. Sie kramte ihre Flip-Flops aus dem offenen Rucksack, nahm Duschgel und die beiden Handtücher zum Abtrocknen an sich und verließ das Zimmer.

Sie hatte bisher nur im Bad im ersten Stock geduscht und war überrascht, als sie nun den hinteren Teil des Erdgeschosses betrat. Ein großzügiger Flur mit rustikal gezimmerten Regalen sorgte für ausreichend Platz, damit Gäste ihre Sachen unterbringen konnten. Als Kleiderhaken dienten naturbelassene armdicke Baumstämme, in die zusätzliche Haken eingeschraubt waren. An den Wänden hingen kleine, quadratisch gerahmte Fotos von türkis schimmernden Seen mit Bergen im Hintergrund. Auf einem von ihnen erkannte Isa den weltberühmten *Lago di Misurina*. Obwohl es nur ein Durchgangsraum war, hatte

Ulli auch hier für die behagliche Atmosphäre gesorgt, die in der gesamten Hütte herrschte. Von diesem Raum aus führte ein Durchgang nach links zu einer weiß gefliesten Sammeldusche mit vier durch kurze Sichtschutzwände voneinander abgetrennten Kabinen. Der Raum gab nichts her und sah aus wie in einem x-beliebigen Schwimmbad, nur kleiner. Lediglich auf dem flachen Sims eines hohen Fensters standen zwei hölzerne Möwen. Nach rechts gab es eine Holztür, hinter der ein kleiner Vorraum und der Schwitzraum waren.

Gerade als Isa sich recken und durch die Glasscheibe in der oberen Hälfte der Tür schauen wollte, wurde diese von innen aufgestoßen. Isa sprang einen Schritt zurück und machte Ulli Platz, die sich den Schweiß von der Stirn wischte und grinste. »82 Grad sind heiß genug, würde ich sagen. Du kannst rein. Neben dem Ofen steht ein Eimer für den Aufguss, wenn du möchtest.«

»Bin ich die Erste?« Isa legte Handtücher und Duschgel auf einem Regal ab. Sie zögerte, wurde plötzlich unsicher.

Ulli bemerkte es und sah sie prüfend an. »Ja, wieso?«

Isa lachte verlegen und hatte plötzlich sogar Hemmungen, das Handtuch abzulegen. »Ich war noch nie in einer gemischten Sauna.«

»Ach so.« Ulli lachte freundlich. »Na komm, die Männer hier sind doch alle ganz brav. Ich komme aber auch gleich, falls du so lange warten willst. Muss nur kurz in die Wohnung und meinen Bademantel holen.«

»Na gut.« Isa fühlte sich sofort etwas wohler. Wenn Ulli dabei war, würde Bennett sie hoffentlich in Ruhe lassen. Falls er überhaupt dazukam. Und falls sie ihm nicht ohnehin unrecht tat und sie sein Flirten am Vorabend nicht total überbewertet hatte. Sie war müde und erschöpft gewesen, vielleicht hatte er ja gar nichts von ihr gewollt. Genau, sie sollte sich selbst nicht so wichtig nehmen und jedes freundliche Verhalten von Männern gleich als Anmache verstehen.

Sobald Ulli hinaus war, duschte Isa sich rasch ab, schlüpfte in die Sauna und legte sich mit dem Handtuch auf eine der oberen Bänke.

Die Hitze war großartig, genau richtig, trocken und heiß. Das Thermometer über der Tür war weiter auf 85 Grad gestiegen. Der Ofen knackte und verströmte einen angenehmen Geruch nach harzigem Holz und einem Schuss Zitrone.

Isa streckte sich und gähnte ausgiebig. Wenn Sauna nicht immer so schläfrig machen würde ...

Sie schreckte auf, legte automatisch einen Arm über ihren Busen und winkelte das zur Tür gewandte Bein etwas an, als Bennett die Sauna betrat.

»Ciao Bella. Darf ich?«, begrüßte er sie laut.

»Hi. Klar«, murmelte Isa und wandte sich demonstrativ ab. Sie mochte es nicht, wenn andere die heiße Stille durchbrachen.

Bennett legte sich ihr gegenüber auf eine Bank in gleicher Höhe. Da er sie nicht weiter beachtete, entspannte sich Isa wieder, schloss die Augen und blinzelte nur kurz, als die Tür ein weiteres Mal aufging und Max einen der Plätze in der Nähe des Ofens belegte. Das Zischen des Wassers, das Max auf den heißen Stein prasseln ließ, unterbrach die Ruhe für einige Zeit, bis das Knacken des Ofens wieder zum einzigen Geräusch wurde.

Isa räkelte sich wohlig, genoss die Wärme und die träge Atmosphäre, die nun auch ihre unruhigen Gedanken zum Schweigen brachte. Was sollte sie sich einen großen Kopf um Jul machen. Es kam, wie es kam. Sie hatte nichts zu verlieren, und wenn sich mit ihm etwas ergab – schön. Wenn nicht, war das auch in Ordnung. Sie war nicht auf der Suche. Sie musste sich doch nicht von einer Beziehung gleich in die nächste stürzen.

Irgendein Geräusch, eine Bewegung, die sie aus den Augenwinkeln erhaschte, brachte sie dazu, den Kopf zu drehen und zu Bennett hinüberzublinzeln.

Ihr stockte der Atem.

Er hatte das ihr zugewandte Bein angewinkelt und eine Hand unter dem Kopf verschränkt. Aber die andere Hand ruhte in seinem Schoß.

Isa glaubte ihren Augen nicht zu trauen. Spielte der etwa an sich herum? Ihm musste doch klar sein, dass sie das sehen konnte! Sie wollte wegschauen, wollte empört sein. So etwas machte man nicht! Doch zugleich erfasste sie eine ungewollte Faszination, die sie davon abhielt, sich abzuwenden. Und nach wenigen Augenblicken war sie sicher. Bennett massierte sich über die Innenschenkel, streichelte seine Hoden und ließ seine Fingerspitzen immer wieder über seinen Penis wandern. Isa konnte ganz genau erkennen, wie dieser unter der Hand des Mannes anschwoll und die Eichel sichtbar wurde.

Sie schluckte trocken und wischte sich den Schweiß von der Stirn. Das war doch nicht zu fassen! Noch weniger fassen konnte sie allerdings, dass ihr Körper auf den Anblick reagierte. Sie musste den Impuls unterdrücken, sich über ihre Schamlippen zu streichen, um das nervöse Pochen zu beruhigen. Gleichzeitig bemerkte sie, wie sich ihre Brustwarzen trotz der Hitze aufstellten, sich zu kleinen Knospen zusammenzogen. Noch nie war ihr so eine deutliche Reaktion bewusst geworden. Wie peinlich.

Dann sah Bennett zu ihr hinüber und grinste wissend. Mit einer lasziven Bewegung legte er die Hand um seinen Schaft und zog die Vorhaut zurück.

Das war das Letzte, was Isa sah, bevor sie ihren Kopf hastig abwandte und wieder einen Arm über ihre Brust legte. Ihre Wangen brannten vor Scham, und zugleich spürte sie ihre Erregung in einem noch nie gekannten Ausmaß anwachsen. Unruhe prickelte durch ihren Körper und erfasste ihn bis in die Zehenspitzen. Sie zog die Beine an, wusste nicht, wie sie diesem unbekannten und zugleich verstörenden Gefühl entkommen konnte. Nervös rutschte sie auf dem Handtuch herum. *Gehen,* dachte sie; *ich sollte gehen ...*

Sie versuchte, einen verstohlenen Seitenblick auf Bennett zu erhaschen. Er hatte seinen Kopf zu ihr gewandt und zwinkerte ihr zu. Dabei streichelte er über seine Erektion, umspielte die glänzende rote Eichel mit den Fingerspitzen.

Empört zuckte Isa zurück. Er machte das mit Absicht! Glaubte er, dass sie auf so etwas abfuhr? Tat sie nicht! Sie fand dieses Verhalten unmöglich!

Obwohl sie nicht hinsah, bekam sie mit, dass er den Arm bewegte. Als ob er sich wichste, ganz langsam nur, aber beständig.

Wieso bekam Max davon nichts mit? Die Antwort erhielt Isa, als sie vorsichtig zu dem Freund herüberspähte. Er hatte den Blick scheinbar bewusst von ihr abgewandt, drehte ihr den Rücken zu und das Gesicht zur Wand und schien zu dösen. Gut so – oder etwa nicht?

Isa wusste nicht, was sie tun sollte. Sie kreuzte die Beine übereinander, wollte, dass das unmögliche Brennen zwischen ihren Schenkeln aufhörte. Angespannt blieb sie liegen, wollte am liebsten fliehen und hatte Bedenken, dass Bennett ihr sofort folgen würde, wenn sie jetzt die Sauna verließ. Schweiß sammelte sich zwischen ihren Brüsten und bildete kleine Tropfen auf ihrer Haut.

Das Schlimmste aber war, dass sie am liebsten wieder hinsehen wollte. Sie wollte sehen, wie sich dieser Mann seinen Schwanz rieb, wie er die Hand über seine Erektion bewegte, wie er sich über die Eichel streichelte.

Holz knackte, und sie fuhr erschreckt zusammen. Bennett war von der Bank hinuntergesprungen und verließ mit zwei schnellen Schritten die Sauna. Dabei hielt er das Handtuch so geschickt, dass er ihr keinen Blick mehr erlaubte.

Isa richtete sich auf. Sie war berauscht, die Hitze machte sie schwindelig. Es war nur die Hitze, ganz sicher. Sie war schon viel zu lange hier drin. Das Thermometer zeigte inzwischen 89 Grad an. Warum hatte sie sich keine von den Sanduhren gestellt, damit sie wusste, wann es genug war, bevor ihr Kreislauf sich verabschiedete?

Sie wankte, und als wollte ihr eigener Körper sie verspotten, fuhr eine kleine Lustwelle durch ihren Unterleib, als sie aufstand. Mühsam unterdrückte sie ein überrschtes Keuchen. Das fühlte sich beinahe an wie ein kleiner Orgasmus.

Sie sprang hastig von der Bank und floh aus der Sauna in den Vorraum. Von draußen hörte sie das Rauschen einer Dusche. Bennett.

Verdammt, wie kam sie jetzt an ihm vorbei? Sie konnte nicht ewig hier warten, womöglich duschte er länger …

… und holte sich dabei einen runter.

Isa biss sich auf die Unterlippe und presste die Handfläche auf ihre Klitoris, um das unangenehme Pochen zu unterdrücken. Wobei es eigentlich gar nicht so unangenehm war. Eher … unangemessen. Sie hatte einen Mann dabei beobachtet, wie er in der Sauna an sich herumspielte. Das hatte sie nicht zu erregen!

Schaudernd legte sie sich das Handtuch über die Schultern und wickelte sich darin ein. Dabei rubbelte der weiche Stoff über ihre emporgereckten Brustwarzen und trieb ein weiteres ziehendes Brennen bis in ihren Schoß. Ihr Körper und ihre guten Manieren waren eindeutig nicht einer Meinung.

Zögernd machte sie einen Schritt auf die Tür zu, öffnete sie lautlos und reckte den Kopf aus dem Vorraum hinaus. Das Prasseln des Wassers aus Richtung Dusche hielt an. Andererseits konnten gerade gute Manieren einen doch auch von einer Menge Spaß abhalten. Was war denn eigentlich dabei? Bennett hatte es ja nicht direkt in aller Öffentlichkeit getan, sondern mehr, um … sie zu provozieren? War es das?

Das Handtuch eng um sich geschlungen, tappte sie auf nackten Füßen in Richtung Dusche. Die Kabinen waren vom Durchgang aus kaum einsehbar. Logisch – die Sicht einzuschränken war schließlich der Sinn von solchen

Sichtschutzwänden. Wenn sie sich noch ein wenig nähern könnte, ohne dass Bennett sie bemerkte ...

Er reckte den Kopf um die Trennwand und grinste sie unverschämt an. »Da bist du ja.«

Isa blieb stocksteif stehen und hielt sich an ihrem Handtuch fest. Vergeblich wartete sie darauf, dass der Boden sich auftat, damit sie vor Scham versinken konnte. Was urteilte sie über *ihn*, über das, was er in der Sauna gemacht hatte, wenn *sie* gerade im Begriff gewesen war, in der Dusche zu spannen?

Das Wasser erstarb zu einem Tröpfeln. Die einsetzende Stille dröhnte unangenehm in Isas Ohren. Was sollte sie tun?

»Hey, alles in Ordnung?« Bennett umfasste mit einer Hand die Kante der Trennwand und betrachtete sie aufmerksam. Isa konnte immer noch nicht mehr von ihm sehen als diese Hand und seinen Kopf. Wasser tröpfelte aus den nassen Haarsträhnen und perlte ihm über das Gesicht mit dem silbrigen Dreitagebart.

Eigentlich war er doch viel zu alt. Und überhaupt, sie stand nicht auf so dumme Anmache, sie war eher ein romantischer Typ.

»Isa?«

»Alles okay.« Sie fragte sich, was sie tun würde, wenn er jetzt wie ein Tier über sie herfallen würde. Schreien? Max war in der Sauna und würde ihr doch sofort zu Hilfe kommen. Oder würde sie sich ergeben? Ob er noch erregt war? Was wollte er denn eigentlich? Es konnte doch nur darum gehen, sie zu animieren?

Er lächelte, und seine Augen wurden kleiner, sein Blick

berechnend. Isa hatte plötzlich das Gefühl, dass er durch das Handtuch hindurchschaute und erkannte, wie sehr sie sein Anblick erregt hatte. Als er sich gestreichelt hatte, unter seinen Berührungen hart geworden war. Sie schluckte und rührte sich immer noch nicht vom Fleck.

»Es hat dir gefallen, stimmt's?«, flüsterte er in die Stille.

Isa blieben die Worte im Hals stecken und schnürten ihr förmlich die Kehle zu. Doch er musste ihr das »Ja« nur von den Augen ablesen.

Er machte einen kleinen Schritt nach vorne, stand eng an die Trennwand gelehnt.

Sie beobachtete, wie er seine Hand ausstreckte, die Spitzen von Daumen und Zeigefinger aneinanderlegte. Er hielt sie auf halber Höhe und schob sein Becken nach vorne. Sein erigiertes Glied wurde sichtbar. Er schob es durch den Ring, den er mit seinen Fingern gebildet hatte, zog sich zurück und glitt wieder hinein. Dabei löste er seinen stechenden Blick keine Sekunde lang von Isa. Sein Lächeln wurde breiter, triumphierend.

Er erkannte, dass er sie richtig eingeschätzt hatte: Es machte sie an. Der Anblick, wie sein harter Schwanz zwischen seine Finger drang, wie sich die Vorhaut zurückschob und die empfindliche Spitze freilegte, machte sie an. Während ihr Mund immer trockener wurde, sammelte sich verräterische Feuchtigkeit zwischen ihren Schenkeln.

»Na komm, Kleine, du willst doch nicht nur zusehen?«

Irgendetwas an diesen Worten weckte sie aus der Erstarrung. Sie schüttelte stumm den Kopf. Sie wollte nicht nur zusehen. Aber gleichzeitig überkam sie Angst. Dieser Mann wirkte so erfahren, so fordernd. Der war eine andere Hausnummer, als Jul und ihr Ex es gewesen waren. Was, wenn er von ihr Dinge verlangte, die sie gar nicht tun wollte? Sie kannte ihn doch gar nicht …

»Ich … bitte nicht«, stammelte sie fast unhörbar.

Er legte den Kopf schief und hielt inne. Dann lachte er leise. »Also nicht. Pass auf. Ich gehe jetzt da raus und werde mir einen runterholen. Verstanden? Ich werde meinen Schwanz hart wichsen, bis ich komme. Wenn du willst, kannst du mir dabei zusehen. Wenn nicht, bleib hier, und du hast nichts gesehen. Alles gut. Klar?«

Mit diesen Worten ging er an ihr vorbei zu einer Tür am Ende des Flures, die Isa bisher gar nicht aufgefallen war. Kühle Luft strömte hinein, als er sie öffnete, und das Geräusch des prasselnden Regens drang zu ihr herüber. Dann knallte die Tür zu, und Bennett war verschwunden.

Isa starrte auf die geschlossene Tür. Sie hatte das Handtuch losgelassen, und es glitt langsam über ihre Haut und zu Boden. Diese zarte unschuldige Berührung des weichen Stoffes verursachte ihr eine Gänsehaut und holte sie wieder ins Hier und Jetzt zurück. Hatte sie sich das alles gerade eingebildet? Ihre Finger glitten wie von selbst über ihren Bauch und tiefer, rutschten über ihre nasse Klitoris zwischen ihre Schamlippen. Sie verteilte ihre Säfte zwischen ihren Fingern. Es fühlte sich vertraut und zugleich aufregend anders an als sonst. War sie feuchter, oder war das nur der Schweiß vom Saunagang?

Es war Zeit, neue Wege zu gehen. Was hatte sie zu verlieren? Wohl kaum ihre Unschuld.

Wie von selbst fanden ihre Füße den Weg zur Tür. Sie trat hinaus in den Regen, der sich viel wärmer anfühlte, als sie erwartet hatte, und die vom Saunagang erhitzte Haut trotzdem angenehm kühlte. Sie spürte das nasse Gras unter ihren Füßen, sah das graue Licht des voranschreitenden Mittags über den gegenüberliegenden Gipfeln. Wie graue Monster erhoben sie sich über der Hütte, mächtig und doch beschützend. Isa zog fröstelnd die nackten Schultern zusammen, obwohl auch die Luft nicht kalt war. Sie schob es auf die Aufregung. Sie wollte einem Mann dabei zusehen, wie er sich selbst befriedigte. Wie er sich hart wichste, so hatte er es gesagt. Sie wusste nicht, was sie von seiner derben Ausdrucksweise halten sollte, wobei sie den Eindruck hatte, dass er sich ihr zuliebe sogar eher zusammengerissen hatte. Zum Glück, denn dieser Dirty Talk war nun endgültig nicht ihr Ding.

Isa befand sich an der Rückseite der Hütte, und ihr wurde plötzlich unangenehm bewusst, dass jeder, der aus einem Fenster schaute, sie sehen konnte. Ihr Blick wanderte unruhig an der Fassade entlang, doch sie entdeckte niemanden. Andererseits war ja kaum jemand da. Der Gastraum hatte zu dieser Seite keine Fenster, und direkt neben ihr war die Küche. Wo war Ulli? Wollte sie nicht längst hier sein?

Rechts, kurz vor dem Steilhang, der das breite Sims hinter dem Gebäude begrenzte, erhob sich der Stamm eines abgestorbenen Baumes. Dahinter stand Bennett und rührte sich nicht – oder tat zumindest nichts, was für Isa ersichtlich war.

Zögernd, Schritt für Schritt, näherte sie sich. Sie wusste nicht mehr so recht, was sie tat. Ein verzehrendes Glühen hatte ihren Köper erfasst, und es war keineswegs nur die

Hitze der Sauna. Es war der Reiz des Unmoralischen, die Aussicht darauf, etwas zu tun, *das man nicht tat*: einem viel älteren Mann dabei zusehen, wie er mitten im Freien masturbierte – oder mehr. Weil sie es konnte.

Weil sie es wollte.

Sie trat heran.

Erst jetzt fiel ihr auf, wie gut Bennett aussah. Seine Haare wirkten nass viel dunkler und ließen ihn jünger erscheinen. Die stechenden Augen, aus denen er ihr amüsiert entgegenblickte, wirkten unter den dichten Brauen lauernd, taxierend. Er hatte gewusst, dass sie kommen würde.

Regen glänzte auf seiner unbehaarten Brust, die sich deutlich bei jedem Atemzug hob und senkte. Er atmete kurz und schnell, als wäre er bereits sehr erregt. Und als Isa den Blick über seinen flachen Bauch hinweg tiefer senkte, gab es daran endgültig keinen Zweifel mehr. Bennetts Hand ruhte in seiner Leiste, zupfte eher spielerisch an der Haut seines Schaftes. Steil aufgerichtet ragte seine Erektion von seinem Körper ab.

Isa leckte sich nervös über die trockenen Lippen. Es sah bedrohlich aus. Was eben in der Sauna oder der Dusche noch ein frivoles Spiel gewesen war, wurde jetzt zu einer Demonstration seiner männlichen Dominanz. Ganz als hätte er ihre Gedanken erraten, reckte er nun die Hand und streichelte sich genüsslich, wobei er den Blick keinen Wimpernschlag lang von ihrem Gesicht abwendete.

Isa krümmte sich unter seinem Blick und spannte die Muskeln in ihrem Schoß an. Ihre Schamlippen klopften und kribbelten. Nur der Gedanke, wie sehr es Bennett gefallen würde, wenn sie sich darüber rieb, hielt sie davon ab. Sie wollte es ihm nicht noch leichter machen, als er es ohnehin schon empfand.

»Komm her.«

Sie hörte die Worte kaum, als sie zitternd näher tappte. Er legte ihr einen Finger unter das Kinn und hob ihr Gesicht zu seinem empor. Ein Regentropfen lief über ihre Wange und fing sich in ihrem Mundwinkel. Er beugte sich zu ihr und leckte den Tropfen ab. Gleichzeitig spürte sie, wie er mit der Penisspitze ihren Oberschenkel berührte und mit den Bewegungen seiner Hand dagegen stupste.

Isa keuchte unwillkürlich laut auf.

Er lachte, stieß mit seinem Becken nach vorne und rieb sich mit seinem Schwanz an ihrem Schenkel.

Das war unerhört. Er *benutzte* sie.

Das war geil!

»Du wolltest zusehen. Knie dich hin!« Sein Tonfall verbot jede Widerrede.

Zitternd sank Isa auf die Knie, hatte ohnehin das Gefühl, ihre Beine hätten sie nicht mehr lange tragen können. Das war sicher nur der Kreislauf, der lange Aufenthalt in der Sauna ...

Seine Erektion ragte vor ihr auf, bewegte sich unter seiner Hand, tanzte vor ihren Augen.

Isa legte die Hand zwischen ihre Beine und rieb sich über die Klitoris. Sie konnte nicht mehr anders, war nicht mehr fähig, zu denken und zu entscheiden. Verlangen wallte durch ihren Körper, ihre Schamlippen zuckten schmerzhaft unter ihren Berührungen.

Da streifte Bennett mit seinem Schwanz über ihre Lippen. Sie riss erschreckt den Kopf zurück, doch zugleich jagte ihr die Berührung einen heißen Schauder über die Haut. Was hatte er vor?

Er hielt inne und blickte zu ihr hinab. »Was ist los?«

»Was willst du?«, fragte Isa. Sie erkannte ihre eigene Stimme kaum, sie klang scheu und belegt.

Bennett starrte sie an, einen Moment lang verwirrt und zweifelnd. Dann grinste er breit. »Entschuldige. Ich dachte, du wolltest doch nicht nur zusehen.«

Er zog sich ein Stück zurück und nahm seinen gleichmäßigen Rhythmus wieder auf. Isa starrte wie hypnotisiert auf seine Hand, die sich an seiner Erektion entlangbewegte. Sie hörte nichts außer dem Geräusch der aneinanderreibenden regenfeuchten Haut und das Rauschen des Blutes in ihren eigenen Ohren.

Sie senkte den Kopf, kam sich auf einmal jung und unbeholfen vor. »Ich hab noch nie ... ich meine ...«

»Du hast noch nie einem Mann einen geblasen«, vollendete Bennett ihr Gestammel.

Plötzlich packte er mit einer Hand in ihr Haar und riss ihren Kopf hoch. Sie starrte in sein Gesicht.

»Willst du es ausprobieren?«

Sie machte große Augen, ignorierte das aufgeregte Ziehen in ihrer Brust. Sie wollte es nicht. Aber sie war nicht in der Lage, nein zu sagen. Und im gleichen Moment wurde sie unsicher, ob sie sich nicht wieder etwas vormachte. Wollte sie es wirklich nicht?

Sein Griff in ihren Haaren lockerte sich. Sie hätte sich ihm jederzeit entziehen können, als er mit seiner Erektion ein weiteres Mal ihre Lippen streifte, ganz sanft nur, eine

Berührung, die fast keine war. Zögernd öffnete Isa den Mund und streckte die Zunge hinaus, fuhr mit der Spitze über die rote weiche Haut.

Sie schmeckte nichts, außer dem Regen. Was hatte sie erwartet? Ermutigt öffnete sie die Lippen und legte sie um seine Eichel.

Isa bekam eine Gänsehaut.

Bennett hielt die Vorhaut vollständig zurückgezogen und rührte sich nicht. Seine andere Hand ruhte locker an Isas Hinterkopf.

Sie bewegte die Zunge über seine glatte Haut und hörte, wie er sehnsüchtig einatmete. Unvermittelt stieß er – absichtlich oder nicht – in ihren Mund, und Isa wollte automatisch zurückzucken. Doch da war seine Hand, die jetzt ihren Druck verstärkte.

Isa riss den Mund auf, ruckte mit dem Oberkörper weg, einen Moment von Panik überrascht.

Bennett zog sich zurück, verharrte.

Die Hand an ihrem Kopf lockerte sich, strich kurz beruhigend durch ihr Haar.

Isa keuchte, während dieses ungute Gefühl in ihr abflaute. Sie war immer noch so erregt wie zuvor – oder mehr? Diese neue unbekannte Erfahrung riss sie mit, ob sie wollte oder nicht.

Beherzt hob sie den Kopf, öffnete den Mund und nahm seinen steifen Penis nach einem kurzen Zögern etwas tiefer in sich auf.

Bennett stöhnte lüstern und zuckte unruhig mit dem Becken, schien sich nur mühsam beherrschen zu können, nicht wieder zuzustoßen, sondern stillzuhalten.

Sie presste die Lippen hart auf seine heiße Haut und bewegte sich an seinem Schaft entlang. Als sie ihre Scheu einmal überwunden hatte, gab sie sich ganz dieser neuen Erfahrung hin. Jetzt wollte sie ihn spüren, so tief wie möglich.

»Mädchen, was machst du da …«, flüsterte Bennett heiser. Seine Fingerspitzen klopften an ihren Hinterkopf, schienen sie anzufeuern.

Isa legte die Hände auf seine Pobacken, streichelte über die regennasse Haut und drängte ihn näher an sich. Seine Eichel prallte gegen ihre Zunge. Neugierig umspielte Isa sie und saugte leicht daran. Ein kurzer süßlich-herber Geschmack tanzte über ihren Gaumen und verging.

Bennett stöhnte wieder, seine Muskeln spannten sich unter ihren Händen.

Isa rutschte unruhig hin und her. Ihr Unterleib verwandelte sich in flüssiges Feuer. Sie keuchte, bekam kaum noch Luft, wollte jedoch um keinen Preis aufhören. Es war so anders, so viel sinnlicher. Sie bekam Macht über den Mann, konnte seine Erregung steuern, lauschte auf seine Reaktion, darauf, wie sehr es ihm vor allem gefiel, wenn sie ihre Zunge einsetzte.

Bennett hatte ihr die Führung überlassen. Als er merkte, wie sehr sie das erotische Spiel erregte, wurde er bestimmender. Er legte die Hand wieder an ihren Kopf, hielt ihn in Position und schob mit der anderen seine Vorhaut nach vorne, gegen ihre Lippen. Mit kurzen schnellen Stößen glitt er in ihrem Mund vor und zurück.

Isa wusste nicht mehr, was sie tat, verlor jedes Gefühl für Raum und Zeit. Es war köstlich. Sein Schwanz drängte fordernd in ihren nassen Mund, prallte von innen gegen ihre Wange. Sie kämpfte mit ihrer Zunge gegen dieses unerhörte, willkommene Eindringen. Irgendwann fand ihre Hand ihren Schoß, streichelte über ihre Klitoris. Sie berührte die kleine nasse Perle kaum und wurde schon im nächsten Moment wie von einer riesigen Welle mitgerissen, die sie vollkommen erfasste. Sie wiegte sich laut stöhnend, krümmte sich unter dem Orgasmus und bekam kaum mit, dass Bennett versuchte, sich zurückzuziehen. Sie packte seinen Hintern und stieß mit dem Mund nach vorne, nahm ihn so tief auf, dass sie kurz würgen musste.

»Nein, hör auf! Isa, ich kann nicht mehr!« Seine Hand verließ ihren Hinterkopf und packte stattdessen ihre Schulter, versuchte, sie von sich zu drängen. Sein Schwanz pochte zwischen ihren Lippen. Sie presste sie hart zusammen, als er versuchte, sich ihr zu entwinden. Er wollte ihr entkommen, und sie verstand nicht, warum. Sein Zappeln riss sie noch einmal empor, gerade als ihr Höhepunkt abebbte, und gab ihr einen weiteren kurzen Kick. Er rammte in sie hinein, prallte gegen ihren Gaumen und keuchte laut auf. Dann ergoss er sich in schnellen pulsierenden Stößen.

Isas Augen weiteten sich vor Schreck, als sie endlich begriff, was vor sich ging. Der fremde Geschmack verwirrte sie, und sie ließ Bennett endlich los. Er machte einen Schritt rückwärts und wandte sich von ihr ab. Seine Schultern hoben und senkten sich unter seinem schweren Atem.

Hastig spuckte Isa aus und wischte sich über den Mund. Taumelnd kam sie auf die Füße, und mit einem Mal wurde ihr eiskalt. Der Regen pladderte unablässig über ihre Haut, die inzwischen überall rot angelaufen war.

Bennett stützte sich mit einer Hand am Baum ab und drehte sich wieder um. Seine Augen verrieten Erschöpfung, doch das breite Grinsen ließ keine Zweifel daran, wie sehr er Isas Behandlung genossen hatte. Sie lächelte unsicher. War das jetzt gut gewesen? Ihr hatte es jedenfalls gefallen. Und offenbar hatte sie einiges richtig gemacht.

»Mädchen, du hast was gut bei mir«, erklärte er leise. »Ich denke, ich muss mich revanchieren, bevor du wieder mit deinen Jungs aufbrichst.«

Sie hörte sehr wohl die Betonung des Wortes *Jungs*. Er meinte es wörtlich, bezeichnete ihre Begleiter als unreife Kinder. Was der sich einbildete! Allein dieses Wort weckte in Isa wieder die vertraute Empörung und Ablehnung gegenüber Bennett.

… und doch, die Aussicht auf ein weiteres Abenteuer mit diesem Mann war reizvoll. Sie bildete sich nicht ein, dass mehr daraus erwachsen könnte. Nur ein kleines Teufelchen in ihren Gedanken grinste bedauernd und flüsterte ihr lautlos zu: *Wie schade, eigentlich!*

11. Nachbarn

Ullis Hand krampfte sich um das hölzerne Sims der Fensterbank, und sie presste die Zähne so hart aufeinander, dass ihr Kiefer schmerzte. Sie starrte aus dem ersten Stock hinaus auf das Aussichtsplateau hinter dem Haus. Der Regen hatte nachgelassen, und die dunklen Wolken ließen ein wenig mehr Licht durch. Sie hatte alles ganz genau beobachten können. Viel zu genau. Ein säuerlicher Geschmack hatte sich in ihrem Mund ausgebreitet. Sie hatte sich abwenden wollen, doch stattdessen stand sie da wie festgewachsen, sah zu und spürte Neid in sich hochkochen.

Max hatte anders reagiert. Sie hatte ihn schräg unter sich aus der Hintertür hinaus ins Freie treten sehen, offenbar auf der Suche nach Isa. Er hatte sich umgeschaut, und als er begriffen hatte, dass die beiden es hinter dem toten Baum miteinander trieben, war er fluchtartig wieder nach drinnen verschwunden. Armer Kerl – erst sein Kumpel Jul und jetzt dieser charismatische ältere Nebenbuhler.

Bennett.

Ulli knirschte mit den Zähnen. Was lief da falsch? Warum war es nicht wie immer? So, dass sie sich für ein Abenteuer entschied, ihm eindeutige Avancen machte, und wenn das Objekt ihrer Begierde sich darauf einließ, wurde etwas daraus – was eigentlich immer der Fall war. Bei Bennett hingegen versagte ihre jahrelang erprobte und vervollkommnete Strategie. Er hielt sie für eine kaltschnäuzige Zicke und ließ sich lieber von dem kleinen Mädchen einen blasen. Wie hatte das passieren können?

Ulli wurde wütend auf sich selbst. Mal ehrlich, was konnte sie Isa einen Vorwurf machen, wenn diese bekam, was ihr selbst verwehrt blieb? Sie stieß sich von der Fensterbank ab, griff eine Packung Pfefferminzbonbons vom Schreibtisch und verließ das kleine Büro. Ein Anruf von Saskia hatte sie abgehalten, rechtzeitig in der Sauna zu sein. Diese hatte im Radio von schweren Unwettern und Erdrutschen in Bozen und Umgebung gehört und wissen wollen, ob alles in Ordnung war. Ein lieber Anruf, über den Ulli gerührt war; aber dennoch ein klassischer Fall von falschem Timing.

Sie überlegte nicht länger, griff ihre Regenjacke und stürmte die Treppe hinunter und durch den Gastraum.

»Hey, Ulli, alles okay? Ist was passiert?« Ulli, die bereits kurz vor der Eingangstür war, hielt inne, zwang sich zur Ruhe und drehte sich um. Jul und Giannis saßen an einem Tisch vor einer Partie Vier-Gewinnt und sahen sie verwirrt an.

Sie lächelte beschwichtigend. »Nein, alles in Ordnung. Ich wollte nur mal raus und eine Runde spazieren gehen. Der Regen hat nachgelassen, und im Moment ist nichts zu tun.« Sie lachte und hörte, wie gekünstelt es klang. »Ich bekomme hier sonst noch einen Hüttenkoller.«

»Guter Punkt. Darf ich mitkommen, bevor ich hier vor Langeweile eingehe?« Giannis war schon halb aufgestanden.

Ulli zuckte mit den Schultern. »Klar, warum nicht.« Ein wenig Gesellschaft konnte sie sicherlich eher von ihren brodelnden Gedanken abbringen.

Jul hatte sich ebenfalls erhoben. »Wenn ihr nicht allzu schnell lauft, schaff ich das. Ihr könnt mich nicht allein hier versauern lassen.«

Ungeduldig wartete Ulli, bis die beiden ihre Regenjacken geholt hatten. Dann liefen sie zunächst schweigend über die Kuhwiese auf einen breiten Pfad zu, der sich gut sichtbar durch das Gras schlängelte.

Ulli zeigte auf den Wegweiser *Schau-Molkerei Gamper – 20 Minuten*. »Wir laufen in Richtung meiner nächsten Nachbarn. Falls der Regen wieder schlimmer wird, können wir uns dort unterstellen und abwarten, bis er nachlässt.«

»Die nächsten Nachbarn sind also zwanzig Minuten zu Fuß entfernt. Muss man dich dafür bedauern oder beneiden, Ulli?«, fragte Giannis.

»Mal so, mal so. Ich war bisher nie allein, schon vergessen?« Ulli warf ihm einen Seitenblick zu. Giannis hatte die Hände tief in den Taschen seiner Baggy vergraben und die Schultern zusammengezogen. Die Kapuze seiner enganliegenden Regenjacke knautschte die dunklen Locken rund um sein Gesicht und gab ihm etwas Zartes, beinahe Verletzliches.

Er brummte zustimmend. »Für mich wäre das nichts. Ich wohne mitten in Karlsruhe, an einer Hauptverkehrsstraße. Erst dachte ich, die Ruhe ist super, aber ich konnte die ersten beiden Nächte unserer Tour in dieser Abgeschiedenheit gar nicht schlafen.«

»Dafür machst du beim Aufstehen Lärm für eine ganze Kompanie«, warf Jul hinter ihnen ein. Er humpelte, und es fiel ihm offenbar schwer, mit ihnen Schritt zu halten, aber solange er nichts sagte, kannte Ulli kein Mitleid.

Giannis ließ den Spott an sich abprallen. Vielmehr fiel ihm nun auch auf, dass Jul ein wenig hinter ihnen zurückgeblieben war, und er drehte sich zu ihm um. »Kommst du klar?«

»Sicher. Ich bin kein verdammter Invalide.«

»Hat auch keiner behauptet.«

»Dann frag doch nicht so blöd.«

Ulli grinste verstohlen. Falls Jul vorgehabt hatte, sich über das Tempo zu beschweren, war damit jetzt kaum noch zu rechnen. Sie ging unmerklich ein wenig langsamer. Schließlich wollte sie ihre Gäste nicht schleifen. Wenigstens ließ der Regen nach und ging in ein beständiges Nieseln über.

Schweigend liefen sie nebeneinander- oder hintereinanderher, je nachdem, wie der Weg es ihnen erlaubte. Sie durchquerten mehrere Kuhgatter und näherten sich nach ein paar engeren Passagen, in denen sich die grauen Felsen rechts und links von ihnen wie buckelige Riesen auftürmten, einer weitläufigen Hochalm. Ein langgestreckter Holzbau schmiegte sich in die Landschaft, flankiert von einem zweigeschossigen Rustico, dessen grauer Stein so verwittert und moosüberwuchert war, dass das Gebäude wie mit seiner Umgebung verwachsen schien. Davor parkten zwei Autos.

»Das ist die Schau-Molkerei«, erklärte Ulli mit einer weit ausholenden Armbewegung. »Passt auf, wo ihr hintretet; hier ist alles voller Kuhfladen. Normalerweise müsst ihr euch an dieser Stelle durch eine riesige Herde Kühe kämpfen, aber ich nehme an, die Gampers haben sie für heute im Stall untergebracht. Hier wird die Milch übrigens direkt von der Kuh weiterverarbeitet. Da drüben an der Felsnase verläuft nach rechts ein Weg entlang, wo es ein paar Höhlen gibt, die im neunzehnten Jahrhundert in den Fels gesprengt wurden. Dort reift Höhlenkäse. Man kann die Käserei auch besichtigen. Was ist, habt ihr Lust?«

Die beiden jungen Männer zogen derart skeptische Gesichter, dass Ulli lachen musste. »Jetzt kommt schon, es ist ganz interessant, und wir kommen für ein paar Minuten ins Trockene.«

Die Aussicht, aus dem ungemütlichen Wetter wieder hinauszukommen, trieb zumindest Giannis an, auf das Haus zuzusteuern. Jul folgte ihm mit zusammengebissenen Zähnen, und Ulli fragte sich besorgt, ob er nicht doch mehr Schmerzen hatte, als er zugeben wollte. Dann wäre er besser damit bedient, die Tour aufzugeben und sich von ihr nach Bozen fahren zu lassen. Sie beschloss, ihn im Auge zu behalten. Jul war trotzig genug, sich morgen wieder aufs Rad zu setzen. Vielleicht fand sie eine Möglichkeit, ihn davor zu bewahren, ohne dass er sein Gesicht verlor.

Viel mehr Sorge bereitete ihr jedoch die Aussicht auf die umliegenden Berghänge. Anders als an ihrem *Alpen-*

glühen hatte man hier einen Rundumblick in alle Himmelsrichtungen, und Ulli entdeckte erheblich mehr Unwetter-Schäden, als sie selbst nach Saskias besorgtem Anruf erwartet hatte. Mehrere entwurzelte Bäume hatten tiefe Krater im Erdboden hinterlassen und waren die Flanken hinabgerutscht. An einer Stelle war sogar eine größere Schlammlawine abgegangen. Nicht gut, gar nicht gut. Sie würde heute Nachmittag die Berichte der Bergwacht im Internet durchsehen und ihre Radfahrgruppe erst aufbrechen lassen, wenn sie sicher war, dass keine weitere Lawinengefahr bestand.

Grübelnd folgte sie Jul und Giannis in den Verkaufsraum der Molkerei. Antonio Gamper stand hinter der Theke, eine fleckige Schürze über dem strammen Bauch, und war gerade dabei, Käsestücke zu wiegen und abzupacken. Als er Ulli erkannte, ließ er das Messer fallen, streifte die Gummihandschuhe ab und stürmte auf sie zu.

»Ciao, meine Teure, wie schön, dich zu sehen! Ich habe schon überlegt, ob ich meinen nichtsnutzigen Sohn zu dir herüberschicke, damit er nachsieht, ob es dir gutgeht. Aber dem waren die Kühe wichtiger als du.« Er zwinkerte ihr verschwörerisch zu.

Ulli lachte, schälte sich aus ihrer Regenjacke und warf sie auf einen leeren Tisch neben der Verkaufstheke. »Johnny weiß eben Prioritäten zu setzen. Und im Gegensatz zu den dummen Rindviechern kann ich sehr gut auf mich aufpassen.«

»Ich weiß, ich weiß. Aber wo du doch jetzt ganz allein bist.« Sein Tonfall ließ keinen Zweifel daran, was er davon hielt, obwohl er ganz genau wusste, dass Ulli seine Meinung nicht kümmerte. Allerdings freute sie sich über seine Besorgnis. Wenn sie gewusst hätte, welche Ausmaße der Regen in der vergangenen Nacht gehabt hatte, hätte sie ähnlich an die Gampers gedacht. Allerdings waren die mit insgesamt sechs Personen auf der Alm und hätten sie im Notfall sicherlich zu Hilfe rufen können.

Antonio verschränkte die Arme und musterte Ullis durchnässte Begleiter. »Und du hast noch Gäste? Darf ich die Herren ein wenig herumführen?«

»Klar, warum nicht?«, erwiderte Giannis.

»Wir haben nichts Besseres zu tun«, brummte Jul ungnädig, aber immerhin so leise, dass Ulli ziemlich sicher war, dass Antonio nichts gehört hatte. Falls doch, ließ der Senner sich nichts anmerken. Er lachte freundlich und breitete die Arme aus, so dass er nun wie Don Camillo persönlich wirkte. »Also herzlich willkommen, die Herren. Lasst euch in mein Reich entführen, wo Milch und Honig fließen – nur mit Jungfrauen kann ich leider nicht dienen.«

Giannis prustete leise und warf Jul einen gehässigen Seitenblick zu, den dieser mit einem finsteren Funkeln erwiderte.

Ulli nickte zufrieden. Die beiden waren in guten Händen, und sie selbst hatte der Marsch hierher von einigen bösen Geistern in ihrem Kopf befreit. Wer hier mit wem und warum was anfing, war völlig irrelevant. Bald war es vorbei, und ein neues Leben begann. Veränderung war gut, sie brachte Bewegung ins Leben.

Sie lehnte sich mit verschränkten Armen an die gefliesteWand und beobachtete die beiden jungen Männer, die

Antonios Ausführungen mit einem Interesse verfolgten, das sie sicherlich selbst erstaunte. Der Alte hatte jahrzehntelange Erfahrung und spürte, welche der Witze oder Zoten bei seinem Publikum ankamen und welche er lieber umschiffen sollte. Bald schon lächelte selbst der zurückhaltende Giannis und fiel irgendwann sogar in Juls und Antonios Lachen ein.

Während Ulli ihnen lächelnd zusah, fragte sie sich, was Isa an diesem Jul so attraktiv gefunden hatte, dass sie ihn letzte Nacht zu sich ins Bett geholt – oder seiner Annäherung nachgegeben – hatte. Zweifellos sah er blendend aus, etwas zu hager vielleicht und nicht so breitschultrig wie Max, aber mit kräftigen Oberschenkeln und einem gut definierten Oberkörper. Die kinnlangen dunkelblonden Haare fielen ihm häufig ins Gesicht, und wenn er sie mit dieser unbeherrschten Handbewegung nach hinten schob, reckte er unwillkürlich das Kinn vor und warf den Kopf etwas zurück. Das, und die lebhaften blauen Augen, die beständig herumirrten und niemals Ruhe zu finden schienen, umgaben ihn mit einer Aura von Verwegenheit und Herausforderung.

Verstohlen grinste Ulli hinter vorgehaltener Hand. Damit hatte sie sich die Antwort natürlich selbst gegeben. Auf so ein junges Ding wie Isa wirkte dieses Gehabe des selbsternannten D'Artagnon. Sie selbst hingegen erkannte den unsicheren Charakter, den Jul hinter seinem Gebaren versteckte. Er gab sich gern als Anführer dieser kleinen Truppe, und vermutlich war er davon überzeugt, dass er das auch war. Wenn Ulli das Verhältnis der drei Männer jedoch genauer betrachtete, war ziemlich sicher Max derjenige, der eigentlich das Sagen hatte. Er hielt es nur nicht für nötig, seine Position einzufordern, oder wollte der unweigerlich folgenden kindischen Rangelei um die Macht aus dem Weg gehen.

Wenn es so war, und Ulli irrte sich selten bei solchen Analysen, zeigte das umso mehr Max' geistige Reife.

Giannis wiederum war eindeutig der Ruhigste in der Gruppe. Ulli überlegte, ob sie bisher mehr als drei Sätze miteinander gewechselt hatten. Erst jetzt, als Antonio ihn zum Lachen gebracht hatte, fielen ihr seine einnehmende Ausstrahlung und sein charmantes Lächeln auf. Sein Körperbau war eher zierlich, seine Bewegungen hingegen anmutig und kraftvoll. Das hübsche Gesicht mit den hohen Wangenknochen rahmten widerspenstige kurze Locken, und seine dunkelbraunen Augen wirkten verträumt unter den dichten Wimpern. Zugleich war es dieser offene, zurückhaltend-neugierige Blick, der Ulli für ihn einnahm. Halbgrieche sei er, könne allerdings kein Wort Griechisch, hatte er irgendwann erwähnt. Es war nur eine beiläufige Bemerkung über seine Herkunft gewesen, die einer seiner Freunde gestern beim Abendessen provoziert hatte. Und jetzt löste dieses eine Wort bei Ulli während des müßigen Wartens plötzlich eine wilde Assoziationskette aus. Mit einem Mal dachte sie an perfekt modellierte griechische Götterstatuen, an die antiken hellenistischen Darstellungen auf Vasen und Schalen oder an Frauen, die sich lasziv auf Diwanen räkelten, über ihnen Männer mit steif gereckten Schwänzen. An die Bilder mit Männern und Frauen in verschiedenen Stellungen, Männern, die vor anderen Männern knieten, sich küssende und streichelnde Frauen.

Irritiert fuhr Ulli sich mit Daumen und Zeigefinger durch die Augen. Aber es half nichts, die Bilder ließen sich nicht aus ihrem Kopf vertreiben. Andererseits, warum sollten sie auch? *Die Gedanken sind frei*, so hieß es doch, und wer konnte ihr verbieten, Giannis zu beobachten und sich dabei ihren erotischen Fantasien hinzugeben? Und so gab sie sich selbst nach und richtete einen so intensiven Blick auf Giannis, dass sie jederzeit erwartete, er könne ihn spüren, sich umdrehen und wissen, was sie gerade tat. Die Vorstellung heizte eher an, als dass sie abschreckte …

Sie stellte ihn sich als vorsichtigen Liebhaber vor, der einer Frau die Führung überlassen würde, bis er sicher war, dass sie ihre Erfüllung finden würde, bevor er seiner Leidenschaft freien Lauf ließ.

Ulli seufzte lautlos und schloss die Augen. Beharrlich ignorierte sie das unruhige Kribbeln, das ihre Gedanken ausgelöst hatten. Ob sie Gelegenheit finden würde, herauszufinden ob sie mit dieser Einschätzung – wie meistens – richtiglag? Falls ja, musste Giannis den ersten Schritt dafür tun. Ansonsten müsste sie sich eingestehen, dass sie doch nur Ersatz suchte, weil sie an den wirklich interessanten Kerl nicht herankam.

Jetzt war sie gedanklich doch wieder da angekommen, wo sie nicht hinwollte. Soviel die drei Jüngeren auch zu bieten hatten, kamen sie doch an Bennett nicht heran, verblassten neben ihm und seiner reifen Männlichkeit. Oder nahm sie das nur so wahr, idealisierte ihn, weil er für sie unerreichbar war?

»Ganz in Gedanken, schöne Frau?« Eine Hand streifte flüchtig ihren Arm.

Ulli schrak zusammen und riss die Augen auf, als neben ihr eine vertraute Stimme erklang. »Dir auch einen schönen Tag, Johnny«, begrüßte sie ihn grinsend, ohne sich umzudrehen.

Er trat nahe an sie heran und drückte ihr einen flüchtigen Kuss auf die Schulter.

Ulli sog scharf die Luft ein, als sich seine Erektion gegen ihren Oberschenkel drückte.

»Hast du Lust? Eine schnelle Nummer?«, raunte er ihr ins Ohr.

Antonio und seine Gäste waren im Nebenraum verschwunden, und nur seine laut dozierende Stimme schallte zu ihnen herüber.

Sie würden für ein paar Minuten ungestört sein.

Sie drehte sich zu Johnny, dem Sohn des Senners, um und bedachte ihn mit herausforderndem Blick. »Reichen dir denn ein paar Minuten?«

Er grinste bedauernd und gab ihr einen schnellen Kuss auf die Lippen. »Eigentlich nicht. Aber man nimmt, was man kriegen kann.« Ohne ein weiteres Wort zu verlieren, packte er Ulli am Handgelenk und zog sie hinter sich her durch die Tür in den schwach beleuchteten Lagerraum, in dem sich Holzkisten in verschiedenen Größen zum Teil bis zur Decke stapelten. Mit einer kurzen Geste bedeutete er ihr, sich die Hose auszuziehen und sich umzudrehen.

Ulli kam der Aufforderung sofort nach. Ob er ihr angesehen hatte, dass sie in Gedanken mit der Frage beschäftigt gewesen war, wie Jul oder Giannis sich im Bett schlagen würden?

Sie wusste es nicht, aber als die kalte Luft auf die Feuchtigkeit zwischen ihren Beinen traf und ihr einen erwartungsvollen Schauder über den Rücken sandte, entschied sie, dass Johnny genau zur richtigen Zeit aufgetaucht war. Ihre Schamlippen zogen sich erwartungsvoll zusammen; Ulli genoss das schmerzhaft süße Zucken und rieb sich verstohlen über den Kitzler, während sie sich über eine Kiste lehnte und sich etwas hinabbeugte.

Er trat hinter sie, und fast augenblicklich streifte er ihren Hintern und drang in sie ein. Hart packte er ihre Hüften und schob sie gegen seinen Schoß.

Ulli unterdrückte ein lautes Stöhnen und hielt nur mit Mühe ihr Gleichgewicht, indem sie sich an die Kiste klammerte. Seine Stöße waren ruppig und fordernd und wurden von der Bewegung, zu der er ihr Becken zwang, noch verstärkt.

Ulli wurde heiß. Ihre Brüste schaukelten, und ihre aufgestellten Nippel rieben schmerzhaft gegen den Stoff ihres BHs. Sie wünschte sich, dass Johnny sie in den Mund nehmen und an ihnen saugen würde, zubeißen würde, bis der köstliche Schmerz ihr durch die Eingeweide fuhr.

Aber so viel Zeit ließ er ihr nicht. Eine Hand verließ ihre Taille und umschlang ihren Unterkörper, um sich zu ihrem Hügel vorzutasten. Flüchtig berührten seine Fingerspitzen ihre kleine Perle.

Das war beinahe schon zu viel. Ulli beugte sich weiter nach unten und presste ihren Mund gegen ihren Unterarm, um nicht vor Lust aufzuschreien. Mit der anderen Hand versuchte sie, seine tastende Hand wegzuschieben, während ihr Atem sich beschleunigte.

Zu spät.

Johnny, angestachelt von ihren Abwehrversuchen, presste einen Finger gegen ihren Lustpunkt, und Ulli explodierte unter seinem harten Rhythmus. Er rammte tiefer in sie hinein und bewegte sich schneller, während sie sich ihm so weit wie möglich entgegenreckte. Seine Finger pflügten durch ihre pulsierenden Schamlippen, trieben sie zu einer weiteren ekstatischen Welle.

Mit einem stummen Schrei auf den Lippen bäumte sie sich auf und ließ sich dann ermattet auf die Kiste sinken. Ihr Herz trommelte gegen das Holz.

»Das war zu früh«, knurrte es unzufrieden über ihr. »Ich sprach von Minuten, nicht Sekunden, du geiles Luder!«

Ulli lächelte und richtete sich vollständig auf, wobei er unweigerlich aus ihr herausglitt. Sie wandte sich ihm zu und drückte einen Kuss auf seine verkniffenen Lippen. »Das haben wir gleich, wetten?«

Ohne große Umstände kniete sie sich vor ihn; nass und steif reckte sich ihr seine Erektion entgegen. Sie hob die Hand und griff Johnny zwischen die Beine, was ihm ein erfreutes Zischen entlockte. Wie auf Befehl stieß er sein Becken vor und in ihren Mund.

Ulli war immer ein wenig befremdet, wenn sie ihre eigenen scharfen Säfte schmeckte, doch umso gieriger nahm sie seinen harten Schwanz in sich auf. Die Spitze traf auf ihren Gaumen, und er stöhnte verhalten. Ulli ließ die Hand über das weiche Fleisch wandern, knetete die Haut zwischen ihren Fingern und zupfte spielerisch nach unten, bis Johnny über ihr zuckte.

Er legte die Hände an ihren Hinterkopf, drängte stürmischer zwischen ihre Lippen, wo ihn ihre kreisende Zunge empfing, schneller jetzt, fordernder.

Sie gab sich ganz der sinnlichen Erfahrung hin, leckte und genoss es, wie er ihren Mund ausfüllte. Sie spürte das wilde Pochen und sein Bemühen, sich zurückzuhalten, und presste die Lippen auf seinen Schaft. Wie von selbst fanden ihre Hände den Weg zu seinem Hintern und trieben ihn ihr mit sanften Kniffen entgegen.

Er wollte sich zurückziehen, doch sie gab ihn nicht frei, bis sein Samen in ihre Kehle schoss. Atemlos sog sie den letzten Tropfen aus ihm heraus, öffnete erst den Mund, als sein Schwanz nicht mehr zuckte. Dann richtete sie sich auf und blickte ihn freundlich an.

Johnny keuchte noch, gefangen in seinem Orgasmus, und klammerte sich an einer Kiste fest, so dass Ulli schon befürchtete, er würde sie hinunterreißen; doch der Turm schwankte nur. Ermattet grinste er, legte einen Finger unter ihr Kinn und führte ihre Lippen an seine. Mit einem sanften Zungenschlag leckte er ihr die feuchten Lippen und eroberte ihren Mund. Jetzt fragte Ulli sich, ob er wohl auch seine Säfte schmecken konnte. Der Gedanke ließ ihre Begierde sofort wieder erwachen und sandte ein feuriges Kribbeln durch ihren Schoß. Doch sie wusste, dass Johnny ihr nichts mehr zu bieten hatte – zumindest nichts, was ihr in den wenigen Augenblicken, die ihnen noch blieben, ehe ihr Fehlen entdeckt werden würde, echte Befriedigung verschaffen würde.

Beinah traurig löste sie sich aus seinem Kuss und angelte nach ihrer Hose, während er sich ebenfalls anzog. »War das dein Abschied?«, fragte er leise.

»Ja«, erwiderte Ulli kurz, als ihr auffiel, dass er ihr kurzes Nicken im Halbdunkeln vielleicht nicht wahrnehmen könnte. »Noch vier Tage, dann ist Schluss, und ich werde höchstens als Wanderin wiederkommen.«

»Zu bedauerlich.« Er deutete eine spöttische Verbeugung an. »Es war mir eine große Ehre, Eure Bekanntschaft gemacht zu haben, Ulrike.«

Er trat auf sie zu und gab ihr einen leichten Schubs in Richtung Ausgang. »Na los, bevor Papá uns vermisst.« Er stockte kurz. »Ich werde dich jedenfalls vermissen.«

Ulli lächelte verschwörerisch, wollte ihre Verlegenheit überspielen, weil sie von seinen Worten gerührt war. »Mich oder unsere Ficks?«

Er machte ein ehrlich betroffenes Gesicht. »Beides. Wirklich beides. Du bist einfach ein guter Kumpel.«

»Dieses Kompliment kann ich nur zurückgeben.« Ihr Lächeln wurde warm. Es stimmte, sie hatten so manche schöne Stunde verbracht. Sein Vater hatte immer darauf spekuliert, dass einmal mehr daraus werden würde, aber in dem Punkt waren sie beide sich absolut einig gewesen: Mehr konnte zwischen ihnen nicht sein.

Sie traten zurück in den Verkaufsraum, und Johnny schloss die Tür hinter ihnen.

Ulli kramte nach einem Pfefferminzbonbon in ihrer Jacke und schob es sich in den Mund.

12. Rückkehr

Rundum gestärkt von Antonios großzügigem Imbiss mit Brot und verschiedenen Käsen, machten Ulli, Jul und Giannis sich auf den Weg zurück zum *Alpenglühen*.

»Das war wirklich gut.« Jul schlug sich pathetisch auf den Bauch. »Wobei die Einrichtung in der Molkerei hart an der Grenze war. Ich habe bald erwartet, dass da in einer Ecke eine Volksmusik-Truppe steht. Aber gut, dieser alte Gamper ist auch eine ganz andere Generation. Da sieht dein *Alpenglühen* schon ganz anders aus. Alle Achtung, Ulli.«

Sie lachte geschmeichelt. »Danke.« Es wunderte sie nicht, auf sie wirkte Antonio auch immer ältlich. Tatsächlich war er nur sechs Jahre älter als sie, aber da zeigte sich wieder einmal, dass er irgendwie in einer anderen Dimension lebte.

Ulli wählte den Weg entlang der Höhlen, und dieser offenbarte ihr das ganze Ausmaß der Schäden, die der starke Regen angerichtet hatte. Das Wasser plätscherte immer noch in mehr oder weniger großen Rinnsalen von den höher gelegenen Bergen talwärts. Gut möglich, dass dort oben Schnee gefallen war, der jetzt über Tage hinweg abschmolz. Große Pfützen sammelten sich auf dem breiten Wanderweg, ein etwa armdicker Baum war entwurzelt und nach unten gespült worden und lag jetzt wie das weggeworfene Spielzeug eines Riesen zwischen ein paar Felsen verhakt.

Ulli war so in Gedanken, dass sie zunächst gar nicht auf die Unterhaltung achtete, die Jul und Giannis führten. Erst ein wütender Ausruf von Jul ließ sie aufhorchen.

»Reicht's mal langsam? Jetzt fängst du auch noch damit an!«

»Nein, ich habe nur gefragt, was du jetzt zu tun gedenkst, du Großmaul«, schnappte Giannis zurück.

»Das geht dich einen feuchten Dreck an«, blaffte Jul.

Ulli räusperte sich vernehmlich und zwinkerte den beiden zu: »Ob die Herren ihr Streitgespräch vielleicht auf später verlegen oder zumindest die Lautstärke drosseln könnten?«

»Wieso denn?«, fragte Jul beißend. »Hat doch inzwischen ohnehin jeder mitbekommen, dass ich fremdgegangen bin. Als ob das nun so eine großartige Sache wäre! Macht doch fast jeder.«

Giannis schüttelte entnervt den Kopf. »Und wenn jeder von der Klippe springt, springst du hinterher, oder was? Das ist doch kein Argument! Du kannst tun und lassen, was du willst, aber ich muss es nicht gut finden, wenn es genau vor meinen Augen passiert.«

Ein wenig mehr Diskretion hätte Jul und auch Isa wirklich gut gestanden, dachte Ulli.

»Ihr seid doch alle nur eifersüchtig, weil sie sich für mich entschieden hat! Ihr seid doch alle scharf auf Isa!«

»Ganz sicher nicht«, brummte Giannis, doch es klang nicht sehr überzeugend.

Jul winkte ab und ging zwei Schritte schneller. Ulli beobachtete ihn aufmerksam. Soweit sie wusste, war sein Unfall allein durch seinen Leichtsinn passiert. Für den Moment schien er daraus gelernt zu haben; er setzte seine Füße vorsichtig und achtete darauf, nicht auf lose Steinbrocken zu treten. Vermutlich erinnerte der Schmerz an seinem Hintern ihn ständig daran, auch wenn er kaum noch humpelte. Dennoch war Juls Gang noch immer ungestüm und fahrig. Sehr offenkundig musste er sich zur Ruhe zwingen, um nicht über den unebenen Weg einfach voranzupreschen. Der Anblick seiner angestrengten Bewegungen in der enganliegenden Wanderhose gefiel Ulli. Er regte ihre Fantasie an, denn das kurze Intermezzo mit Johnny Gamper hatte sie nicht befriedigt, im Gegenteil.

Ulli lächelte bei sich. Einen Welpen hatte Bennett Jul genannt, und vielleicht hatte er nicht so falschgelegen. Sie war sich allerdings sicher, dass ein Teil dieses ungestümen Gebarens in seiner Natur lag. Er würde sich nie vollkommen bremsen. Aber warum auch? Das Leben war kurz genug. Juls Problem lag doch eher darin, dass er sich immer wieder in Situationen begab, in denen er am Ende der Dumme war.

Als sie die letzte der mit Holztüren verriegelten Käsehöhlen hinter sich gelassen hatten, hatte der Himmel endlich ein Einsehen, und der Regen versiegte. Ulli kam es sogar ein wenig heller vor. Es war erst später

Mittag, doch an trüben Tagen wie diesen verlor sie manchmal ihr Zeitgefühl.

»Isa wird jedenfalls ziemlich enttäuscht sein, wenn sie merkt, dass du es nur auf eine schnelle Nummer abgesehen hattest«, knurrte Giannis leise, und Ulli war nicht sicher, ob Jul es hören sollte. Jedenfalls verkrampften sich seine Schultern, doch er drehte sich weder um, noch hielt er an.

»Nun lass es gut sein«, murmelte Ulli.

»Nein, und weißt du, wieso nicht?«, fuhr Giannis völlig unerwartet auf. »Weil sie total verknallt in diesen Mistkerl ist. Ich habe mir dieses Herumgeschwärme zwei volle Abende anhören müssen. Und er wusste das, er hat es ausgenutzt! Wenn er sie schon flachlegt, hätte er ihr von vorneherein klarmachen müssen, dass es eine einmalige Sache ist.«

Ulli blieb verdutzt stehen. Da Giannis nicht wusste, warum, tat er es ihr nach. Sie musterte ihn gründlich. So einen Ausbruch hatte sie nicht von ihm erwartet. Seine Augen wirkten fast schwarz vor Wut und standen mit den dunklen, regenfeucht glänzenden Locken in einem interessanten Kontrast zu der milchig weißen Haut seines Gesichtes. Die dichten Augenbrauen und der Schatten seines Dreitagebartes erinnerten sie an einen personifizierten Racheengel.

Gefährlich und verletzlich zugleich.

Ulli schluckte und ignorierte das Ziehen in ihrer Brust. Jetzt war wohl kaum der Zeitpunkt, irgendwelche Annäherungsversuche zu starten. Trotzdem weckte Giannis' Anblick ihren Appetit. Wie zufällig streifte ihr Blick seinen Schoß, doch der Schnitt seiner Hose enthüllte ihr nichts.

Sie holte Luft, presste unauffällig die Fingernägel in die Handballen und verdrängte entschieden alle Gedanken an die möglichen Qualitäten von Giannis als Liebhaber. »Deine angemessene moralische Empörung in allen Ehren. Ihr könnt das unterwegs ausdiskutieren, heute Nachmittag oder morgen früh, wann immer ihr aufbrecht, okay?«

Jul trat an sie heran und starrte sie kalt an. »Angemessene moralische Empörung? Isa wird drüber hinwegkommen. Aber du hast doch selbst letzte Nacht mit Max gevögelt.«

»Darüber werde ich kaum vor dir Rechenschaft ablegen, junger Herr.« Sie war eher amüsiert als verärgert über seinen Vorstoß. Jul reizte sie, und sie begann, darüber nachzudenken, ob sie ihn an seine Grenzen bringen wollte. Es schien nicht allzu schwer zu sein …

»Und im Gegensatz zu dir ist Max solo«, warf Giannis ein, bevor Ulli sich entschieden hatte. »Und ich weiß auch nicht, was das eine mit dem anderen zu tun hat.«

»Was das eine mit dem anderen zu tun hat?« Jul fuhr herum, strich sich mit einer zornigen Geste die regenfeuchten Haare aus der Stirn und stieß Giannis mit einem Finger vor die Brust. »Das habe ich gerade gesagt, aber ich sag es gern noch mal: Ihr seid doch nur neidisch! Es geht euch gar nicht darum, dass Miri zu Hause sitzt und ich sie beschissen habe. Wir werden uns sowieso trennen; ich wollte die Sache nur ordentlich abschließen und ihr nicht einfach eine SMS aus dem Urlaub schicken, dass es aus ist.

Nein!« Jetzt schubste er Giannis sogar leicht. »Ihr wolltet Isa selbst angraben. Ist doch nicht mein Problem, wenn ihr bis nach der Tour warten wolltet. Wer sagt denn, dass es für mich nur eine einmalige Sache war? Vielleicht will ich ja mehr von ihr.«

Giannis' Gesicht verdüsterte sich. Er drückte Juls Arm mit einer harten Handbewegung beiseite.

Eilig ging Ulli dazwischen. »Schluss jetzt! Ihr plustert euch auf wie zwei Gockel. Das fehlte mir noch, dass ihr jetzt hier aufeinander losgeht!« Resolut drängte sie beide ein Stück zurück. »Und was Isa anbelangt: Sie ist doch nicht eure Trophäe! Sie wird sehr wohl selbst entscheiden können, mit wem sie sich einlässt und mit wem nicht! Wenn ihr das Thema unbedingt jetzt und hier weiterdiskutieren wollt, erspart mir zumindest euer Machogehabe!«

Giannis nickte unmerklich und zog sich zu Ullis Erleichterung einen Schritt weit von seinem Kontrahenten zurück. »Dir ging es nur um ein Abenteuer«, knurrte er nichtsdestotrotz wütend in Juls Richtung. »Aber zu deinem Fehler stehen kannst du nicht, dafür bist du zu feige.«

»Mir Feigheit vorwerfen, wenn ihr euch selbst nicht traut. Ihr seid doch die Versager.« Ohne ein weiteres Wort wandte Jul sich ab und trottete den Weg entlang.

Giannis zuckte mit den Schultern und warf Ulli einen entschuldigenden Blick zu.

Sie folgte den beiden und beobachtete sie aufmerksam – Jul mit seinen abgehackten Bewegungen, die seine unterdrückte Wut nur schwer verhehlen konnten, und Giannis, die Hände tief in der Regenjacke vergraben, der mittlerweile bockig voranschritt.

In beiden glaubte Ulli Energie zu spüren, die rausmusste, und das bestärkte sie in ihrem Vorhaben: Sie wollte Jul in seine Schranken weisen. Wenn er nur ein Großmaul ohne Substanz war, würde es ihm vielleicht eine Lehre sein. Wenn er halten konnte, was er versprach, würde es ihr Schaden nicht sein. Der Gedanke war anregend. Ihr kam eine Idee ...

»Lasst uns da vorne an der Weggabelung rechts gehen«, rief sie Jul zu. »Der Weg ist ungefähr eine Viertelstunde länger, dafür aber bei dem Wetter besser zu laufen.«

»Von mir aus kann der drei Stunden länger sein. Was sollen wir denn schon wieder an der Hütte?«, brummte Giannis.

»Heißt das, dass ihr heute nicht mehr aufbrechen wollt?«

»Glaub ich nicht. Wenn unser Leithengst lahmt, sollten wir einen Tag Pause machen.«

»Du kannst mich mal, echt! Und so was nenne ich einen Freund!«, fauchte Jul.

Ulli verschränkte die Arme vor der Brust und grinste breit. »Ich muss Giannis allerdings zustimmen. Was du bisher geliefert hast, Jul, war nicht mehr als heiße Luft. Du bist schon eine ganz schöne Lusche.«

Genau, wie sie erwartet hatte, erstarrte Jul mitten in der Bewegung und drehte sich ganz langsam zu ihr um. Eine Beleidigung von seinesgleichen war eben doch etwas anderes als von einer fremden Frau.

Sie blieb stehen, spürte ein erwartungsvolles Kribbeln.

Jul kam auf sie zu, baute sich vor ihr auf. Er war kleiner

und schmaler als Max, kaum größer als sie selbst. Er imponierte ihr überhaupt nicht, und ihre Körperhaltung zeigte es ihm.

Herausfordernd reckte er sein Kinn und starrte sie an. »Ach, so ist das. Was muss ich denn tun, um dir das Gegenteil zu beweisen? Dich auch flachlegen?«

Er rückte näher, so nah, dass sein Brustkorb ihre Arme berührte.

Sie wich keinen Millimeter zurück.

»Jul, spinnst du jetzt völlig?« Giannis kam näher, doch bevor er die beiden erreicht hatte, griff Ulli Jul mit einer blitzschnellen Bewegung in den Schritt. Er keuchte überrascht auf.

Ulli lächelte ihn kalt an. »Große Augen machst du. Mehr hast du nicht zu bieten?«

Jul zuckte zurück, wagte aber angesichts des festen Griffs um seinen Sack keine Flucht. Und Ulli bemerkte entzückt, dass er reagierte. Sie hatte ihn in der Hand – wortwörtlich.

»Wer legt hier wen flach, Kleiner?« Sie streckte die andere Hand aus und streichelte ihm mit falscher Sanftmut über die Schürfwunde am Po. Er sog zischend die Luft ein, teils vor unerwarteter Erregung, teils vor Schmerz, und stieß sein Becken reflexartig nach vorne. Ulli spürte seinen anschwellenden Schwanz gegen ihren Oberschenkel prallen. Aufgeregt leckte sie sich über die Lippen, spürte einem ersten Beben in ihrem Körper nach. Ihre Brustwarzen zogen sich schmerzhaft zusammen.

Seine sonst so hektischen blauen Augen ruhten ausnahmsweise auf ihrem Antlitz und offenbarten eine Reihe widersprüchlicher Emotionen. Ulli konnte in ihnen lesen wie in einem Buch. Sie hatte ihn überrascht. Er war erst empört, und dann erregte es ihn. Jetzt kämpfte er darum, wieder die Oberhand zu gewinnen, seine männliche Dominanz auszuspielen.

Sollte er doch.

Plötzlich packte er sie an den Schultern und riss sie rüde an sich. Er presste seine Lippen auf ihren Mund, erzwang sich mit Zunge und Zähnen einen Weg. Ulli erwiderte den Kuss zunächst scheinbar widerwillig, genoss seine harten Bisse und ließ sich dann auf ihn ein. Gierig nahm sie seine Zunge auf. Er saugte an ihrem Gaumen und knabberte nun etwas sanfter an ihren Lippen, während seine Erektion sich unter seiner Hose wölbte.

Der Kerl war wirklich gar nicht so schlecht.

Plötzlich ließ Ulli ihn los und riss den Kopf zurück. Jul starrte sie verdutzt an.

»So, mein Freund«, erklärte sie leise. »Und jetzt mal zu den wahren Abenteuern. Ich wette, dass du dich nicht traust, mit mir vor den Augen deines Freundes eine Nummer zu schieben.«

Giannis schnaubte ungläubig.

Jul starrte sie an, sprachlos, sein Blick wanderte von einem zum anderen.

Ulli verschränkte wieder die Arme und schaute ihn ungerührt an. Ihr Körper war in Aufruhr, längst war ihr unter ihrer Regenjacke heiß geworden.

Dann leuchtete ein Grinsen auf Juls Gesicht. »Nein.« Er lachte laut auf und schüttelte den Kopf. »Nein, da mach ich nicht mit. Das ist doch ein Trick. Damit ihr den endgültigen Beweis habt, was ich für ein treuloses Schwein bin?«

Er zeigte auf Giannis. »Mach's mit ihm, und ich guck zu. Dann bleib ich wenigstens sauber.«

Statt einer Antwort schlug Ulli sich die Hand vor den Mund und gähnte theatralisch.

Giannis blieb still, schien völlig verunsichert. Zu gern hätte Ulli gewusst, ob ihn das alles kaltließ. Endlich räusperte er sich. »Oh, weißt du, Jul, das macht jetzt keinen Unterschied mehr.« Seine Stimme klang belegt. »Ich werde meine Klappe halten. Na los. Da hast du dein Abenteuer. Oder bist du *doch* zu feige?«

Damit wäre diese Frage also beantwortet, dachte Ulli zufrieden.

Jul trat zweifelnd an sie heran, schien kaum zu begreifen, was gerade vor sich ging. Dann tat er, was sie wenige Augenblicke zuvor getan hatte: Er presste die Handfläche gegen ihren Schoß. Ulli spürte, wie der Stoff ihres Slips an den feuchten Schamlippen kleben blieb. Sie lachte und bewegte ihr Becken, ließ es über seiner Hand kreisen. Jul wurde nervös, nahm die Hand weg. Aus seinen Augen sprach unverhohlenes Verlangen. »Hier? Jetzt?«

»Ich kenne einen guten Ort, an dem wir ungestört sind, Kleiner.«

Jul nickte zögernd. Noch einmal tauschte er einen Blick mit seinem Freund.

Giannis' Gesichtsausdruck war schwieriger zu deuten, doch Ulli glaubte, eine Wölbung in seiner Hose auszumachen. Und was er gesagt hatte, hatte er gesagt. Vielleicht machte es für ihn wirklich keinen Unterschied, ob Jul einmal oder zweimal fremdging. Aber Ulli wunderte es nicht. Sie hatte häufiger erfahren, dass es bei den meisten mit der Moral schnell bergab ging, wenn sich eine entsprechende Gelegenheit bot. Sie drückte die Arme gegen ihre Brüste, um dem aufgeregten Ziehen entgegenzuwirken.

»Also gut.« Jul schluckte trocken. Dann grinste er, als hätte er die Idee des Jahrhunderts. »Aber Giannis wird nicht nur zusehen. Du machst es mit uns beiden.«

Ulli lächelte nur, während Giannis einen Laut ausstieß, der irgendwo zwischen einem nervösen Wimmern, freudiger Erregung und notwendigem Protest steckenblieb.

Jul grinste zufrieden, glaubte, Ulli eine angemessene Herausforderung geboten zu haben.

Wenn er wüsste, dass sie es genau darauf angelegt hatte.

13. Die Höhle

Ulli führte ihre beiden Begleiter noch einige hundert Meter den Weg entlang und kletterte dann über ein paar große Felsen. Wenn Jul der Weg zu beschwerlich war, würde er etwas sagen müssen. Diese Blöße gab er sich natürlich nicht, und der Weg war auch nicht viel schwieriger, als eine Treppe mit unregelmäßigen Stufen zu erklimmen.

Sie erreichte ein Plateau hinter dem sich eine dunkle Öffnung in den Berg hinein erstreckte.

»Noch eine Höhle?« Giannis stützte sich auf und sprang leichtfüßig über den letzten Felsen.

Ulli wartete, bis Jul etwas unbeholfener gefolgt war und neben seinem Kumpel innehielt. Wortlos zeigte sie auf ein verwittertes Holzschild seitlich des Eingangs, das erst bei näherem Hinsehen ins Auge fiel und dessen Buchstaben kaum noch zu entziffern waren.

Giannis kniff die Augen zusammen. »Nido d'amore. Was heißt das?«

»Liebesnest.« Ulli machte eine spöttische Verbeugung und zeigte mit ausgestrecktem Arm auf die Höhle. »Sie ist nicht sehr tief, dafür trocken und gar nicht so ungemütlich. Nur mit der obligatorischen guten Aussicht kann ich heute leider nicht dienen.«

Die beiden jungen Männer sahen einander verlegen an. »Die meint das wirklich ernst.«

»Scheint so.« Offenbar fehlte nun nach allem großen Getue beiden der Mut.

Wieder setzte Regen ein, weshalb Ulli nicht auf die beiden wartete, sondern sich unter dem niedrigen Sims hindurchduckte und die Höhle betrat. Es war warm, aber nicht stickig, und der felsige Boden war trocken. Sie tastete sich zwei Schritte weiter ins Innere. Da, ganz genau wie sie es in Erinnerung hatte: Auf einem schmalen Sims stand eine Öllampe, daneben ein Kanister mit Lampenöl. Auch das Sturmfeuerzeug fand sie nach einigem Herumtasten; es war heruntergefallen, funktionierte aber noch.

»Verdammtes Dreckswetter.« Giannis und Jul drängten sich nun auch hinein, wohl hauptsächlich, weil sie vor dem stärker werdenden Regen flüchten wollten.

Der sanfte gelbe Schein der Lampe enthüllte einen Raum von nicht einmal drei mal drei Quadratmetern. Ulli schaute sich um und entdeckte den Stapel Decken in der Ecke. Sie nahm ihn und stellte zufrieden fest, dass der Stoff nicht klamm war, sondern nur etwas staubig. Sie schüttelte sie am Eingang aus und trat zu ihren beiden Begleitern, die wie bestellt und nicht abgeholt in der Mitte herumstanden und sich unschlüssig umsahen. Ihnen schien gerade aufzugehen, dass Ulli sie keineswegs zufällig hier entlanggeführt hatte, und dass sie vermutlich nicht die Ersten waren, die sich hier in der Höhle vergnügen sollten.

»Diese Höhle diente früher als Biwak – in der Zeit, in der das *Alpenglühen* geschlossen ist. Ihr wisst, was ein Biwak ist, oder?«, erklärte sie, während sie die Decken übereinander auf dem Boden ausbreitete.

»Nö«, meinte Jul uninteressiert.

Giannis schüttelte missbilligend den Kopf. »Solltest du aber, wenn du im Gebirge unterwegs bist. Das sind auf Wanderführern eingetragene Notschlafplätze. Guck mal, da steht noch eine Schaufel, falls man Schnee wegräumen müsste, und eine Kiste, vermutlich mit Trockennahrung.«

Ullis Blick fiel auf die Ecke, in die Giannis zeigte. »Stimmt. Die müsste längst abgelaufen sein. Vielleicht sollte ich die Vorräte wieder auffüllen, wenn die Hütte nicht mehr aufmacht.« Ihre Gedanken galoppierten davon und waren auf einmal wieder bei all den tausend Dingen, die es noch zu erledigen galt, als sie plötzlich Juls Atem im Nacken spürte.

»Aber du hast uns jetzt nicht hier hingeführt, damit wir die Verfallsdaten kontrollieren, oder?«, flüsterte er.

Ulli schloss die Augen und grinste still. Wenigstens hatte die Ablenkung dafür gesorgt, dass Jul nun glaubte, die Führung übernehmen zu können.

Sollte er, herzlich gerne.

Ein erwartungsvoller Schauder überlief sie, als er sie, zaghaft zunächst, umarmte und sich an sie drängte. Sie spürte, dass er wieder hart war; seine Erektion rieb verheißungsvoll gegen ihre Pobacken. Seine Hände wanderten unter ihre Regenjacke, unter ihr T-Shirt und schließlich unter ihren BH. Vorsichtig umfasste er ihre Brustwarzen, die sich unter seinen Fingern aufrichteten.

Ulli war sein Tasten beinahe zu sanft, doch sie riss sich zusammen. Sie hatten Zeit, und zumindest Giannis musste erst seine Scheu überwinden, bevor er sich ganz auf das Spiel zu dritt einlassen würde. Langsam öffnete sie den Reißverschluss und schälte sich aus ihrer Jacke, ohne Jul zu unterbrechen, der nun forscher zupackte und ihre Brüste massierte. Sie lehnte den Kopf gegen seine Brust und schnurrte wie eine zufriedene Katze.

Juls Atem beschleunigte sich, und er presste sich an sie, bewegte sein Becken. Wie erwartet wurde er ungeduldig, wollte sich vermutlich nicht mit einem langen Vorspiel abgeben.

Lächelnd griff Ulli unter ihr T-Shirt und löste seine Hände von ihren Brüsten. Ein wenig bedauernd, denn er fing gerade an, mutiger zu werden, doch sie wollte schließlich beide Männer genießen.

Sie zog das T-Shirt mit einer fließenden Bewegung über den Kopf. »Zieh dich aus. So wird das nichts«, befahl sie dabei in spöttischem Ton an Jul gewandt. Der knurrte unzufrieden, wollte sich keine Anweisungen geben lassen und folgte doch im nächsten Moment ihren Worten und schälte sich aus Jacke und T-Shirt.

Ulli betrachtete seinen muskulösen Körper und seine kräftigen Oberarme. Seine Brustwarzen hoben sich dunkel und winzig von der unbehaarten hellen Haut ab.

Jul bekam unter ihrem forschenden Blick eine Gänsehaut, ließ seine Augen jedoch ebenso ungeniert über ihren Bauch nach unten wandern. Ulli grinste, als er sich vor sie auf die Knie niederließ. Endlich war er auf dem richtigen Weg. Er sollte sich ruhig was trauen. Sie bezweifelte, dass er zu weit gehen würde; dazu war er nicht der Typ. Sie griff nach hinten, öffnete ihren BH und ließ ihn fallen. Gleichzeitig löste Jul ihren Gürtel, knöpfte ihre regenfeuchte Hose auf und zog sie vorsichtig runter.

Ulli schauderte kurz, als die kühle Luft über ihren Schoß streifte.

Juls Zungenspitze flatterte über ihren Kitzler und jagte ihr einen weiteren prickelnden Schauder durch den Körper. Er wurde schnell mutiger, legte seine Hände auf ihren entblößten Hintern und versenkte seinen Mund tief zwischen ihre Schamlippen, leckte gierig nach ihren Säften.

Ulli schloss die Augen und stöhnte vor Wonne laut auf. Das war gut, viel besser, als sie erwartet hatte, das musste sie zugeben. Sie legte ihre Hände an seinen Hinterkopf und trieb ihn an, spürte, wie er zart über ihre empfindliche Haut knabberte und an ihrer Klitoris sog.

Schnell wallte die Lust durch ihren Körper, und sie hätte einfach so stehen bleiben und seine kundigen Lippen genießen können, doch irgendwann schielte sie auf Giannis.

Er stand gegen einen flachen Vorsprung gelehnt, die Beine von sich gestreckt und beobachtete sie. Der goldene Schein der Lampe glitzerte in seinen Augen. Ulli grinste breit zwischen zwei angestrengten Atemzügen und nickte ihm zu. »Na los. Du willst doch nicht nur zusehen!«

Giannis stockte, strich sich unbewusst über die sich nun deutlich abzeichnende Wölbung seiner Hose. Jul wurde durch ihre Worte abgelenkt und schaute auf.

Ulli ließ sich ebenfalls auf die Knie sinken und küsste ihn unbeherrscht. Ihre Zungen prallten aneinander. Jul war überrascht von ihrem Kuss, der mehr einer Attacke glich, ließ sich jedoch sofort darauf ein und öffnete seine Lippen, um sie zu empfangen.

Mit fliegenden Fingern öffnete Ulli seine Hose und packte seinen harten Schwanz. Jul unterbrach den Kuss und warf ungeduldig stöhnend den Kopf zurück.

Erwartungsvoll streichelte sie über die heiße pochende Haut und massierte ihn sanft, aber bestimmt. Als sie jedoch bemerkte, dass er bereits keuchte, als wäre er kurz vor dem Höhepunkt, ließ sie widerwillig von ihm ab.

Es war Zeit für eine Pause, sonst war das alles viel zu schnell vorbei. »Moment.«

Ulli ließ sich nach hinten auf die Decke fallen und begann, ihre Wanderschuhe aufzuschnüren. Jul lachte leise und ließ sich neben sie fallen, um es ihr gleichzutun. »Mit High Heels wäre das nicht passiert.« Er hielt inne, als er Ullis lüsternen Blick bemerkte, der auf seinen Freund gerichtet war.

Ulli hätte am liebsten vor Entzücken laut aufgeschrien, doch so ganz und gar wollte sie sich vor den beiden doch nicht gehenlassen. Zumindest noch nicht, auch wenn es ihr jetzt schon schwerfiel. Stattdessen leckte sie sich nervös über die Lippen. Sie erkannte sofort, dass Giannis das bemerkte und auf das bezog, was er tat.

Während er die anderen beiden beobachtet hatte, hatte er die Hose geöffnet und verstohlen begonnen, sich zu streicheln. Jetzt, da alle Augen auf ihn gerichtet waren, spürte Ulli seine Verlegenheit: Er fühlte sich trotz der Situation und trotz ihrer expliziten Aufforderung ertappt und senkte den Kopf.

Doch er hörte nicht auf, denn offenbar heizte es ihn an, dass sie ihn beobachtete. Wie hypnotisiert starrte Ulli auf seine Hand, wie sie seinen langen Schwanz entlangglitt, die Vorhaut über die rote Eichel stülpte und wieder zurückzog. Er massierte sich langsam, genussvoll, und für Ulli war es umso anregender. Ihr Puls begann zu jagen, heiße Wellen durchströmten sie. Laut stöhnend ließ sie sich nach hinten fallen und streifte mit einem hektischen ungeduldigen Ruck endlich ihre Hose ab. Schon war Jul auf ihr, inzwischen auch nackt, wollte sie anscheinend nun doch nicht mehr teilen. Er setzte sich auf ihren Bauch und packte ihre Brüste.

Ulli wölbte ihren Rücken unter seinem Gewicht, das das Atmen schwermachte. »Fester!«, befahl sie nun doch.

Jul kniff in ihre Brustwarzen, und sie antwortete mit einem freudigen Stöhnen. Da beugte er sich zu ihr hinab und setzte seine Zähne ein. Als er merkte, dass ihr das zarte Knabbern nicht genügte, biss er zu. Sie kreischte laut auf, und er grub seine Zähne in die zarte Haut ihrer Hügel. Dabei wanderte eine Hand über ihren Bauch. Sie erwartete angespannt seine Berührung, doch im nächsten Moment spürte sie seinen Rhythmus, als er seinen Schwanz wichste. Seine Knöchel rieben dabei über ihren Bauch. Auch nicht schlecht …

Ulli fiel es immer schwerer, Luft zu holen, doch er sollte um keinen Preis aufhören! Stöhnend schwelgte sie in ihrer Lust, zappelte unter ihm, bis er sich plötzlich erhob.

Ulli hob den Kopf, glaubte, dass er in sie eindringen wollte. Giannis bewegte sich irgendwo hinter ihm, nicht mehr als ein Schatten.

Doch Jul rutschte auf den Knien nach vorne, war nun über ihren Brüsten und massierte sich schnell und ungehemmt unmittelbar vor ihrem Gesicht. Ulli stockte der Atem, als die Hand um seinen Schwanz beinahe ihr gesamtes Blickfeld ausfüllte.

Dann hielt er inne. »Darf ich?«

Beinahe hätte Ulli laut aufgelacht. Nicht nur ordentlich was zu bieten, das Kerlchen, auch noch experimentierfreudig und höflich. Sie war sicher, dass er das noch nie gewagt hatte, was er zu tun gedachte.

So sollte es sein.

Sie öffnete wortlos den Mund.

Als er zwischen ihre Lippen drang, bekam sie beinahe einen Orgasmus. Sie hielt die Luft an, unterdrückte das Ziehen in ihren Lenden und presste den Hintern gegen die Unterlage. Jul fiel beinahe vornüber und stöhnte auf, weil sie dabei ihren Mund so eng machte. Im letzten Moment stützte er sich mit beiden Händen ab. Gleichzeitig glitt er tiefer in ihren Rachen.

Ulli legte ihre Hände gegen seine Oberschenkel, versuchte, ihn dazu zu bringen, es langsamer angehen zu lassen. Sie zog die Knie an und konzentrierte sich ganz auf Jul, darauf, ihn mit der Zunge zu verwöhnen. Doch allein das unruhige Pochen zwischen ihren Lippen brachte sie wieder an den Rand der Explosion.

Da packte jemand ihre Knie und schob sie auseinander. Ulli keuchte und streckte sich Jul entgegen. Sie versuchte zu sprechen, wollte verhindern, was als Nächstes passieren sollte.

Zu spät.

Sie kniff die Augen zusammen und spreizte widerstandslos die Beine.

Giannis hielt sich nicht mit Fingerspielen auf, glitt sofort tief in sie hinein und nahm sie mit langen Stößen.

Schon beim Eindringen kam sie und krümmte sich unter der Lust, die ihren Körper überflutete. Sie schnappte nach Luft, doch da war Jul, der noch gar nicht ganz begriffen hatte, was passierte. Er konnte sich kaum bewegen, weil sie ihre Lippen so hart um seinen Schwanz schloss. Er schrie entzückt.

Ulli ergab sich dem Rausch. Sie krümmte sich, als eine neue Welle sie erfasste. Sie ruckte und zappelte unter den Männern, die ihr diese köstlichen Sekunden schenkten; beide stießen zu, ließen alle Vorsicht fahren. Sie schwelgte in ihren Bewegungen, fühlte ihre Energie, ließ sich von ihrer Männlichkeit dominieren, bis sie an nichts mehr denken konnte.

Dann lag sie still. Ihr Herz schlug ihr bis zum Hals, und sie blinzelte. Juls Gesicht tanzte undeutlich über ihr, missmutig und fasziniert zugleich. Er zog sich zurück und stieg von ihrer Brust, setzte sich neben sie und schaute sie an.

Giannis hatte bereits von ihr abgelassen, sie hätte nicht sagen können, wann. Aus den Augenwinkeln sah sie ihn auf der Decke knien, sein Schwanz nass von ihren Säften und immer noch steif aufgerichtet.

»Geht das bei dir immer so schnell?«, wollte Jul wissen.

»Wenn die Kerle gut sind, ja.« Sie lächelte müde. Die Frage hatte sie doch heute schon einmal gehört.

Die Antwort versöhnte Jul, der unschlüssig sitzen blieb, nicht zu wissen schien, was er mit der Situation anfangen sollte. Ulli legte ihm die Hand vor die Brust. »Keine Sorge, Kleiner. Du kommst schon noch auf deine Kosten. Leg dich hin.«

Widerspruchslos folgte Jul ihrer Aufforderung und ließ sich rücklings auf die Decke sinken. Nur ganz kurz verzog er schmerzhaft das Gesicht, als sein Hintern über die Decke rutschte. Ulli warf Giannis einen Blick zu, der seinen Kontrahenten nun mit unverhohlener Eifersucht betrachtete. Beinahe beiläufig hatte er wieder begonnen, seinen Schwanz zu massieren. Sie nahm sich einen Moment und betrachtete den jungen Mann. Nackt wirkte er noch zarter und verletzlicher, doch zugleich hatte die Art, wie er sich selbst befriedigte, etwas Herausforderndes. Sie fragte sich, was genau Giannis eigentlich an dem Spiel zu dritt erregte. Da kam ihr ein neuer Gedanke. Mal sehen, was ihren beiden Begleitern wirklich zuzutrauen war ...

Schwungvoll warf sie sich nach vorne und hob ein Bein über Jul – allerdings genau andersherum, als der vermutlich erwartet hatte. Er keuchte überrascht auf, als sie auf allen vieren über ihm stand und ihr Becken langsam auf sein Gesicht sinken ließ. Sein heißer Atem traf auf ihre nasse Scham.

Hilflos hob er die Hände, ließ sie wieder sinken. Ulli bewegte sich tiefer, stockte, hob ihren Schoß an, sobald seine Zunge über ihre Schamlippen zuckte. Jul hob den Kopf, packte nun doch ihre Oberschenkel und versuchte, sie tiefer zu ziehen.

Ulli widersetzte sich ihm und behielt die Oberhand, ließ einen kleinen Abstand zu seinem Mund, so dass er sie gerade mit der Zungenspitze berühren, sie kosten und sehen konnte und nur wenig mehr. Ihre Muskeln entspannten sich gerade erst wieder. Noch empfand sie nichts, fühlte sich beinahe taub, doch das würde nicht lange so bleiben, das wusste sie.

Sie streckte die Hand aus und begann, Jul zu streicheln. Seine Lenden zuckten, und er stöhnte leise. Ulli grinste zufrieden und ließ ihre Finger an seinem Schaft entlanggleiten, während sie zu Giannis aufschaute, der immer noch hoch aufgerichtet unmittelbar vor ihr kniete.

Ulli fing den sehnsüchtigen Blick seiner dunklen Augen auf und legte verschwörerisch einen Finger an die Lippen. Jetzt kam es darauf an, ob sie recht gehabt hatte.

Sie reckte sich vor und ergriff Giannis' Hand. Er starrte sie verdutzt an, ließ es jedoch zu, dass sie seine Finger um Juls Erektion legte. Dann aber verharrte er und schien nicht recht zu wissen, was er mit der Situation anfangen sollte.

Ulli ließ ihren Schoß etwas tiefer sinken und wurde mit einem lauten Keuchen von Jul belohnt. Ihre Schamlippen begannen wieder zu kribbeln.

Was vor allem an Giannis lag. Ohne den Blick von ihrem Gesicht abzuwenden, packte er zu – zunächst zögernd begann er, seine Hand auf und ab zu bewegen. Er wirkte wie in Trance, schien selbst nicht glauben zu können, was er tat. Ulli durchlief es heiß und kalt zugleich. Sie starrte mit offenem Mund auf den jungen Mann, der zwei Schwänze gleichzeitig wichste, während Jul an ihren Schamlippen saugte.

Ob er es wagte, weiter zu gehen?

Wenn sie und Saskia sich einen Mann geteilt hatten,

hatte es für sie kaum etwas Großartigeres gegeben, als ihrer Freundin dabei zuzusehen, wie sie dem Mann einen geblasen hatte. Es gab wenig mehr, das sie so anmachte.

Letzten Endes war es der Akt, der sie erregte, die Perspektive, das unmittelbare Erleben. Behutsam legte sie die Hand an Giannis' lockigen Hinterkopf.

Er starrte sie entsetzt an, hielt inne, widersetzte sich. Ulli ließ ihm Zeit, nahm die Hand nicht weg, rührte sich nicht.

Unter ihr bewegte sich Jul unwillig, schob seinen Schaft verlangend gegen die Hand, die ihn umschlossen hielt, ohne zu wissen, wessen Hand es war. Er packte Ullis Oberschenkel fester, ließ ihr kaum noch eine Möglichkeit, sich zu bewegen und seiner Zunge zu entkommen. Ulli schloss für einen Moment die Augen und genoss die Lust, die schon wieder, zaghaft noch, aber unverkennbar durch ihren Körper rieselte.

Giannis starrte auf seine Hand, darauf, wie sich der Schwanz seines Freunds durch seine Finger schob. Ulli verstärkte den Druck an seinem Kopf. Ein wenig mehr nur. Sein Widerstand schmolz. Er senkte sein Gesicht, wagte jedoch noch nicht den letzten Schritt.

Wieder bewegte sich Jul, stieß ungeduldig gegen die Hand, die ihn umschlossen hielt.

Endlich senkte Giannis den Kopf.

Ulli stöhnte erwartungsvoll, als seine Zungenspitze über die rote Eichel glitt. Sie nahm ihre Hand nicht weg, presste Giannis tiefer, und er ließ es widerstandslos mit sich geschehen. Er zog die Vorhaut zurück und leckte über die glänzende Haut.

Jul hob ihm sein Becken entgegen, bettelte wortlos um

mehr. Giannis nahm ihn endlich in seinen Mund auf, schnaufte hingebungsvoll, und Ulli erkannte, wie sehr er es genoss. Sie schielte auf seinen Schoß. Er bewegte seine Hand inzwischen schneller, schien kurz davor zu sein, zu kommen.

Ulli versuchte, sich aufzurichten, doch Jul hielt ihre Oberschenkel fest umklammert. Der Druck seiner Hände in ihren Leisten verstärkte ihre wachsende Erregung. Es gab kein Entkommen.

Er umtanzte ihre Klitoris und zupfte mit den Zähnen an der weichen Haut. Zarter Schmerz durchzuckte ihren Unterleib, gefolgt von einer süßen Welle der Lust.

Ulli zappelte, wollte nicht, dass es wieder so schnell vorbei war. Jul war wirklich gut, das musste sie ihm lassen.

Sie ergab sich und richtete ihren Blick auf Giannis. Sie hatte die Hand an seinem Hinterkopf inzwischen weggenommen, und er hatte weitergemacht.

Ulli hielt den Atem an. Ein Zittern durchlief ihren Körper. Dieser Anblick war einfach zu scharf.

Giannis schloss die Augen, ließ die Lippen hart über die pochende Haut fahren und nahm den Schwanz so tief in sich auf, wie er nur konnte, nur um im nächsten Augenblick den Kopf hochzureißen und vorne an der Eichel zu saugen, die Vorhaut gegen seine Lippen zu pressen.

Ulli konnte kaum hinsehen. Feuerstößen gleich wallte die Erregung mit plötzlicher Intensität durch ihren Körper. Sie war nur noch wenige Atemzüge vom nächsten Höhepunkt entfernt.

Verzweifelt versuchte sie, das Becken zu heben, wollte sich noch nicht schon wieder der Ekstase ergeben müssen.

Da verzog Giannis gequält das Gesicht, ruckte mit dem Kopf zurück. Er atmete gierig ein und aus, unterdrückte sein Stöhnen, während sein Schwanz zuckte und ihm der Samen über die Finger rann. Gleichzeitig rieb er Jul schnell und hart, und er kam ebenfalls.

Jul presste sein Gesicht gegen Ullis Schamlippen und versenkte die flatternde Zunge tief in ihrer nassen Spalte.

Ulli durchfuhr ein Ruck, der sie beinahe nach vorne warf, wenn Jul sie nicht weiterhin umklammert gehalten hätte. Sie zuckte gegen ihn, rang verzweifelt nach Atem. Ihr Blick fiel nach unten, wo Jul sich in pulsierenden Stößen in Giannis' Hand ergoss.

Das war endgültig zu viel! Ulli ergab sich ihrem Orgasmus. Kurze, aber umso intensivere Wellen trieben durch ihren Körper und schüttelten sie durch, bevor sie über Jul zusammenbrach und sich zur Seite abrollte.

Jul richtete seinen Oberkörper auf und blinzelte.

Giannis hatte sich längst weiter in Richtung Höhleneingang zurückgezogen. Er stand regungslos und starrte hinaus. Seine Silhouette malte sich gegen den helleren Himmel ab. Ulli konnte seine Anspannung mühelos an seiner Haltung erkennen. Vermutlich fragte er sich gerade, was da mit ihnen passiert war, wie sie ihn dazu hatte bringen können, seinem Freund einen zu blasen. Sie konnte dieses Gefühl sehr gut nachvollziehen. Die spannendere Frage war allerdings, was er in Zukunft daraus machen würde.

»Nicht schlecht, gar nicht schlecht. Auch wenn ich mir das anders vorgestellt hatte«, murmelte Jul und ließ sich wieder zurücksinken.

Ulli gab ihm einen leichten Klaps auf die Brust. »Soso. Und wie?«

Er schien zu überlegen, dann hob er die Hände, formte mit Daumen und Zeigefinger der einen Hand einen Kreis und mit dem Mittelfinger einen zweiten. Mit zwei Fingern der anderen Hand stieß er mehrmals hindurch.

Ulli starrte ihn einen Moment lang an, hatte diese Geste noch nie gesehen. Bei genauerer Betrachtung sagte sie jedoch alles.

Sie holte tief Luft. »Was meinst du, Musketier, wie lange brauchst du, bis du wieder kampfbereit bist?«

Er hob den Kopf und starrte sie ungläubig an. Dann grinste er. »Das ist nicht dein Ernst.«

Sie zuckte nur mit den Schultern und zupfte an einer der Decken, bis sie sie unter Jul hervorgezogen hatte. Mit der umgelegten Decke ging sie an den Eingang der Höhle, setzte sich auf einen Felsvorsprung und schaute hinaus. Giannis mied ihren Blick, doch auf seiner Miene lag ein entrückter, zufriedener Ausdruck. Ulli scherte sich nicht darum, dass er sie ignorierte, und lächelte ihm aufmunternd zu.

Am Horizont waren die Wolken aufgerissen und türmten sich mal heller, mal dunkler über den grauweißen Gipfeln. Hier und da leuchtete ein blauer Fleck auf, und ein paar verirrte Sonnenstrahlen erhellten die steinerne Kulisse der ewigen Bergwelt.

Giannis holte sich ebenfalls eine Decke und schlang sie um seinen schönen Körper. Sehr zu Ullis Bedauern, denn sie hätte sich gern noch ein wenig an seinem Anblick geweidet. Der junge Mann war ziemlich sicher keine Option für einen guten Fick, aber sein Anblick war unschlagbar.

Ulli zog ein Bein an und legte das Kinn auf das Knie. Sie war erschöpft und glücklich. Für einen Moment blieb die Zeit stehen und verdrängte jeden weiteren Gedanken an das, was kommen konnte.

14. Hochfliegende Pläne

Bennett stand mit verschränkten Armen lässig gegen die Hauswand gelehnt und genoss im fahlen Sonnenschein das Panorama regennasser Wiesen vor weißgrau schimmernden Bergen. Er langweilte sich, wollte hinaus und sich bewegen. Diese Ruhe hier auf der Hütte war nichts für ihn. Das Intermezzo mit Isa hatte ihm Spaß gemacht, eine kleine Herausforderung, bei der sie ihn am Ende durchaus überrascht hatte. Und das war auch gut so, denn sonst wäre ihm die ganze Angelegenheit noch viel unangenehmer, als sie es ohnehin schon war. Nicht die Tatsache, dass sie ihm einen geblasen hatte, das nicht.

Aber diese Nummer in der Sauna war eigentlich nicht sein Stil. Er hatte sie nur ein bisschen provozieren wollen, weil sie ihn angestarrt hatte, als wenn sie noch nie einen nackten Mann gesehen hätte. Aber statt sich verschämt abzuwenden, hatte sie immer wieder hingeschaut, und so hatte eins zum anderen geführt. Welchen Mann würde das denn kaltlassen, wenn ihm so eine Frau permanent auf den Schwanz schielte? Ihn jedenfalls nicht.

Und wie hätte er ahnen können, dass sie ihm sogar hinterherlaufen würde, als er aus der Sauna geflüchtet war?

Aber passiert war passiert, und am Ende, das war zumindest sein Eindruck, hatte keiner von ihnen einen Grund, es zu bereuen.

Viel lieber würde er sich nun Ulli widmen. Nach dem Saunagang war ihm bewusst geworden, wie albern er sich verhielt, beinahe unreif. Und da ihm eine solche Charakterisierung nicht passte, wollte er das ändern, und zwar schnellstmöglich. Seit wann ließ er sich davon abschrecken, wenn eine Frau schwer zu erobern war? Lag darin nicht gerade der Reiz? Wie war er auf den Gedanken gekommen, er könnte bei Ulli keinen Erfolg haben? Bislang hatte er immer erreicht, was er wollte. Er würde auch bei ihr nicht versagen.

Zu dumm nur, dass Ulli verschwunden war. Max, der seit dem Mittag an den Mountainbikes herumfummelte, hatte behauptet, sie wäre mit Jul und Giannis in Richtung der benachbarten Alm gegangen. Bennett hatte seine Zweifel, denn dass ausgerechnet die drei sich gemeinsam aufmachten, zumal Jul kaum laufen konnte, erschien ihm undenkbar. Dennoch waren sie unbestreitbar fort, und Ulli war erfahren und kannte sich hier oben bestens aus. Solange sie vor Anbruch der Dunkelheit zurück waren, gab es wohl kaum Anlass zur Sorge.

Müßig schaute Bennett zu, wie die Sonne wieder hinter einer dunkelgrauen Wolke verschwand. Wenigstens war es warm. Er stieß sich von der Hauswand ab und wollte über die Wiese bis zum Viehunterstand laufen, doch schon nach ein paar Schritten merkte er, wie hoch das Wasser stand. Da zog er seine Schuhe aus, krempelte die Hose hoch und lief barfuß über das nasse Gras. Er lachte laut auf, weil der Schlamm zwischen seinen Zehen hervorquoll. So etwas hatte er schon ewig nicht mehr gemacht. So lange nicht mehr, dass er ganz vergessen hatte, wie gut es sich anfühlte.

Am Unterstand angekommen, nahm er die Heuraufe und das Brennholzlager dahinter in Augenschein. Hier gab es weder etwas zu sehen noch etwas zu tun.

Bennett hockte sich auf einen Querbalken und ließ die Beine baumeln. Dabei dachte er an Ulli, an ihr Auftreten am heutigen Morgen. Was faszinierte ihn nur so sehr an dieser Frau? Sie besaß eine wahnsinnige Ausstrahlung, so viel war klar. Er glaubte, eine Widersprüchlichkeit an ihr auszumachen, die er nicht recht greifen konnte. Sie legte ein Verhalten an den Tag, bei dem er sich aufgefordert fühlte, Dominanz zu zeigen, und zugleich war sie nicht bereit, sich unterzuordnen.

Ergab das Sinn?

Bennett lachte leise auf und schüttelte den Kopf. »Herr Johannson, Sie sind nicht zum Philosophen berufen!«, murmelte er.

Und jetzt redete er auch noch mit sich selbst.

Er sprang vom Querbalken ab und landete platschend im Gras, so dass Wasser und Schlamm zu allen Seiten spritzten. Es war Zeit, wieder unter Leute zu kommen. Er musste diese Gedanken an Ulli verdrängen, mindestens, bis sie wieder hier war und er etwas tun konnte. Er musste sich ablenken.

Mit schnellen Schritten lief er über die Wiese und sammelte unterwegs seine Schuhe ein. Vielleicht war Max ja noch bei den Rädern. Ein wenig Tech-Talk über Material und Fahrtechnik käme ihm jetzt gelegen. Das war kein Thema, bei dem er an Frauen dachte.

Er ließ die Schuhe neben der Haustür stehen und ging um das Haus herum zum Fahrradunterstand. Eines der Mountainbikes stand gegen die Hauswand gelehnt, die Kette war vom Kettenblatt abgezogen und hing über der Pedale. Davor lagen ein paar Werkzeuge und fettverschmierte Lappen. Von Max war nichts zu sehen.

Bennett begutachtete die angefangene Arbeit. Er vermutete, dass es sich um Juls Rad handelte, denn am Lack des Rahmens waren frische Kratzspuren zu erkennen. Allerdings konnte er nicht erkennen, was nicht stimmte. Vielleicht reinigte Max die Kette nur.

Er wartete. Als nach einer Weile niemand auftauchte, ging er weiter um das Gebäude herum, bis er an eine Tür kam. Dahinter, das wusste er bereits, befand sich ein Raum, der als Abstellkammer diente. Außer einer Waschmaschine, Getränkekästen und einer Unmenge Kisten gab es dort kaum etwas zu entdecken.

Ziellos drückte Bennett die Klinke. Vielleicht könnte er seine von der Tour verschwitzten Sachen waschen?

Herrgott, seine Langeweile musste wirklich grenzenlos sein, wenn er schon über so einen Mist nachdachte. Er knipste das Licht an und schaute sich in dem Raum um. Ganz, wie er es vom Vortag in Erinnerung hatte. Aber da, was war das? An einer Wand entdeckte er eine alte Garderobe mit einer Unmenge Seilen und Metallgestänge daran. Er trat näher und zupfte prüfend an ein paar Strippen. Ein Karabiner purzelte ihm entgegen und fiel klappernd auf den gefliesten Boden.

Bennett runzelte die Stirn. Das war Kletterausrüstung, und zwar sorgfältig sortiert. Hier waren Seile, dort Gurte.

Er hob einen großen Ring an, an dem Sicherungsgeräte und Karabiner aneinanderklirrten. Auf einem Regal neben der Garderobe entdeckte er einige Helme.

Bennett nahm ein verschnürtes Seilpaket und wog es nachdenklich in den Händen. Vor Jahren war er bereits einmal geklettert und hatte es ganz gut beherrscht. Er hätte Lust, es mal wieder auszuprobieren. Laut seiner Tourenkarte befand sich in der Nähe des *Alpenglühen* ein Fels, der vom Schwierigkeitsgrad für Anfänger, beziehungsweise für Familien mit Kindern, geeignet war. Vermutlich verlieh Ulli dafür die Ausrüstung.

Sein Blick wanderte wieder die Gurte entlang, und ein Lächeln glitt über sein Gesicht. Er könnte Isa fragen, ob sie mitkäme. Standen nicht viele Frauen auf ... Fesselspiele? Nun denn, er hatte ihr ein Abenteuer versprochen. Sie würde eins bekommen. Schließlich war er ihr noch etwas schuldig, sofern sie Lust hatte, sich darauf einzulassen.

Mit Bedacht wählte Bennett zwei Klettergurte in der richtigen Größe für sich und seine potentielle Begleiterin, zwei Seile und ein Sicherungsset. Dabei überlegte er, was er ihr sagen sollte. Klettern war ein netter Zeitvertreib, aber für ihn stand fest, worauf es am Ende hinauslaufen sollte – wenn Isa wagemutig genug war.

Summend verließ er den Raum, machte das Licht aus und schloss die Tür, um Isa zu suchen. Es dauerte nicht lange, bis er sie fand – im Gastraum und in einen Heftroman vertieft.

»Hey Isa.« Er stutzte, als er das Cover sah: ein sich arglos küssendes Pärchen und im Hintergrund ein Zombie, der drohend die Arme erhoben hatte. »Was liest du denn da?«

»Ach, das hat vermutlich ein Gast hier hinterlassen. Oben im Flur steht eine ganze Kiste mit Zeitschriften und Büchern.« Sie streckte sich und gähnte verstohlen hinter vorgehaltener Hand. »Es ist natürlich ziemlich banal, aber gar nicht so schlecht für zwischendurch; ich hab es gleich aus.«

»Aber kein Ersatz für echte Abenteuer, oder?« Er hatte es eher beiläufig gesagt und auch so gemeint, doch Isas Kopf flog hoch, und sie starrte ihn an. Die Mischung aus Empörung und Interesse auf ihrer Miene ließ Bennett spontan schmunzeln.

Prompt zog sie unwirsch die Stirn in Falten, ganz so, als hätte sie nichts anderes erwartet.

Er gab sich große Mühe, reumütig zu erscheinen. Aber er konnte einfach nicht anders und lächelte breiter. Beinahe konnte er körperlich spüren, wie die Luft zwischen ihnen knisterte, obwohl Isa sich tapfer dagegen wehrte. Vermutlich passte es so ganz und gar nicht in ihr Weltbild, sich mit so einem alten Sack wie ihm einzulassen, statt mit einem Gleichaltrigen Händchen zu halten. Sicherlich fand sie es unangemessen und anstößig. Und gleichzeitig strömte ihr Verlangen förmlich aus jeder Pore und ihm entgegen. Sie hatte diesen Blick, den er schon so oft bei Frauen gesehen hatte – dieses Leuchten in den Augen, das ihm eine sehr einfache Botschaft schickte: »Fick mich.«

Sein Körper reagierte unmittelbar, aber Bennett mahnte sich zur Geduld. Die Signale mochten offensichtlich sein, doch das bedeutete noch lange nicht, dass sich Isa ihr Verlangen auch eingestand. Er hatte das Spiel begonnen – unabsichtlich ein wenig zu früh –, aber den entscheidenden Schritt musste und wollte er ihr überlassen.

Sie legte das Heft auf den Tisch und maß ihn mit einem abschätzenden Blick, die Seile über der Schulter, die Gurte in den Händen. »Was hast du vor?«

Bennett atmete hörbar durch und legte die Gurte neben das Heft auf dem Tisch ab. »Ich weiß ja nicht, was du schon wieder denkst. Ich wollte dich eigentlich fragen, ob du Lust hast, mit mir eine Runde klettern zu gehen. Ich wollte auch Max fragen, aber der ist wie die anderen vom Erdboden verschluckt.«

»Klettern? Bei dem Wetter? Ist das nicht gefährlich?«

»Es hat aufgehört zu regnen, und ab und zu kommt sogar die Sonne raus.«

Isa stutzte, sprang auf und lief an eines der rückwärtigen Fenster. »Tatsächlich. Siehst fast aus, als gäbe es noch einen schönen Nachmittag.«

»Schau mal da drüben an der Wand auf die Umgebungskarte. Hier in der Nähe ist ein Anfängerfelsen. Das sollte uns nicht überfordern.«

»Ach, stimmt, das hab ich in der Hüttenbeschreibung gelesen. Ulli gibt sogar Anfängerkurse.« Isa nickte zustimmend und betrachtete die Gurte.

Bennett konnte ihren Gesichtsausdruck nicht ergründen, aber bisher schien sie an dem, was er sagte, nichts Anrüchiges zu finden. Er musste nur noch ein klein wenig nachsetzen. »Ich hab vor Jahren mal gelernt, wie man sichert; ich werde es dir zeigen«, versprach er mit strahlendem Lächeln. »Die Ausrüstung ist intakt und gepflegt. Wir können uns den Felsen ja einmal ansehen, und wenn es uns zu gefährlich ist, laufen wir wieder zurück.«

Isa nickte. »So kommen wir wenigstens heute noch mal vor die Tür und bekommen ein bisschen Bewegung.« Sie trat zu ihm und hob einen der Gurte in die Höhe. »Wenn du mir hilfst, krieg ich das hin.«

»Na sicher. Es wird mir eine Ehre sein, dich einzuweihen.« Bennett beglückwünschte sich innerlich. Er hatte es geschafft, ihre Aufmerksamkeit auf die harmlosen Aspekte des Ausfluges zu lenken, und ihr entging völlig, dass er seine Worte auch anders meinen könnte – und anders meinte.

Gut so. Verführen würde er sie vor Ort. Solange sie in der Nähe der Hütte blieben, würden ihre Bedenken überwiegen, da war er sicher. Außerdem musste das alles nicht unter den Augen ihrer Begleiter passieren. Die drei hatten genug mit ihren eigenen Querelen zu tun, da musste er nicht auch noch einen draufsetzen, indem er ihr Mädchen direkt vor ihrer Nase verführte.

»Und Max ist jetzt auch verschwunden, sagtest du? Sollen wir noch mal suchen?«

»Kannst du natürlich gerne, aber ich habe überall nachgesehen und an das Zimmer deiner Begleiter geklopft. Vielleicht hat er sich hingelegt und schläft.« Dass Isa erwog, Max mitzunehmen, passte Bennett nicht, doch von dem, was er sagte, war kein Wort gelogen, so dass sie sofort überzeugt nickte. »Hast recht, ich bin nicht die Kindergärtnerin – auch wenn mir das manchmal unterwegs so vorkommt. Soll er selbst sehen, wie er die Zeit hier rumbekommt, ohne einen Hüttenkoller zu kriegen.« Sie schaute fragend auf. »Was soll ich für Schuhe nehmen? Ich hab eigentlich nur die Mountainbikeschuhe und Flip-Flops.«

»Nimm die festen Schuhe. Eventuell kannst du sie ja zum Klettern ausziehen. Und nimm was Warmes zum Überziehen mit, falls es kühler wird.« Bennett wies auf die Fleecejacke, die er sich um die Hüften geschnürt hatte.

Während sie seinen Rat befolgte und zurück auf ihr Zimmer lief, ging Bennett schon einmal nach draußen und zum Wegweiser. Insgesamt sechs Wanderwege gingen von hier ab, was auch den Standort des *Alpenglühen* erklärte. Es war ihm völlig unverständlich, dass der Betrieb der Hütte aufgegeben werden sollte. Gut, er verstand, dass Ulli es nicht allein machen konnte, aber wieso fand sich kein neuer Pächter? Traumhafter Standort, eine sichere Einnahmequelle, fernab der Zivilisation und zugleich über den Fahrtweg nach Bozen schnell mit ihr verbunden, so dass man nicht auf die Versorgung mit Hubschraubern angewiesen war. Wo könnte es einen perfekteren Ort für einen Teilzeitausstieg geben?

Verständnislos schüttelte er den Kopf und studierte die Weg- und Entfernungsangaben. Zur Nachbaralm mit der Schau-Molkerei führte offenbar ein Rundweg, zumindest konnte man in zwei Richtungen dorthin gelangen. Der längere Weg dorthin führte gleichzeitig in nur fünfzehn Gehminuten zum *palestra di roccia* – *Klettergarten*.

»Da bin ich.« Isa war den Weg gelaufen und schnaufte durch. Sie hatte sich einen Fleecepulli über die Schultern gelegt. »Ich hab auch noch mal geklopft, aber Max ist entweder nicht auf dem Zimmer oder hört nichts. Selbst schuld.«

»Genau«, brummte Bennett gleichmütig. Er war sich nicht sicher, ob Isa allen Ernstes erwartete, dass er Max vermisste. So viel Arglosigkeit vorzutäuschen, ging ihm dann doch etwas zu weit.

»Was machst du eigentlich so?«, fragte Isa, nachdem sie ein Stück schweigend nebeneinandergegangen waren.

»Wie meinst du das?«

»Beruflich, meine ich. Warum bist du allein unterwegs?«

»Ach so. Ich wollte mal Zeit für mich haben.« Bennett überlegte, wie viel er zu erzählen bereit war. Er hatte keinen Bedarf, vor einem Mädchen, das er kaum kannte, einen Seelenstriptease hinzulegen. Er hatte diese Tour begonnen, um sein Leben zu vergessen, zumindest für eine Weile.

»Hast du denn keine Frau oder Freundin?«

»Warum willst du das wissen?«

»Nur so.« Isa wurde rot. »Nein, geht mich vielleicht nichts an. Ich dachte nur, wegen heute Morgen. Ich war mit meinem Freund fast sieben Jahre zusammen. Und wir haben Schluss gemacht, weil er mich nicht mit den Jungs mitfahren lassen wollte. Er hatte die Befürchtung, dass genau so was passiert. Ich …« Sie stockte.

Bennett warf ihr einen schnellen Seitenblick zu. Das hatte er schon viel häufiger erlebt, als ihm lieb war. Warum hielten so viele Frauen ihn für einen guten Zuhörer und wollten ihm diese Dinge anvertrauen? Dabei war er in Beziehungsfragen vermutlich der schlechteste Ratgeber, den man sich vorstellen konnte.

Oder hegte Isa am Ende noch andere Erwartungen? Hatte er ihr nicht deutlich genug zu verstehen gegeben, dass es ihm nur um ein kleines Abenteuer mit einer reizenden jungen Frau ging?

Sie senkte den Kopf und lief stur geradeaus. »Ich hätte mich nie darauf eingelassen. Auch nicht auf Jul. Geht für mich einfach nicht, was mit einem anderen Mann, wenn ich … Bei euch Kerlen soll das ja alles ganz anders sein. Vielleicht bei den Frauen auch, und ich bin nur die Ausnahme. Wie auch immer, ich war nur neugierig, wie das bei dir ist.«

Bennett lachte laut auf. »Vielleicht siehst du das alles wirklich unnötig kompliziert. Oder du bist völlig romantisch verklärt. Aber wenn es dich beruhigt: Ich habe zu Hause niemanden, den ich mit dir beschissen habe.« Er wurde ernster. »Meine letzte Freundin hat sich von mir getrennt, weil sie der Meinung war, dass ich zu viel gearbeitet habe. Lief nicht mehr gut zwischen uns. Sie hatte andere Ansprüche an eine Beziehung. Danach habe ich erst einmal nur noch gearbeitet.« Und wenn er ehrlich zu sich war, hatte er in dieser Zeit keinen großen Unterschied zwischen der Arbeit und dem Sex gesehen. Die Arbeit befriedigte ihn, erfüllte ihn, und Projektabschlüsse waren seine Höhepunkte gewesen.

Wenn er sich das jetzt, nach einem Abstand von drei Wochen Fahrt in den Süden, durch den Kopf gehen ließ, klang das ganz schön krank. Vielleicht hatte Silvie recht damit gehabt, ihm den Laufpass zu geben. Aber auch wenn er inzwischen vieles bereute – das Ende ihrer Beziehung gehörte nicht dazu.

»Und was arbeitest du so?«

»Ich bin Grafiker. In einer Werbeagentur«, erklärte er kurz angebunden.

»Ich dachte, es wäre ein Klischee, dass die so viel arbeiten?«

Bennett zuckte mit den Schultern. »Kommt drauf an. Auf mich hat es zugetroffen.« Er wünschte sich, dass sie das Thema endlich fallenließ, hatte jedoch keine Idee, wie er sie davon abbringen konnte. Er hatte sich auf sein Mountainbike gesetzt, um Hamburg, den Job und alles, was auch nur im Entferntesten damit zusammenhing, hinter sich zu lassen. Das alles nun einer ihm völlig unbekannten jungen Dame mitten in den Dolomiten zu erzählen, war das Letzte, was er wollte.

Sie kamen an eine Weggabelung. Ein Weg nach links führte treppenartig in den Berg hinauf, war steil und mit Stahlseilen gesichert. Das Piktogramm eines kletternden Männchens, mit roter Farbe auf den Fels gepinselt, wies ihnen den breiteren Weg weiter geradeaus. Von dem mit Stahlseilen gesicherten Weg tröpfelte noch immer ein dünnes Rinnsal Wasser. In der Nacht musste es hier einen Sturzbach gegeben haben; der Hauptweg war an dieser Stelle unterspült und aufgeweicht. Bennett trat vorsichtig an den Rand der Böschung und blickte hinab. Er sah kleinere Äste und einige faustgroße Steine sowie einen Pfosten mit einem weißen viereckigen Schild.

»Guck mal, da unten liegt was«, sagte er zu Isa.

Sie trat neben ihn. »Was ist das? Ein weiterer Wegweiser?«

»Könnte gut sein. Vielleicht wurde der mit dem Geröll hinabgespült.«

»Hm, lesen, was draufsteht, kann man nicht.«

Bennett wandte sich ab. »Stimmt. Aber da wir den Weg kennen, kann es uns egal sein.«

»Auch wieder wahr.«

Sie gingen weiter.

Zu seiner Erleichterung hing Isa nun ihren eigenen Gedanken nach und fragte nichts mehr. Er ließ den Blick über die regennasse Kulisse schweifen. Ja, seine einsame Fahrt nach Süden, die zu Beginn mehr eine Flucht gewesen war, hatte ihn wieder zu sich kommen lassen. Aber erst seit er in den Bergen war, hatte er das Gefühl, sein inneres Gleichgewicht zu finden. Der Anblick der mächtigen Felsen gab ihm eine Ruhe zurück, die er seit Jahren nicht mehr empfunden hatte. Der Horizont hatte eine optische Grenze, zog sich nicht endlos dahin und gab ihm plötzlich die Einsicht, dass er auch innerlich solche Begrenzungen brauchte.

Nur dass er sich nicht so sicher war, ob ihm dieser Gedanke gefiel. Er legte Wert auf seine Freiheit, darauf, keine Kompromisse eingehen zu müssen und allein zu entscheiden.

Jetzt wurde er doch noch philosophisch. Es wurde dringend Zeit, sich mit etwas Handfesterem zu beschäftigen.

Aus den Augenwinkeln betrachtete er Isa, die mühelos mit seinen langen Schritten mithielt. Außer dem Fleecepulli über den Schultern trug sie lediglich ein eng sitzendes T-Shirt.

Erst jetzt fiel Bennett auf, dass sich ihre Brustwarzen sehr deutlich unter dem Stoff abzeichneten. Kleine feste

Knospen. Er leckte sich ein wenig nervös über die Lippen. Er hatte die Aussicht auf ihre festen kleinen Brüste sehr wohl in bester Erinnerung, auch wenn er sie kaum berührt hatte.

Sie erreichten einen Felsvorsprung, umrundeten ihn und staunten, als sich ihnen dahinter ein sicherlich zwanzig Meter breites und doppelt so langes grasbewachsenes Plateau darbot. Links erhob sich ein zackiger grauer Felsen, in dem unübersehbar Kletterhaken und bunte Karabiner verteilt waren. An einer Stelle baumelte sogar der Rest eines Sicherungsseils hinab, wobei Bennett sofort auffiel, wie verwittert es war. Der Zustand des Seiles stand im krassen Gegensatz zum guten Zustand der Ausrüstung in der Hütte. Das Seil hing zu hoch, um es zu benutzen, weshalb man es vielleicht auch hängen lassen hatte. Diesem maroden Ding würde er sein oder Isas Gewicht jedenfalls nicht anvertrauen. Er schaute sich um. Die steile Böschung war mit einem Zaun gesichert, der aus grob behauenen armdicken Baumstämmen gezimmert war. An einer Stelle waren ein paar Balken weggebrochen, und rot-weißes Absperrband flatterte in der Lücke. Ziemlich genau in der Mitte des Areals standen zwei Picknicktische mit Bänken und ein Mülleimer.

»Hier ist wohl schon länger niemand mehr gewesen«, sagte Isa zweifelnd und sprach damit Bennetts Eindruck laut aus.

»Kommt mir auch so vor. Wir werden doppelt und dreifach auf die Sicherungen achten. Ich werde nicht verantworten, dass du dir was brichst. Aber wenn wir jetzt einmal hier sind, sollten wir es wenigstens versuchen.«

Er lächelte Isa aufmunternd zu und freute sich, dass seine Worte sie beruhigten. Schließlich wollte er ihr keinen Stress machen, sondern sie verführen. Wenn sie die Nummer nicht genießen konnte, würde er am Ende auch keinen Spaß daran haben. Er hatte zwar nie erlebt, dass seiner Partnerin nicht gefiel, was er an erotischen Spielereien anbot, aber natürlich war es manches Mal eine Gratwanderung.

Sie legten die Ausrüstung und Jacken auf einem der Tische ab, und er erklärte ihr, wie man die Sicherungsgeräte benutzte, wobei er insgeheim nicht die Absicht hatte, selbst zu klettern und sich von ihr sichern zu lassen. Dann half er ihr, den Gurt anzulegen. Er hatte die richtige Größe gewählt, die Riemen um die Hüfte und an den Beinen mussten jedoch enger gestellt werden.

»Halt den Gurt mal in Position, so«, wies er sie an und trat hinter sie. Er zupfte an der Schnalle des Hüftgurtes.

Plötzlich war sein innerer Gleichmut wie weggeblasen. Er kam ihr nahe, viel zu nahe. Sie hatte ihre Haare zu einem Zopf hochgebunden, doch der Wind hatte ein paar Strähnen gelöst, die ihr nun im Nacken kitzelten und ihr eine Gänsehaut verursachten. Er roch den kaum wahrnehmbaren Geruch ihres Pfirsich-Duschgels auf ihren nackten Armen. Er biss sich auf die Lippen, wies sich innerlich zurecht, dass er sich beherrschen musste, und wenn es ihm noch so schwerfiel. Mit einem Ruck zog er den Hüftriemen an. Isa zuckte und spannte die Muskeln an ihrem Po.

Bennett stöhnte lautlos. Seine Hose wurde eng. Er ging in die Hocke, wobei er Isa einmal wie zufällig über den

Hintern strich. Sie merkte es nicht, und das erregte ihn erst recht. Er fummelte an den Riemen um ihre Oberschenkel und strich sich dabei über die Hose, wollte nicht, dass sie seine Erektion bemerkte.

»Was ist los?«, fragte sie nach einigem Ziehen und Zerren und wandte sich zu ihm um.

Bennett schrak ertappt zusammen und riss die Hand hoch. »Klemmt. Der Riemen.« Im nächsten Moment musste er sich das Lachen verbeißen. Isa bemerkte nichts von der Doppeldeutigkeit dieser Aussage.

Hastig stand er auf und wandte sich dem Tisch zu, um seinen Gurt aufzunehmen, während Isa kritisch den Sitz ihres Gurtes prüfte.

Als sie gemeinsam an die Kletterwand traten, hatte Bennett sich wieder im Griff, verspürte mehr Vorfreude als Erregung. Er wollte ihr etwas Besonderes bieten, etwas, das sie nicht so schnell vergessen sollte.

Aber zunächst musste das Formelle geregelt werden. »Pass auf. Wir nutzen die Sicherungsseile nicht, die sehen mir zu unsicher aus. Aber da sind jede Menge Karabiner. Du kletterst einfach mal drauflos. Ich stehe hier unten und sichere dich. Jedes Mal, wenn du an einen Karabiner herankommst, hängst du dein Seil dort ein. Wenn du höher kletterst, wird das Seil von immer mehr Karabinern gehalten. Wenn du abrutschst, fällst du immer nur so weit, wie der nächste Karabiner hängt.«

Isa schaute misstrauisch die Wand hinauf. »Und wenn sich einer der Karabiner löst?«

»Du kannst an jedem ruckeln und den Schließmechanismus überprüfen, bevor du das Seil einhängst. Sollte sich mal einer lösen, werden sicherlich nicht gleich alle aus der Wand schießen. Und du fällst ja auch keine Dutzend Meter tief. Wir fangen klein an.«

»Okay.« Isa trat an die Wand, hob die Hände und setzte prüfend ihren ersten Fuß auf einen Vorsprung. Stück für Stück kletterte sie hinauf, und Bennett hielt das Seil ziemlich straff, damit sie dessen Sicherheit verspürte. Eine Weile konzentrierten sich beide ganz auf Isas Vorwärtskommen. Aber als sie etwa sechs bis acht Meter über ihm in der Wand hing, rief er ihr zu, anzuhalten. Isa klammerte sich fest und schaute sich um.

Er las ihr den Schreck über die Höhe vom Gesicht ab. Er kannte das Gefühl. Es war ein kurzer Stich Panik; Erregung, die durch den Körper fuhr, der sexuellen Erregung nicht unähnlich. Aber das Gefühl konnte man steigern.

»Jetzt pass auf. Ich lasse das Seil locker, und du ziehst es ungefähr eine Armlänge an dich heran. Und dann springst du.«

»Was? Bist du bescheuert?«

»Ich halte dich doch. Das wird in jedem Anfängerkletterkurs gemacht. Es ist wichtig, dass du das Gefühl kennst, falls du abrutschst und unerwartet ein Stück stürzt.«

»Davon hast du mir vorher nichts gesagt!« In Isas Stimme klang deutlich beginnende Panik durch.

»Mensch, Isa! Du fährst Mountainbike quer durch die Alpen, kannst doch bergab fahren. Schlimmer ist das auch nicht.« Bennett wurde ein wenig unsicher. Hatte er ihr doch zu viel zugetraut? Dann sollte er schleunigst zusehen, dass er sie wieder heil nach unten bekam.

Sie hielt sich in der Wand, zögerte. Jetzt kam es drauf an, dass sie ihm vertraute.

Isa zupfte an dem Seil, und Bennett ließ ungefähr anderthalb Meter durch die Sicherung rutschen, bevor er es wieder an seinem Gurt verklemmte. Gebannt beobachtete er, wie Isa sich sammelte. »Du solltest nicht zu oft nach unten sehen. Nicht zu viel darüber nachdenken. Einfach springen!«, rief er und lächelte beruhigend zu ihr auf. Er stellte sich breitbeinig hin, um besseren Halt zu haben. Wenn sie sprang, würde er abheben.

»Du bist ein mutiges Mädchen«, murmelte er so leise, dass sie es nicht hören konnte. »Mach es wie heute Morgen, als du mir gefolgt bist. Folge einfach deinen Instinkten. Du wirst es nicht bereuen.«

Als hätte sie seine Worte gehört, machte sie einen Satz nach vorne und ließ sich fallen.

15. Dreisamkeit

Ulli reckte sich wie eine faule Katze und schlang die Decke fester um sich. Wenn man einfach so herumlag und müßig in die Gegend starrte, wurde es mit der Zeit doch ganz schön kalt in der Höhle. Jul und Giannis hockten in einer Ecke, unterhielten sich leise miteinander und warfen nur ab und zu einen Blick in ihre Richtung.

Langsam verlor Ulli die Geduld. Entweder passierte bald noch etwas, oder sie würde aufbrechen und zurück in Richtung *Alpenglühen* wandern. Den beiden jungen Herren beim Tuscheln zuzusehen, war jedenfalls nicht nur völlig unerotisch, sondern obendrein total langweilig – zumal sie nicht erkennen konnte, worum es bei ihrem Gespräch ging. Zunächst hatte sie gedacht, sie beratschlagten, ob sie wirklich eine weitere gemeinsame Nummer mit ihr wagen sollten. Aber jetzt kam es ihr eher so vor, als besprächen sie die weitere Route ihrer Tour.

So oder so, immerhin hatte der Ausflug in die Höhle die Federn der beiden Streithähne wieder geglättet. Ulli fragte sich, ob Giannis seinem Freund irgendwann die

Wahrheit über dessen letzten Höhepunkt gestehen würde, aber im Grunde interessierte es sie nicht. Das war eine Sache zwischen den beiden.

Gerade, als sie sich entschieden hatte und herumrollte, um nach ihrer Hose zu greifen, kam Jul auf sie zu und setzte sich neben sie auf die Decke. Er hatte seine Hose angezogen, und auf der nackten Haut seines Oberkörpers hatte sich eine Gänsehaut gebildet. Ulli war also nicht die Einzige, die fröstelte.

Jul streifte ihr wortlos die Decke von der Schulter, packte eine ihrer Brüste und rieb über ihre Brustwarze, die sich sofort klein und hart zusammenzog.

Ulli hob fragend die Augenbrauen.

Jul näherte sich ihrem Gesicht, leckte über ihre Lippen und streifte ihre Wange. »Lust auf eine Fortsetzung?«

Sie grinste spöttisch. »Sonst hätte ich das vorhin nicht vorgeschlagen.«

Juls Antwort war ein unwilliges Knurren, bevor er seinen Kopf über ihre Brüste senkte und seine Zunge über die dunkelroten Flecken gleiten ließ, die seine letzte Behandlung hinterlassen hatte. Spielerisch knabberte er an der empfindlichen Haut.

Ulli schloss die Augen, ließ sich nach hinten auf die Decke sinken und genoss seine Behandlung. Schon klopfte ihr Puls wieder schneller, und Wärme breitete sich in ihrem Körper aus.

Er steigerte sich gemächlich, zupfte mit den Lippen an ihren Nippeln und setzte schließlich seine Zähne ein. Gleichzeitig wanderte seine Hand nach unten, streichelte über ihren Bauch und verharrte oberhalb ihrer Klitoris.

Mit sanftem Druck massierte er ihren Venushügel mit der flachen Hand.

Unwillkürlich hob Ulli ihm das Becken entgegen, wollte, dass er den Druck verstärkte, seinen Finger tiefer wandern ließ; doch er dachte überhaupt nicht daran, im Gegenteil. Er drückte sie lediglich zurück auf die Unterlage und ließ die Hand nun bewegungslos dort ruhen, wo sie war.

Ulli stöhnte leise, akzeptierte widerwillig, dass Jul über sie bestimmen wollte. Immerhin packte er mit der anderen Hand zu und kniff hart in ihre Brüste. Offenbar achtete er dabei genau auf ihren Gesichtsausdruck. Ulli leckte sich nervös über die Lippen und lächelte, während sie die Augen fest zusammenkniff, teils vor Wonne und teils vor Schmerz. Er ging beinahe zu weit, doch sie wollte ihn nicht bremsen, sondern seine rüde Behandlung genießen. Noch ...

Die Decke, die ihren nackten Körper noch halb bedeckte, wurde mit einem Ruck weggezogen. Ulli riss überrascht die Augen auf, als die Kälte auf ihre Haut traf und ihr einen Schauder über den Rücken jagte. Giannis stand über ihr, nackt und mehr ein Schatten als ein Mensch. Sie konnte sein Gesicht nicht sehen, da das Licht von hinten kam. Für einen Moment wirkte er bedrohlich. Ulli wurde schummrig, und sie hielt den Atem an.

Jul schaute auf. »Alles in Ordnung?« Er streichelte über ihren Bauch.

Ulli ließ den Kopf wieder zurücksinken, nickte und lächelte still. Warum war sie gerade nervös geworden? Seit wann war sie von so einer Situation überfordert? Aber wie hieß es doch so schön? *Sei vorsichtig mit dem, was du dir wünschst …*

Giannis ließ sich neben ihren Beinen nieder, streichelte über ihre Waden und massierte mit sanften Händen ihre Oberschenkel. Ulli brummte, als wohlige Schauer durch ihren Körper rieselten. Sie wollte nicht länger passiv herumliegen, wollte die jungen Männer packen, ihre Schwänze reiben und sehen, wie ihre Erregung stieg. Sie ruckte unter Juls Händen und versuchte, sich zu erheben, doch er drückte sie resolut zurück auf die Decke. »Entspann dich. Jetzt sind wir dran.«

Sie ergab sich und ließ die Augen wieder zufallen. Auf einmal glaubte sie, überall Hände zu spüren, die sie streichelten, massierten, manchmal kniffen. Meistens waren sie sanft, nur wenn sie sich ihren Brüsten näherten, wurden sie brutaler, jedoch nie so sehr, dass sie ihnen Einhalt gebieten wollte.

Ulli begriff kaum, warum, doch sie spürte, dass sie feucht zwischen den Beinen wurde. Dabei sparten die beiden ihren Schoß völlig aus. Erst jetzt näherten sich Hände ihren Innenschenkeln, wanderten hinauf, fuhren mit den Fingerspitzen über ihre Leiste. Doch noch immer keine Berührung ihres Kitzlers oder gar ihrer Schamlippen.

Was hatten die beiden vor? Das konnte einen ja wahnsinnig machen!

Seltsamerweise erschien es ihr, als hätten die beiden die Choreographie ihrer Hände schon etliche Male einstudiert. Egal jetzt.

Sie reckte die Arme und verschränkte sie hinter dem Kopf.

Sie streichelten sie weiter, setzten ihre Zungen ein und erforschten jeden Zentimeter ihres Körpers. Immer wieder kehrten sie zu ihren Brüsten zurück, rubbelten ihre Nippel hart und ließen sie wund und vor Schmerz pochend zurück.

Dann berührte völlig unerwartet ein Finger ihre Schamlippen, und sie zuckte zusammen. Einer der beiden lachte leise auf und pustete auf die Feuchtigkeit. Ulli erschrak und keuchte. Dann glitt ein Finger hinein und sofort wieder hinaus. Es war eher eine flüchtige Berührung, doch überraschend intensiv. Ulli wölbte das Becken, forderte mehr.

Sie bemerkte eine Bewegung und schaute auf. Jul war aufgesprungen und streifte die Hose ab.

Aufgeregt beobachtete Ulli, was als Nächstes geschah. Die beiden Männer tauschten einen Blick. Giannis spreizte ihre Beine, kniete sich dazwischen und packte sie an den Knöcheln. Zugleich stellte Jul sich breitbeinig über sie und beugte sich etwas nach vorne. Giannis hob Jul ihre Beine entgegen. Der griff nach ihren Unterschenkeln und riss sie in die Höhe.

Ulli stieß einen leisen überraschten Schrei aus, als ihr Unterkörper schwungvoll abhob. Hastig griff sie mit beiden Händen nach vorne und hielt sich an Juls Unterschenkeln fest. Dabei streifte sie aus Versehen seinen Verband. Er holte scharf Luft und taumelte, fing sich jedoch sofort wieder, und Ulli konnte sich festhalten. Zwischen seinen Beinen hindurch sah sie Giannis, der aufgerichtet vor ihrem Schoß kniete und gerade eine Hand ausstreckte. Er ließ seine Finger auf ihrem Hügel ruhen. Doch anders als Jul zuvor ließ er sie nun tiefer gleiten, drückte den Handballen gegen ihre Klitoris und bewegte die Hand in kleinen Kreisen.

Ulli keuchte ohnmächtig, zappelte in Juls festem Griff um ihre Knöchel, konnte sich jedoch nicht befreien.

Er warf einen kurzen prüfenden Blick über die Schulter. Ulli biss sich auf die Unterlippe und funkelte ihn wütend an. Sie wollte zappeln, sich wehren, doch es sollte ihm bloß nicht einfallen, sie wirklich loszulassen! Sie stemmte sich gegen seinen Griff, und er grinste verstehend. Dann wandte er sich wieder ab.

Giannis beobachtete sie ebenfalls aufmerksam. Sie begriff, dass er sich an ihr rächen wollte. Ulli japste und zuckte wieder, als er die Hand fest auf den Kitzler presste und leicht hin- und herbewegte. Dann glitt er tiefer, mit allen Fingern zwischen ihre feuchten Schamlippen und drängte in ihre Spalte.

Ulli bäumte sich auf, reckte vergeblich das Becken, um seinen tanzenden Fingern zu entkommen.

Oh ja, Rache konnte süß sein ...

Jede Bewegung jagte Nadelstichen gleich durch ihren Körper. Er stieß mit dem Handballen gegen ihr Schambein, dann noch mal und noch mal. Harte Stöße, jeder für sich köstlich und bittersüß.

Giannis besaß wundervolle schmale Hände.

Ulli gab ihren Widerstand für einen Moment auf und lag still, genoss die rhythmischen Bewegungen. Nervös fragte sie sich, ob er versuchen würde, seine ganze Hand in sie zu versenken. Der Gedanke erfüllte sie mit einer Mischung aus Verlangen und Unbehagen.

Sie blinzelte und bemerkte erst jetzt, dass ihr vor Anstrengung Tränen in die Augen getreten waren. Ihre Beine fingen an zu kribbeln. Lange würde sie es nicht mehr in dieser Position aushalten ... aber es war so gut ...

Ihre Hände umkrampften Juls Knöchel, als sie einen neuen harten Stoß gegen ihre Schamlippen spürte, und sie keuchte laut auf. Jetzt war es also so weit. Sie versuchte, die Muskeln zu entspannen und einfach dazuliegen, damit Giannis tiefer dringen konnte, sagte sich, dass sie das alles jederzeit abbrechen konnte.

Und dann war die Hand plötzlich weg, und nur der Wind streichelte über ihren nassen Schoß. Sie spürte Juls aufmerksamen Blick wieder auf sich ruhen und schaute ihn stumm und fragend an. Er zog ihre Beine noch ein Stück höher, und ihr Hintern hob von der Unterlage ab.

Natürlich ...

Ein nasser Finger streifte nach hinten über ihre Rosette. Sie zuckte zusammen, spannte die Muskeln unwillkürlich an. Ein zweiter Finger verteilte ihre eigene Feuchtigkeit in ihrer Pospalte.

Ulli durchströmte eine erwartungsvolle Welle der Vorfreude. Das Pochen in ihren Schamlippen setzte sich fort und erfasste ihren gesamten Unterleib. Sie spürte ihre Beine kaum noch, ließ sich vollkommen in Juls starken Griff fallen.

Ein sanftes Gleiten, dann drang ein Finger in ihr dunkles Loch. Ein zweiter folgte, dehnte die Muskeln einmal, zweimal, ohne dass es weh tat. Dann folgte der dritte Finger. Sie zuckte unter der Berührung, und ganz vorsichtig bewegten sich die Finger tiefer, glitten hinaus und trieben hinein in die pochende Enge.

Ulli warf den Kopf hin und her und stöhnte ohnmächtig. Wollten die beiden ihr wirklich erzählen, sie hätten das noch nie mit einer Frau gemacht? Giannis wusste genau, wie vorsichtig er sein musste, dosierte seine Stöße umsichtig, ohne Ulli zu schonen.

Ihre Lust steigerte sich, ihr pochte das Blut in den Ohren, und wenn einer der beiden Männer jetzt ihre Klitoris berührte, würde sie gnadenlos explodieren.

Sie hatte beinahe vergessen, wie schön das war.

»Hör auf, Giannis, hör auf, sonst kommt sie«, zischte Jul plötzlich und ließ ihre Beine los. Ulli ließ sie kraftlos fallen, wusste kaum, wie ihr geschah, als er sich neben ihr ausstreckte und sie auf sich zog. Er hielt sie an den Oberarmen in Position, drang ohne Umstände in sie ein und begann, sich unter ihr zu bewegen, während Ulli vergeblich versuchte, ihr Gleichgewicht wiederzufinden. Sie konnte sich gerade noch mit den Händen abstützen, als sie spürte, wie Giannis seine Hände auf ihren Hintern legte. Er dehnte die Pobacken auseinander, und sein Schwanz streifte über ihre Rosette. Und glitt hinein.

Ein kurzer Schmerz durchzuckte Ulli und warf sie nach vorne. Dann war da nur noch Rausch. Noch bevor die beiden Männer einen gemeinsamen Rhythmus gefunden hatten, kam der Höhepunkt wie ein Gewittersturm über sie. Jul ließ sie los, und sie brach mit einem lustvollen Schrei auf seiner Brust zusammen. Irgendwo in ihrem Inneren pulsierte ekstatisch Welle um Welle durch ihren Körper, und trug ihren Verstand davon. Sie spürte, wie sehr es sie schüttelte, doch sie brachte weder den Willen noch die Kraft auf, sich dagegen zu wehren. Giannis warf sich über sie und drückte sie nieder, so dass sie kaum noch Luft bekam. Sein Schwanz pochte gegen ihre Rosette, als er kam. Nur Bruchteile von Sekunden später hob Jul sein Becken, stemmte sich gegen Ullis Gewicht und ergoss sich in ihr.

Ulli blinzelte matt und spürte bedauernd der letzten Welle nach, die nur ein wild schlagendes Herz und den Schweiß auf ihrer Haut hinterließ. Giannis richtete sich auf und zog sich zurück. Ulli spürte Feuchtigkeit durch ihre Pofalte rinnen.

Dann erhob sie sich, und Jul glitt aus ihr heraus. Sie setzte sich neben ihn, immer noch schwer atmend, und wischte sich mit Daumen und Zeigefinger über die Nasenwurzel.

Jul stemmte sich auf die Oberarme und grinste breit. »Okay, ungefähr so habe ich mir das vorgestellt.«

Ulli schüttelte den Kopf und lachte. »Zufrieden, der junge Herr?«
Er wurde ganz ernst und strich ihr mit einem Finger über die Wange. Ulli bekam eine Gänsehaut und schaute ihn verwundert an.

»Ja«, sagte er ganz ernst. »Zufrieden.« Dabei warf er einen grübelnden Blick auf Giannis, der sich, genau wie beim ersten Mal, zum Eingang der Höhle zurückgezogen hatte und ihnen den Rücken zukehrte. Jetzt angelte er eine zerknautschte Zigarettenschachtel aus seiner Hosentasche, zündete sich eine Zigarette an und inhalierte tief.

»Zufrieden«, wiederholte Jul und zog nachdenklich die Stirn in Falten.

Vergeblich wartete Ulli darauf, seinen Stimmungsumschwung nachvollziehen zu können, doch eine Erklärung blieb aus.

16. Über den Wolken

Isa fiel. Das war schlimmer als beim Achterbahnfahren! Vielleicht schrie sie sogar, sie wusste es nicht. Das Herz rutschte ihr in die Knie, und sie klammerte sich an das Seil, das sich schnell strammzog, aber sie fiel weiter.

Und dann hob Bennett ab. Er lachte und schwang in Richtung Wand, während sie auf den Boden zuraste.

Sie sah gerade noch, wie er ein Bein ausstreckte, um nicht gegen die Wand zu stoßen. Jetzt schrie sie auf jeden Fall, spannte jeden Muskel an und kniff die Augenlider zusammen. Doch der erwartete Aufprall blieb aus.

»Himmel, Mädchen, mach die Augen auf! Abstoßen!«

Sie tat wie ihr geheißen und sah, dass sie im Begriff war, gegen die Wand zu schwingen.

Im letzten Moment streckte sie einen Arm aus, drückte sich ab und wurde gleichzeitig wieder ein Stück in die Luft gehoben.

Bennett stand jetzt wieder auf dem Boden und ließ das Sicherungsseil Stück für Stück nach, bis Isa ihrerseits knapp über dem Boden hing. Ihre Panik war verflogen und hatte einer gesunden Wut Platz gemacht. »Spinnst du? Ich wäre beinahe auf dem Boden aufgeschlagen!«

Bennett verzog den Mund zu einem schiefen Lächeln. »Quatsch, wärst du nicht. Ich bin gut dreißig Kilo schwerer als du. Das war alles ganz normal, also stell dich nicht so an.«

»Du hättest mich vorwarnen können, dass du abhebst. Und jetzt lass mich runter!«

Er kam näher, ohne ihr mehr Seil zu geben. »Du bist süß, wenn du wütend bist.«

»Lass mich runter!« Isa zog empört am Seil, was natürlich überhaupt nichts half. Ihr wurde unbehaglich. Was hatte Bennett vor? Er grinste verschlagen, ließ sich ein wenig nach hinten in seinen Gurt fallen und streckte die Arme zu beiden Seiten aus, als müsse er darum kämpfen, sein Gleichgewicht zu halten. Isa wurde ein kleines Stück hochgezogen und hing nun gut einen Meter über dem Boden. Sie zappelte empört. »Das reicht. Ich möchte zurück zur Hütte. Zum letzten Mal: Lass mich runter!«

»Zum letzten Mal? Schön, ich dachte schon, du hörst nie damit auf.« Er rührte sich nicht.

Isa hing still. Dann stutzte sie. War das nur sein Gurt, der seine Hose nach oben beulte, oder hatte der Kerl eine Erektion? Warum? Weil sie hier hilflos in der Luft baumelte … ihr Unterleib genau auf seiner Augenhöhe? Sie schluckte, und ihr wurde zugleich heiß und kalt. Panik breitete sich in ihrer Brust aus und machte ihr plötzlich das Atmen schwer. Sie war ihm völlig ausgeliefert.

Er grinste immer noch, beobachtete sie wie eine Katze ihre Beute. Unbehaglich wandte Isa den Kopf in alle

Richtungen und suchte vergeblich nach einem Ausweg. Unauffällig umklammerte sie das Seil fester, zog die Arme schützend vor ihrem Oberkörper zusammen.

Bennetts Grinsen war verschwunden. Er legte den Kopf schief und musterte sie mit scharfem Adlerblick. »Ist alles in Ordnung, Isa?«

»Nichts ist in Ordnung, du Arschloch!« Sie rettete sich zurück in die Wut und hoffte, dass sie selbstsicherer klang, als sie sich fühlte. »Ich will runter, und du lässt mich hier baumeln wie ein Stück reifes Fallobst.«

Bennett verharrte und zog finster die Augenbrauen zusammen. Dann sprang er jäh auf, löste das Seil, und Isa landete mit den Füßen auf dem Boden, federte in den Knien und kam zum Stehen. Bennett ließ das Seil noch etwas durch die Sicherung rutschen. »Besser, Prinzessin?«

Es klang wie eine Beleidigung.

»Was ist los?«, schnappte Isa verwirrt. Sie begann, das Seil um ihren Gurt zu lösen.

»Was los ist? Du vertraust mir nicht, das ist los. Erst glaubst du, dass ich dich hier auf den Boden aufknallen lasse; dabei habe ich dir gesagt, dass ich das Klettern und Sichern gelernt habe. Und jetzt glotzt du mich an, als wollte ich mich an dir vergreifen.«

»Was? Nein, ich wollte nur nicht so dämlich in der Luft hängen.« Sie hörte selbst, wie lahm das klang. Nervös schielte sie auf Bennetts Schritt, und war sicher, dass sie sich geirrt hatte. Es war nur der Gurt, der die Wanderhose zu einem Stoffwulst nach oben gedrückt hatte.

Bennett trat auf sie zu und schaute auf sie herab. Seine blauen Augen glitzerten gefährlich, und es fiel ihr schwer, seinem Blick standzuhalten. Noch bevor sie den Kopf senken konnte, legte er ihr einen Finger unter das Kinn. »Pass auf, Mädchen. Ich habe dir ein Abenteuer versprochen. Eine Revanche für die Nummer von heute Morgen. Wenn du wirklich nur klettern willst, klettern wir. Wenn du zur Hütte willst, gehen wir zurück. Alles kein Problem. Wenn du jetzt aber so tust, als ob meine wahre Absicht dich völlig überrascht, dann enttäuschst du mich. Hat deine Mutter dir nie beigebracht, was passieren kann, wenn man mit fremden Männern mitgeht?«

Isa hatte das Gefühl, von seinem stechenden Blick auf der Stelle festgenagelt zu werden. Der Klettergurt saß immer noch straff und schnürte ihr die Beine an den Lenden ein. Es kribbelte, aber es war gar nicht mal so unangenehm.

Bennett war ihr unheimlich. Er könnte mit ihr machen, was er wollte, und auch wenn er ihr tausend Mal versicherte, dass er das nicht tun würde, blieb ein letzter Rest an Ungewissheit. Ein Teil von ihr wollte fliehen, möglichst weit weg von diesem Mann, von allem, nach Hause, unter die Bettdecke, irgendwohin.

Und ein anderer Teil wünschte sich, dass er sich noch ein wenig weiter hinabbeugte und sie küsste.

Sie öffnete den Mund und ließ die Zungenspitze zwischen den Lippen aufblitzen. Sie sah, wie sein Kiefer sich anspannte, und er schluckte.

Sein Blick wurde wild.

Er rührte sich nicht.

Isas Herz überschlug sich. Sie räusperte sich »Was hast du vor?«

Um seine Mundwinkel zuckte es, dann lächelte er breit. »Willst du es herausfinden?«

Sie zögerte, fühlte wieder einen Anflug von Angst. »Sag es mir.«

»Nein.« Er lachte leise. »Dann wäre es doch kein Abenteuer mehr.«

»Also gut.« Ihr war nicht wohl dabei, aber trotz allem hatte sie das Gefühl, dass sie diesem Mann eben doch vertrauen konnte.

Hoffentlich täuschte sie sich nicht.

Bennett trat einen Schritt zurück und betrachtete die Felswand. »Ich frage mich, ob wir wirklich die Ersten sind, die auf so einen Gedanken kommen«, murmelte er mehr zu sich selbst.

»Wir? Ich jedenfalls weiß noch immer nicht …«, hob Isa zu protestieren an, doch dann verstummte sie. Dann wäre es ja kein Abenteuer mehr. Das Thema hatten sie ja bereits geklärt. Immer noch schwankte sie, ob sie das Richtige tat, die Situation noch unter Kontrolle hatte. Doch inzwischen überwog ihre Neugier.

Statt zu antworten, drehte er sich um, entfernte sich einige Schritte und zog bei jedem das Seil ein Stück weiter aus der Sicherung.

Isa zögerte, stand zwar mit beiden Füßen fest auf dem Boden, hätte aber erst das Seil lösen müssen, um ihm folgen zu können. Als sie sich gerade dazu entschlossen hatte, drehte Bennett sich um. Er hatte das Seil von der Sicherung gelöst und durch einen Ring in der Felswand gezogen.

»Achtung!«, rief er. Es klang ein wenig spöttisch, als fände er es eigentlich überflüssig, sie zu warnen.

Und Isa hob zum zweiten Mal ab.

Sie japste überrascht und packte das sich straffende Seil. Ihr Körper drehte sich ein-, zweimal um die eigene Achse.

Bennett befreite sich von seinem Sicherungsgurt und kam auf sie zu, während sie noch in der Luft pendelte.

Isa atmete tief durch, versuchte, das ängstliche Kribbeln am Hinterkopf zu ignorieren. Aber ihre Situation war so ... demütigend! Und das war, begriff sie, das Ziel dieses Mannes – all dessen zum Trotz, was er ihr gerade noch versichert hatte.

Sie hing nun gerade so hoch, dass sie den Boden nicht mehr berühren konnte, selbst wenn sie sich im Gurt nach unten streckte. Bennett stellte sich vor sie und bettete ihr Gesicht in seine Hände. Seine Lippen schimmerten. Ganz zart leckte er mit der Zungenspitze über ihre Lippen.

Isa erzitterte und legte ihre Hände an seine Oberarme. Ob sie ihn von sich stoßen sollte? Doch zugleich wuchs in ihr das Verlangen nach seiner Berührung, seinen Liebkosungen ... und mehr. Sie öffnete den Mund.

Er nahm die Einladung nicht an, kitzelte nur mit seinen feuchten Lippen über die ihrigen, über ihre Wangen und Augenlider.

Isa reckte sich, tippte mit der Zunge gegen seine Unterlippe, und endlich öffnete Bennett den Mund, zupfte mit den Zähnen spielerisch an ihrer Zungenspitze.

Der Kuss wurde stürmischer, und Isas Körper wurde leicht hin- und hergeschaukelt. Sie packte fester zu, und Bennett nahm es als Einladung, seine Hände unter ihr Shirt wandern zu lassen. Er streichelte ihre Hüften und ihren Rücken, so dass ihr wohlige Schauder über die Haut liefen, doch sein eigentliches Ziel war klar. Isa kam es wie eine Ewigkeit vor, bis er am Saum ihres Sport-BHs angelangt war und den Verschluss gekonnt aufhakte.

Die ganze Zeit unterbrach er den Kuss nicht eine Sekunde, fuhr mit seiner Zunge wild durch ihre Mundhöhle. So manches Mal blieb Isa die Luft weg, immer fordernder presste er seine Lippen auf die ihrigen.

Nun umfassten seine Hände ihre Brüste und massierten sie sanft. Isa umklammerte seine muskulösen Oberarme, rang nach Atem, reckte den Kopf, und seine feuchten Lippen wanderten kitzelnd über ihren Hals. Zugleich kneteten seine Finger ihre Brustwarzen, bis sie sich aufrichteten und ganz empfindlich wurden. Kleine Nadelstiche jagten durch Isas Körper. Noch nie war ihr so bewusst geworden, wie erregend solche Berührungen waren. Sie warf den Kopf zurück und genoss das Ziehen, als Bennett härter zupackte, gerade so, dass es noch angenehm war. Woher wusste er das so genau?

Mit einem unerwarteten Ruck riss Bennett ihr T-Shirt durch den oberen Teil des Gurtes hoch und legte ihre Brüste frei. Isa keuchte erschreckt, als kalte Luft auf ihre nackte Haut traf.

Bennett drängte gegen sie, und sie schwang nach hinten. Automatisch öffnete sie die Beine und wollte sie um seinen Körper schlingen, um einen besseren Halt zu haben. Im letzten Moment hielt sie inne. Das wollte er doch nur!

Sie ließ sich zurück in den Gurt sinken, umfasste stattdessen Bennetts Schultern. Sie spürte die angespannten Muskeln in seinem Nacken.

Er verzog den Mund zu einem amüsierten Grinsen, griff hinter sie und legte die Hände auf ihre Schulterblätter. Mühelos drückte er ihren Oberkörper gegen seinen Kopf und vergrub das Gesicht zwischen ihren Brüsten. Isa löste die Hände, während sein Mund plötzlich überall zu sein schien. Mit Zähnen und Lippen erforschte er ihre zarte Haut und sog an ihren Nippeln, bis sie eine Gänsehaut bekam und vor Erregung zitterte.

Isa selbst wusste noch gar nicht, ob sie sich den fordernden Liebkosungen ergeben wollte, doch ihr Körper reagierte unmissverständlich. Sie zappelte, und die Gurte in ihren Leisten verstärkten das einsetzende Kribbeln.

Und Bennett genoss es, stupste immer wieder gegen ihren Unterleib, streifte wie zufällig ihre Beine.

Dann spürte sie seine Erektion unter dem weiten Stoff.

Irgendwie fühlte Isa sich durch diese Berührungen benutzt, als genoss er es, sich unauffällig an ihr zu reiben.

Benutzt, weil sie dem nicht entkommen konnte, ihm und seinem Verlangen ausgeliefert war.

Wenn sie aber ehrlich war ...

... war es ganz anders als alles, was sie bisher erlebt hatte.

Es war aufregend.

Und geil.

»Na, schon so heiß auf mich? Kannst es kaum erwarten?« Sein schneller Atem streifte ihren Hals, als er ihr ins Ohr flüsterte.

Isa spannte sich an, fühlte sich ertappt, wollte nicht zugeben, was er längst wusste. Er hielt sie, mit einem Arm umschlungen, so eng gegen seine Brust gepresst, dass sie seinen Herzschlag spüren konnte. Mit der anderen glitt er über ihren Bauch, fand den Saum ihrer Hose und tauchte hinein. Obwohl der Stoff stramm anlag, schaffte er es, mit der Hand in ihren Slip zu gelangen und ihre Klitoris zu streicheln.

Isa keuchte laut und hätte sich dafür am liebsten geohrfeigt. Wie leicht wollte sie es ihm denn noch machen? Dabei hatte er sie kaum berührt, und doch jagte eine heiße Welle nach der anderen durch ihren Leib.

Wie erwartet verstand Bennett ihre Reaktion als Aufforderung. Er öffnete ihre Hose, seine Hand glitt hinein; zwei Finger drangen zwischen ihre Schamlippen, schoben sich tiefer.

Er hielt inne, stutzte, lachte zufrieden. »Ich wusste, dass dir das gefällt.« Triumphierend hob er seine Hand vor ihre Augen. Seine Finger waren nass.

Plötzlich ließ er sie los und trat einen Schritt zurück. Isa pendelte in der Luft, und der Druck des Gurtes an ihren Leisten wurde unangenehm. Fasziniert beobachtete sie, wie Bennett seine Hose öffnete, so dass sein Schwanz sich aufrichten konnte. Er packte ihn mit der nassen Hand und verrieb genüsslich ihre Säfte auf der Eichel.

»Dir gefällt das, ich sehe es. Auch an deinen Augen, Isa.«

Sie formte ein tonloses Ja mit den Lippen, während sie sich am Sicherungsseil festhielt und unwillkürlich ihre Beine anzog. Die Anspannung ihres Körpers wurde beinahe unerträglich, das Blut pochte überall dort, wo der Gurt einschnürte.

Bedauernd schaute Bennett sie an, dann wandte er sich ab und ging zu dem Ring, an dem das Seil befestigt war.

Isa konnte nicht sehen, was er tat. Im nächsten Moment

landete sie unsanft auf der Erde. Ihre Beine gaben nach, und sie taumelte. »Was ist denn jetzt los?«

Bennett hatte seine Hose wieder ein Stück hochgezogen, doch seine Erektion malte sich deutlich unter dem Stoff ab. »Mädchen, du musst dich ausziehen.« Er packte sie an den Schultern und beugte sich zu ihr. Sein Mund prallte hart auf den ihrigen, und seine Zunge erzwang sich ihren Weg zwischen ihre Lippen. Isa hatte nichts dagegen, war von seinem wilden Kuss jedoch überrascht und wehrte sich unwillkürlich, bevor sie ihn erwiderte. Währenddessen fummelten seine Hände an ihrem Gurt, lösten den Bauchriemen. Isa dachte nicht nach, half ihm und hatte bald Hose und Slip abgestreift. Da unterbrach Bennett den Kuss und kniete sich hin, um den Gurt wieder aufzunehmen und ihr bereitzuhalten.

Jetzt, da Isa so entblößt vor ihm stand und auf ihn hinabblickte, kamen ihr wieder Zweifel. Die Unterbrechung hatte sie abgekühlt, nicht nur körperlich, auch emotional. Bennett wirkte so bestimmend, als hätte er diese Verführung vollständig geplant.

Auf einmal schämte sie sich.

Bennett sah zu ihr auf und verstand. Doch dieses Mal zeigte er kein Mitleid. »Hab dich nicht so, Mädchen«, knurrte er mit leiser gefährlicher Stimme. »Zieh den Gurt an!«

Isa erstarrte. Er rückte näher und stupste mit dem Gurt gegen ihr Knie. Ihre Gedanken rasten. Sie war frei, konnte notfalls abhauen. Hektisch schaute sie sich um. Es war inzwischen Nachmittag, und die Sonne nutzte einen schmalen Streifen zwischen neuerlich heranziehenden dunklen

Wolken und den höchsten Gipfeln der umliegenden Berge. Es war immer noch warm, und kaum ein Wind regte sich. Ein schöner Nachmittag für ein kleines erotisches Abenteuer.

Bennett war erfahren, machte so etwas bestimmt nicht zum ersten Mal. Gut, er hatte vielleicht noch nie eine Frau an einer Kletterwand verführt, aber er nahm Rücksicht auf sie, ließ ihr Zeit, darum ging es. Was konnte schon passieren?

Sie machte einen kleinen Schritt und hob den ersten Fuß in den Gurt.

»Wird's bald!« Jetzt klang er doch ein wenig genervt. Das fehlte noch, dass er jetzt abbrach, weil sie zu lange zögerte! Hastig stieg sie mit dem zweiten Fuß in die Beinschlaufe, und Bennett zog den Gurt hoch, um ihn zu verschließen. Isa schielte auf seine offene Hose. Er bemerkte es. Grob packte er ihr Handgelenk und legte ihre Hand auf seine Erektion. Isa wollte sie wegziehen, doch er hielt sie fest und rieb sich. Dabei schaute er wieder mit dem vertrauten Spott in den blauen Augen auf sie hinab. »Ja, ewig halte ich das nicht durch!«

Er ließ sie los und lief die wenigen Schritte zum anderen Ende des Seils. Ehe Isa sich anders entscheiden oder protestieren konnte, baumelte sie wieder in der Luft. Die Riemen an den Beinen schnitten in die nackte Haut. Isa schnappte nach Luft, wusste nicht mehr so recht, was sie von dieser ganzen Nummer halten sollte. Es gefiel ihr nicht, dass dieser Mann mit ihr machte, was er wollte. Dass sie bereit war, sich auf sein erotisches Abenteuer einzulassen, hieß schließlich noch lange nicht, sich ihm komplett auszuliefern … oder? Langsam kamen ihr diesbezüglich Zweifel.

Da trat Bennett an sie heran, und wieder überraschte er sie. Mit einem kleinen Schwung drückte er ihren Körper höher und gegen die Felswand. Isa rammte dagegen, und ihre Pobacken scheuerten unangenehm über den kalten Fels. Reflexartig packte sie mit beiden Händen in Vorsprünge, um das Gleichgewicht nicht zu verlieren. Das Seil zog sie nach vorne, doch Bennett fixierte ihren Unterkörper mühelos auf einem kleinen Vorsprung.

Er spreizte ihre Beine, neigte sich in ihren Schoß, der jetzt genau auf Höhe seines Kopfes war, umschloss mit seinen Lippen ihre Klitoris und leckte sie, wobei er selbst hemmungslos stöhnte. Isa keuchte auf, als er die Zunge bewegte und die Erregung erneut durch ihren Körper flutete, als wäre sie nie weg gewesen. Sie versuchte, die Beine zu schließen, und legte sie stattdessen über Bennetts Schultern.

»Schon besser«, murmelte er. Er hob eine Hand und presste sie gegen ihre Schamlippen, während er weiter an ihrer kleinen Perle saugte. Ganz langsam ließ er mehrere Finger in sie hineingleiten.

Isa zuckte gegen den Fels, nahm die Kälte des Steins kaum noch wahr. Sie wollte sich seiner Hand entgegenstrecken, doch sie hatte kaum eine Chance, sich zu bewegen. Ein Prickeln durchlief sie, als er einen langsamen Rhythmus aufnahm und seine Finger wieder und wieder in sie hineinstieß. Er bewegte sie langsam und genießerisch. Er quälte sie, und er wusste es. Denn jetzt, da sie sich entschieden hatte, wollte sie, dass er sie rannahm. Sie ließ sich los, rutschte mit dem Schoß gegen ihn, und er leckte zufrieden und begierig über ihre Klitoris, nagte zärtlich mit den Zähnen daran.

Sie legte die Hände an seinen Hinterkopf und versuchte, sich gegen ihn zu drängen. Ihr Atem beschleunigte sich, sie ruckte und hatte doch keine Möglichkeit, über das Tempo zu bestimmen. Bennett leckte sie unbeirrt weiter, stieß seine Finger erbarmungslos langsam in sie.

»Bitte, hör auf«, murmelte Isa schließlich. Sie versuchte, sich ihm zu entziehen, ruckte vergeblich höher.

Er hob den Kopf und grinste sie an. Feuchtigkeit glänzte um seinen Mund. Isa starrte. Das waren ihre Säfte. Der Gedanke gab ihr noch einen Schub. Sie schluckte trocken. Lust wallte ungefragt durch ihren Körper.

Bennett umschlang ihren Oberkörper und ließ ihn zu sich hinunterrutschen, bis Seil und Gurt sich wieder strafften. Isa hielt sich am Seil fest, versuchte, sich etwas bequemer zurückzulehnen. Schwer atmend beobachtete sie, wie Bennett seine Hose hinunterstreifte und sich zwischen ihre Beine stellte.

Dieses Mal hob Isa sie an und umschlang seine Taille. Er nickte ihr zufrieden zu, griff nach unten und rieb seinen steifen Schwanz über ihre Schamlippen und Klitoris.

Sie spürte, wie er die Feuchtigkeit verteilte, bevor er eindrang. Und dann rammte er plötzlich in sie. Isa keuchte und schloss ihre Beine fester um seinen Körper.

Sie versuchte, Halt zu finden, doch jetzt war sie ihm und seinem Rhythmus hoffnungslos ausgeliefert. Er benutzte sie, um sich zu befriedigen, schwang ihren Körper gegen seinen und verstärkte so die Wucht seiner Stöße. Isa klammerte sich an das Seil, wurde hin- und hergeschleudert. Sie presste die Augenlider zusammen, bis Funken vor ihren Augen aufblitzten. Ihre Erregung steigerte sich ins Unermessliche, und dann schüttelte es sie. Sie ergab sich ihrem Höhepunkt und schrie hemmungslos. Ekstatische Wellen fegten über sie hinweg, wurden mit jedem Stoß stärker. Wie aus weiter Ferne hörte sie Bennett stöhnen; nur beiläufig bemerkte sie das Pochen zwischen ihren Schamlippen, als er sich in ihr ergoss.

Erst als sie die Kälte spürte, weil sein warmer Körper an ihrem fehlte, öffnete sie die Augen. Er lächelte sie an, matt und befriedigt. Ihr wurde klar, dass er ihr ansah, wie sehr es ihr gefallen hatte.

Er hatte es schon vorher gewusst. Er hatte es besser gewusst als sie selbst.

17. Vermisst

Gerade als Isa sich wieder angezogen hatte, krachte der Donner, und sein Echo hallte von den Wänden der umliegenden Berge wider. Nervös zuckte sie zusammen und schaute sich um. Bennett stand an den Picknicktischen und rollte gerade das Seil auf, das sie benutzt hatten. Auch er blickte auf, und beide sahen sie auf die blauschwarze Gewitterwand, die unerwartet schnell am Himmel auf sie zurollte.

Bennett packte die Ausrüstung und warf ihr im Laufen ihren Pulli zu. Kalter Wind kam auf und ließ Isa frösteln. Dankbar schnappte sie das Kleidungsstück und zog es über.

»Wir sollten zusehen, dass wir zurückkommen. Das sieht nicht gut aus«, rief Bennett.

Wie zur Bestätigung fuhr ein Blitz aus den tiefhängenden Wolken. Die gegenüberliegenden Gipfel verschwanden in einem fernen grauen Regenmeer.

Isa setzte sich in Bewegung und zählte, bis der Donner über den Himmel rollte. »Sechs Sekunden, zwei Kilometer. Was meinst du, wie schnell kommt das Gewitter hier rüber?«, fragte sie.

Ihr Begleiter brummte nur und warf einen sorgenvollen Blick aufwärts. »Hast du deine Regenjacke mit?«

»Äh, nein.« Isa zog schuldbewusst den Kopf ein.

Prompt schnaubte Bennett wütend. »Bitte? Echt nicht? Wie oft warst du denn schon in den Bergen unterwegs? Ich hab zwar auch nicht damit gerechnet, dass noch ein Unwetter kommt, aber hier oben sollte man doch immer auf so etwas gefasst sein.«

»Ich wusste, dass du so was sagst. Tut mir leid«, murmelte sie zerknirscht. Tatsächlich war sie erst zum zweiten Mal im Hochgebirge, und das erste Mal war sie ein kleines Mädchen gewesen, für das die Eltern an alles gedacht hatten. Aber das wollte Bennett sicher nicht hören, und es war ihr auch so schon peinlich genug. Auf einmal fiel ihr auf, wie aufmerksam Max sich in den vergangenen Tagen um sie gekümmert, ihr das richtige Verhalten erklärt oder ihr Ratschläge für die angemessene Kleidung für die Etappe gegeben hatte. Sie hatte das alles ganz selbstverständlich hingenommen. Jetzt kam sie sich fürchterlich naiv und unselbständig vor.

Mit dem nächsten Blitz wurde der Wind stärker. Sie liefen, so schnell es der Weg erlaubte. Vier Sekunden bis zum Donner.

Ein leichter Regenschleier wehte zu ihnen herüber. Bennett zog ein winziges Päckchen aus einer Seitentasche und entfaltete seine Regenjacke. Er wollte gerade die Gurte und Seile an Isa übergeben, um sie überzuziehen, als ein Grollen über die Bergflanke zog. Der Regen wurde stärker.

Beinahe gleichzeitig blieben sie stehen und schauten sich um. Hatte da gerade der Boden gezittert, oder hatte sie sich das eingebildet?

»Das war kein Donner.« Isa schlang die Arme um ihren Oberkörper. Ihr wurde eiskalt.

»Nein, glaube ich auch nicht.« Unschlüssig blieb Bennett stehen. Mehrere Blitze zuckten in wilder Folge über den Himmel.

Isa biss sich auf die Lippen. Keine drei Sekunden bis zum nächsten Donnerschlag. »Wir sollten zurück und uns unter die Tische auf dem Plateau hocken. Dann bleiben wir wenigstens trocken.«

»Nein, komm, noch ein kleines Stück. Da war ein Felsüberhang. Da kriechen wir drunter.« Bennett lief los und zog Isa mit sich. Sie konnte sich an die Stelle nicht genau erinnern und hoffte, dass der Überhang groß genug für sie beide sein würde.

Schon nach wenigen hundert Metern sah sie, dass Bennetts Entscheidung gut gewesen war. Sie konnten sich unter den Überhang hocken, und da der Wind von der anderen Seite kam, blieben sie einigermaßen trocken. Bennett warf die Ausrüstung ab und kroch als Erster unter den Fels, Isa folgte ihm. Sie setzten sich nebeneinander auf die Regenjacke, und Bennett legte den Arm um sie. »Was ist los? Du zitterst ja.«

»Mir ist kalt.« Isa versuchte, ein Zähneklappern zu unterdrücken. Die Feuchtigkeit kroch ihr in die Kleidung.

»Komm her, warte.« Bennett zog seine Jacke aus und gab sie ihr. Dann zupfte er die Regenjacke ein Stück unter ihren Körpern hervor, um sie schützend über Isas Beine zu legen.

»Das geht doch nicht, du frierst doch auch!«

Er wischte ihren Protest mit einer Handbewegung fort. »Halb so wild. Jetzt zieh die Jacke schon an.«

Danach zog er sie in seine Arme, und sie kuschelte sich gegen seine Brust. Auf einmal war sie todmüde. Sie sah, dass er eine Gänsehaut hatte und selbst auf dem nackten Felsen saß. Doch der Wind trieb immer wieder auf ihrer Seite Wasserschwaden in die Nische, die die Regenjacke abhielt, und so blieben sie wenigstens beide trocken.

Im Stillen verfluchte Isa sich und ihre Gedankenlosigkeit – in mehrfacher Hinsicht. Wie blöd musste man sein, um mit vollkommen leeren Händen im Hochgebirge herumzulaufen? Nicht einmal an ein Paket Taschentücher hatte sie gedacht! Und überhaupt, die ganze Nummer mit dem Klettern. Ja, Bennett hatte schon recht gehabt, sie war wirklich völlig blauäugig mitgegangen. Dabei hätte sie wissen müssen, dass er es nach der Nummer in der Sauna heute Morgen nicht bei harmlosem Sport belassen würde.

Wäre sie mitgegangen, wenn sie geahnt hätte, was er vorgehabt hatte? Sie konnte sich diese Frage nicht beantworten.

Vermutlich eher nicht. Sie war nicht der Typ für Abenteuer. Hatte sie zumindest gedacht.

So viele Jahre lang hatte sie es sich derart glücklich in ihrer Beziehung eingerichtet, dass sie andere Männer kaum wahrgenommen hatte. Klar, sie hatte hingeschaut, wenn sie einem gutaussehenden Kerl begegnet war; mehr aber auch nicht. Sie war zufrieden gewesen. Und in ihren drei Begleitern hatte sie bisher immer nur Freunde gesehen, bis sie vor ein paar Tagen geglaubt hatte, dass sie sich in Jul verliebt hätte. Die Sache mit ihm war schon ein Riesenschritt gewesen.

Und jetzt das.

Da ließ sie sich mit einem Mann, der ihr Vater sein konnte, nicht nur darauf ein, ihm einen zu blasen, sondern auch noch auf eine Nummer an einer Kletterwand. Warum? Das war nicht sie. Sie war sich selbst nicht mehr geheuer.

Verstohlen blickte sie auf. Bennett bekam von ihren Gedanken nichts mit. Er starrte hinaus auf das Unwetter, streichelte ihr abwesend über den Rücken, wie einem kleinen Kind oder einem Tier, das man beruhigen musste.

Isa fragte sich, was er an sich hatte, dass er sie so leicht dazu hatte bewegen können, Dinge zu tun, die ihr bisher fremd gewesen waren. Oder lag es an ihr? Musste sie ihre neu gewonnene Freiheit genießen und sich austesten?

Die Wahrheit lag wohl – wie immer bei solchen Dingen – irgendwo dazwischen. Bennett besaß eine unglaubliche Ausstrahlung, und vor allem wusste er seinen Charme schamlos einzusetzen. Wenn er jetzt mit den Fingern schnippen würde, würde sie sich widerstandslos ein weiteres Mal auf ihn einlassen.

Aber gleichzeitig wurde ihr mehr denn je bewusst, dass er ihr darüber hinaus nichts zu bieten hatte. Sein Verhalten überforderte sie, war nicht vorhersehbar. Er konnte ihr weder Sicherheit noch Beständigkeit geben, das spürte sie ganz genau – falls er ihr etwas davon überhaupt je hatte geben wollen. Er war kein Mann für sie, das passte an keinem Punkt zusammen. Vermutlich hatte er recht, sie war hoffnungslos romantisch. Aber dann war das eben so. Sie war bisher gut damit klargekommen, und nein, sie bereute ihr kleines Abenteuer nicht. Aber sie würde sich kein weiteres Mal darauf einlassen. Bis hierher war es gut, aber sie sollte keinen Schritt weiter gehen.

Froh über diesen Gedanken, nickte sie.

Bennett bemerkte das. »Alles in Ordnung?«

»Ja, alles okay. Frierst du?«

»Mach dir keine Sorgen um mich.«

Nein, das würde sie nicht tun. Die Sache war abgehakt. Die Nacht mit Jul stand auf einem anderen Blatt. Aber vermutlich sollte sie diese ebenfalls endgültig als einmalige Sache betrachten. Irgendwie fühlte sich das nicht so an, als ob da noch etwas Schönes folgen könnte.

Dann kam ihr noch ein anderer Gedanke. »Magst du Ulli eigentlich?«, wollte sie wissen.

»Warum fragst du?«

Isa lächelte. »Ich finde sie bewundernswert. Wie sie das hier oben alles meistert. Okay, sie waren immer zu zweit, aber Ulli könnte das hier oben auch allein schaffen.«

»Na ja«, widersprach Bennett. »Ich finde sie schon extrem taff, aber allein ist man hier oben verloren. Es ist nicht komplett aus der Welt, aber wer würde merken, wenn ihr was passiert, sie sich zum Beispiel einen Fuß umknickt oder was auch immer? Sie macht das schon richtig, dass sie die Hütte aufgeben will. Anders geht es einfach nicht.«

Aus seiner Stimme hörte Isa sehr viel von dem heraus, was er nicht sagte. Er bewunderte sie, vielleicht auch mehr. Warum hatte er eigentlich mit ihr angebandelt statt mit der Wirtin? Das würde in Isas Augen viel besser passen und hätte sie gleichzeitig vor Abenteuern bewahren können, die sie zwar nicht bereute, über die sie sich aber auch nicht aus vollem Herzen freuen konnte. Im Nachhinein. Ja, sie hatte beide Male mit Bennett genossen, und sie stand zu diesem Gefühl. Aber im Nachhinein blieb ein blödes Gefühl. Sex hatte in ihrem Weltbild in einer Beziehung stattzufinden. So sah sie das eben, und sie musste sich für ihre Einstellung vor niemandem rechtfertigen. Am wenigsten vor sich selbst.

Ein greller Blitz und ein gleichzeitiges Krachen ließen sie beide vor Schreck zusammenfahren. Es folgte ein Rumpeln, und auf einmal schien der ganze Berg in Bewegung zu sein. Isa lauschte, jeden einzelnen Muskel angespannt, und Bennett ging es ebenso.

»Ein Erdrutsch?«, fragte sie zaghaft, als das unirdische Grollen endlich nachließ und nur noch der prasselnde Regen zu hören war.

Bennett nickte versonnen. Sie sah ihm an, dass ihm ebenfalls nicht wohl in seiner Haut war, obwohl er natürlich versuchte, es zu verbergen. Doch sein gehetzt umherwandernder Blick verriet ihn, und zudem spürte Isa sein unruhig klopfendes Herz.

Nach einer Weile streckte Bennett seine Beine und massierte sie mit verzogener Miene. »Hoffen wir, dass wir bald weiterkönnen. Ich bin schon ganz steif.«

Isa schluckte und sah unsicher zu ihm auf.

Bennett stutzte und rieb sich weiter mit den flachen Händen über die Oberschenkel. Dann lachte er. »Du guckst wie das sprichwörtliche Huhn, wenn's donnert.

Ich spreche von meinen verkrampften Beinen.« Er beugte sich zu ihr und hauchte ihr einen Kuss auf die Stirn. »Oder was schwebt dir vor?«

»Nichts. Nein, wirklich nichts.« Isa lief rot an. Er sollte aufhören damit. Sie ballte die Hände zu Fäusten.

Er verzog den Mund, verächtlich, schien es ihr, und blickte wieder in den Regen.

Isa hatte gerade den Eindruck, bei einem Test durchgefallen zu sein. Sie legte den Kopf auf seine Brust und überlegte, ob sie das bedauerte oder ob sie erleichtert war.

Irgendwie war es ein wenig von beidem.

*

Isa war leicht eingedöst, als Bennett sie anstieß. »Ich glaube, wir können uns an den Rückweg wagen.«

Fröstelnd und mit verkrampften Gliedern krabbelten sie unter dem Vorsprung hervor. Bennett warf einen sorgenvollen Blick auf den immer noch dunklen Himmel. »Wir sollten uns beeilen.«

Isa nickte zustimmend.

Doch sie kamen nicht sehr weit, sondern fanden sich abrupt vor einer Geröllhalde aus Schlamm und faustgroßen Felsbrocken wieder.

»Ach du Scheiße!«, keuchte Isa.

Die Lawine bedeckte die Flanke des Berges auf einer Breite von rund zehn bis fünfzehn Metern. Von dem Weg, auf dem sie hergekommen waren, war nichts mehr zu sehen.

»Isa, hast du dein Handy mit?«

»Ja, sicher.« Sie zog ihr Handy aus der Tasche und dem Gefrierbeutel, in den sie es einwickelte, wenn sie mit dem Mountainbike unterwegs war, und schaute auf das Display. »Aber keinen Empfang.«

»Verdammt, Ulli wird sich irgendwann Sorgen machen. Aber das kann ja noch dauern«, murmelte Bennett.

Er machte einen vorsichtigen Schritt nach vorne und hatte sich ungefähr einen Meter auf das Geröllfeld gewagt, als er plötzlich wankte und beinahe das Gleichgewicht verloren hätte. Wild ruderte er mit den Armen, während um ihn herum Steine und Grasbüschel ins Rutschen kamen.

»Verdammt, komm zurück!«, schrie Isa entsetzt.

»Das ist leichter gesagt als getan!« Bennett stürzte und warf sich auf alle viere.

Isa stand wie paralysiert und wusste nicht, was sie tun sollte, ohne sich selbst in Gefahr zu bringen. Der ganze Berg schien im Fluss und begann, Bennett hinabzutreiben. Der aber blieb gefasst. Stück für Stück und mit wohldosierten Bewegungen arbeitete er gegen sein Abrutschen an.

Isa war zum Zusehen verdammt. Nervös biss sie sich auf die Knöchel, unterdrückte ein hysterisches Wimmern. Dann plötzlich fiel ihr ein, dass sie ein Seil über den Schultern trug. Hastig warf sie die Kletterausrüstung hin, griff nach dem Seil und holte zum Wurf aus. »Hier, fang!«, rief sie und warf Bennett das eine Ende des Seils zu.

Er schaute auf, angelte nach dem Seilende und wickelte es sich mehrmals um die Hände. Rutschend und kriechend schaffte er es, sich auf Isa zuzubewegen, bis sie ihm eine Hand reichen und er sich in Sicherheit bringen konnte. Äußerlich gefasst, richtete er sich auf und klopfte sich den Dreck von der Hose, doch Isa erkannte an seinem rot angelaufenen Kopf, wie entsetzt er war. Zitterten nicht sogar seine Hände? Ihr Herzschlag jedenfalls normalisierte sich gerade erst wieder.

»Na ja«, meinte er trocken. »Das ist ja gerade noch mal gutgegangen.«

Isa schluckte nervös, kämpfte die aufwallende Panik nur mit Mühe nieder. »Und jetzt?«

18. Bergrettung

Ulli führte ihre beiden Begleiter vorsichtig über den tückischen Untergrund. Wohl an die hundert Male hatte sie sich schon verflucht, weil sie den Kletterpfad und nicht den längeren Weg zurück über die Nachbaralm der Gampers genommen hatte. Denn dass dieser Weg hier leichter zu gehen sein würde, war natürlich eine glatte Lüge gewesen; sie hatte Jul und Giannis schließlich nur zur Höhle locken wollen. Aber von dort hatten sie sich nun gemeinsam für diese Strecke entschieden, und jetzt, nach dem Unwetter, hatten sie den Salat. Wenigstens sah es so aus, als ob sie trocken nach Hause kommen würden. Von oben zumindest.

Jul hielt sich tapfer. Inzwischen humpelte er wieder stärker und stapfte verbissen schweigend hinter ihnen her.

Nur noch das letzte Stück die mit den Stahlseilen gesicherten Felsen hinab, und sie waren endlich auf dem Wanderweg. Ulli hielt sich mit beiden Händen fest, kletterte unter größter Anspannung über die schlüpfrigen Felsen und gelangte heil nach unten. Giannis folgte ihr dichtauf.

Während sie auf Jul warteten, ging Ulli auf dem Weg ein paar Schritte in Richtung des Klettergartens. Irgendetwas stimmte hier nicht. Der Weg war stark unterspült ... das musste von letzter Nacht sein, aber das allein war es nicht, was sie stutzen ließ.

Aufmerksam wanderte ihr Blick den Berghang hinauf. Tatsächlich, da oben war eine Lawine abgegangen. Der Fleck aus dunkelbrauner Erde zwischen Gras und niedrigen Büschen wirkte wie eine Verwundung in der Flanke des Berges. Zum Glück war es nur ein kleiner Erdrutsch.

Sie lief noch ein paar Schritte den Weg entlang, konnte jedoch nichts Auffälliges erkennen. Egal, der Weg führte nur zum Plateau mit dem Picknickplatz und dem Klettergarten. Falls jemand während ihres Spaziergangs zur Nachbaralm dort entlanggelaufen war, war er sicher an der hölzernen Absperrung wieder umgedreht. Ein Verbotsschild warnte in vier Sprachen – Deutsch, Italienisch, Englisch und Französisch – vor dem Durchgang, weil der Zaun am Plateau baufällig war und vom Alpenverein erst im nächsten Jahr instand gesetzt werden würde. Falls der Erdrutsch demnach Schaden angerichtet hatte, konnte sie das getrost den Alpini überlassen.

Sie ging zurück zur Kreuzung, wo Jul inzwischen heil angekommen war. Er sah gequält aus, schwieg jedoch. Wortlos liefen sie das letzte Stück bis zum *Alpenglühen*.

Es dämmerte bereits, früher als sonst, weil der Himmel immer noch voller Wolken hing. Jemand hatte die Außenlaternen an der Hütte angeschaltet. Die kleinen gelben Lichter an der trutzigen Fassade hießen sie freundlich willkommen.

Ulli atmete tief durch. Sie klebte inzwischen am ganzen Körper und freute sich auf eine ausgiebige Dusche. Dann würde sie sich um ein gutes Abendessen für die Bande kümmern und morgen mit dem Abschiednehmen weitermachen. Ihre Brust zog sich schmerzhaft zusammen. Mehr denn je merkte sie, dass sie hier nicht für immer fortwollte.

Bevor sie ihren Gedanken, was ihre Gäste wohl von Polenta halten würden, fortführen konnte, stürmte Max aus der Tür.

»Hey, sind Isa und Bennett bei euch?«

»Nein, wieso?«, rief Jul zurück und strich sich eine feuchte Haarsträhne aus der Stirn. Ulli blieb stehen und sah sich misstrauisch um. Viele Möglichkeiten, wo zwei Erwachsene im Umfeld der Hütte sein konnten, gab es nicht.

Max kam heran, seine Miene war bedrückt. »Sie sind beide verschwunden. Was Bennett treibt, interessiert mich nicht, aber sein Rad ist noch da, er ist also nicht aufgebrochen. Isa auch nicht; ihr Gepäck liegt noch in ihrem Zimmer.«

Ulli runzelte besorgt die Stirn. Max war nicht der Typ, der sofort nervös wurde, weil seine Begleiterin nicht aufzufinden war. »Sauna oder Bad? An der Waschmaschine?« Am Viehunterstand war niemand, das hätten sie vom Weg aus gesehen.

Max schüttelte entschieden den Kopf. »Ich dachte, sie sind euch vielleicht nachgelaufen. Sie sind noch vor dem letzten Gewitter weg.«

Alle sahen einander fragend an, und Ulli erwog die Möglichkeiten. Aber im Grunde fielen ihr nur zwei ein:

Die beiden waren in Richtung Molkerei oder zum Klettergarten unterwegs. Alle anderen Wege führten von der Hütte weg, oder sie hätten sich begegnen müssen.

Giannis fasste sich als Erster. »Ich zieh mir noch eine Jacke über und hol meinen Helm. Dann fahr ich zu den Gampers und frage nach, ob sie dort sind.«

»Ich kann sie auch anfunken«, meinte Ulli lächelnd.

»Klar«, stimmte Giannis zu. »Aber wenn sie dort noch nicht eingetroffen sind, weil sie sich bei dem Regen irgendwo untergestellt haben, sind wir auch nicht schlauer.«

Ulli nickte und ließ ihn gewähren. Sie hatte zwar keine Idee, wo die beiden sich hätten unterstellen können, aber sie sollten alle Eventualitäten in Betracht ziehen. »Sie könnten in Richtung Klettergarten gegangen sein. Sie wären zwar nicht weit gekommen, da das Gelände gesperrt ist, aber wir sollten auch dort nachsehen.«

Ihr Blick fiel auf Jul, der mit gequälter Miene dastand und schwieg. Ulli stupste ihn an. »Kannst hierbleiben. Max und ich werden gehen.«

»Das kann ich doch nicht machen«, flüsterte er so, dass nur sie es hören konnte. »Die halten mich doch ohnehin für ein Arschloch.«

»Jul, du bleibst hier!«, wiederholte Ulli streng. »Reicht dir ein Sturz für heute nicht?«

Jul hob abwehrend die Hände, und Max trat an ihn heran und klopfte ihm auf die Schulter. »Schon gut, Kumpel. Die Chefin hat entschieden.«

Ulli nickte und gab Max einen Wink. »Wir nehmen ein paar Seile mit. Nur für den Fall der Fälle.«

Jul war bereits an der Tür und hörte sie nicht, doch Max schaute sie entsetzt an. »Warum?«

Ulli stockte. Sie wollte ihn nicht beunruhigen. Andererseits war es albern, so zu tun, als ob nichts wäre, obwohl sie selbst begann, sich Sorgen zu machen. »Es hat einen Erdrutsch gegeben. Ich weiß nicht, wie sicher der Weg ist, und wir sollten uns nicht unnötig in Gefahr bringen.«

Max nickte und verschwand mit den Worten, seine Jacke holen zu wollen, im Haus. Ulli hingegen lief zum Abstellraum. Kaum hatte sie die alte Garderobe mit der Kletterausrüstung vor sich, durchfuhr es sie eiskalt. Sie sah sofort, dass zwei Gurte und mindestens ein Seil fehlten. Sie hatte also recht gehabt. Wo sollten sie auch sonst sein? Blieb nur die Frage, warum sie bisher nicht zurückgekehrt waren.

Ulli zögerte. Sollte sie die Bergwacht alarmieren? Wenn die beiden verschüttet waren, konnte jede Sekunde zählen. Andererseits gab es noch keinen konkreten Anhaltspunkt für ein Unglück. Sie würde das Funkgerät mitnehmen und notfalls vor Ort gleich einen Rettungshubschrauber anfordern. Falls der überhaupt fliegen konnte bei dem Wetter.

Sie schob alle Ansätze, sich das Schlimmste auszumalen, energisch von sich, raffte zwei Helme und Gurte, Seile, ein Dutzend Felshaken und den Hammer zusammen und lief hinaus. Max wartete bereits auf sie, nahm stumm die Ausrüstung entgegen, und sie raste in die Wohnung, um das Funkgerät zu holen. Dann liefen sie los.

»Seit wann sind die beiden verschwunden?«, fragte Ulli.

Max brummte unbestimmt. »Sie sind vor mir aus der

Sauna raus. Eine halbe Stunde später ist mir Bennett noch über den Weg gelaufen. Danach weiß ich nichts Genaues. Ich bin eine Zeitlang auf dem Bett eingeschlafen, keine Ahnung, wie lange. Und ich war bei den Fahrrädern und hab mir Juls Kette und vor allem das Schaltwerk vorgenommen, weil ich gesehen hatte, dass es sich beim Sturz verbogen hat.«

Ulli schmunzelte trotz ihrer wachsenden Besorgnis. »Bist du der Gruppenmechaniker?«

»Jul ist immer noch mein Kumpel.« Max warf ihr einen schmalen Seitenblick zu. »Ich hab ihm meine Meinung zu seinem Verhalten gesagt, und welche Konsequenzen sich daraus für unsere Freundschaft ergeben, weiß ich noch nicht. Aber es ist nicht mein Ding, ihn hier oben mit einem kaputten Bike hängenzulassen.«

»Schon gut.«

»Außerdem.« Er stockte. »Vielleicht habe ich Isa auch falsch eingeschätzt. Sie hat anscheinend … Nachholbedarf. Oder wie auch immer ich das sonst ausdrücken soll.«

Ulli lächelte grimmig. »Du willst mir gerade sagen, dass dir ihr Verhalten nicht passt, du aber andererseits nicht in der Position bist, ihr irgendwelche Vorschriften zu machen.«

»Oder so.«

»Max, wenn es nach mir ginge, hätte Bennett sich am besten schon in aller Herrgottsfrühe vom Acker gemacht. Aber du hast völlig recht: Sie sind beide erwachsen, und es geht uns nichts an.«

»Bennett?« Max schüttelte verwirrt den Kopf. »Was hat

er denn noch getan? Also, ich wünschte mir, er hätte sich nicht an Isa vergriffen, aber was hast *du* gegen ihn?«

Gute Frage, dachte Ulli, denn im Grunde hatte er recht; mehr als recht. Warum reagierte sie so emotional? Sie war sauer auf Bennett, weil er es mit Isa getrieben hatte. Aber sie hatte das den beiden genauso wenig zu verbieten wie Max. Ansonsten hatte Bennett ihr schließlich nichts getan. Sie wünschte ihn einfach zum Teufel, aus Prinzip und sowieso. Sie wollte ihn nicht in ihrer Nähe haben.

Weil?

Weil sie sich sonst mehr erwarten würde, als es bisher bei einem Gast der Fall gewesen war? Weil sie fürchtete, sich am Ende verlieben zu können?

Warum er, und warum jetzt? Weil sie Saskia vermisste, sie und ihren Traumprinzen am Gardasee beneidete? Weil er traumhaft gut aussah und eine fantastische Ausstrahlung besaß? Weil sie sich nicht erklären konnte, warum er sich ihr nicht genähert hatte, sie verschmähte, eher belächelte, falls er sie überhaupt wahrnahm, und Isa den Vorzug gab? Was sollte ein so reifer Mann mit so einem jungen Ding?

Na ja, das war eine blöde Frage. Diese Kombination gab es schließlich zuhauf. Und dass Isa eine interessante Frau war, war kaum von der Hand zu weisen.

Sie kamen an die Kreuzung, und Ulli blieb kurz stehen, um sich zu orientieren. Wenigstens war es nicht noch dunkler geworden.

»Hier entlang.« Sie winkte Max zu, und er folgte ihr.

Sie mussten nicht weit laufen, bis sie an den Rändern eines Geröllfeldes standen. Ratlos betrachtete Ulli das breite Band. Oberhalb des Feldes mit den losen Steinen gab es ein paar größere Felsen, an denen sie ein paar Haken befestigen und dann mit einem Seil hinüberklettern konnte. Aber war das wirklich nötig? Vielleicht hatte Giannis die beiden inzwischen auf dem Weg zur Molkerei eingesammelt und alle saßen gemütlich im Warmen, während sie mit Max hier durch die Kälte kraxelte.

»Hey, ist da jemand?«, rief sie halbherzig.

Sie erschrak zu Tode, als sie jenseits der Lawine eine Bewegung wahrnahm.

Max trat näher. »Das sind sie tatsächlich.«

Ulli verzog verächtlich die Mundwinkel, als die beiden Gestalten, die vermutlich an einem Felsen gekauert hatten, aufgestanden waren und zu ihnen herüberwinkten. Trotz der Dämmerung konnte sie deutlich Bennetts nackte Arme erkennen, die sich von dem dunklen T-Shirt abzeichneten. War das Imponiergehabe? Der Typ war wirklich merkfrei. Ein Blick gen Himmel hätte doch eigentlich genügen müssen, um zu kapieren, dass der Aufenthalt hier oben um diese Jahreszeit kein Sonntagsausflug zum Ententeich war.

»Hey, wir hängen hier fest«, rief Bennett. »Sobald man das Geröll betritt, gerät alles ins Rutschen.«

Und natürlich hatte er das auch schon ausprobiert.

Ulli betrachtete ihn säuerlich und schwankte zwischen Erleichterung, weil er unversehrt wirkte, und dem Wunsch, die Berge hätten ihm eine Lektion erteilt. Aber mit einer Lawine im Berg verschüttet zu werden, wünschte man selbst seinem ärgsten Feind nicht.

»Und jetzt?«, riss Max sie aus ihren Gedanken. »Sollten wir die Bergwacht rufen?«

Ulli betrachtete noch einmal die steile Wand, die vor ihr aufragte. »Ich werde da oben über Felsen klettern und ein paar Haken einschlagen. Dann können wir sie angeseilt einzeln rüberholen. Ein Versuch, und wenn ich merke, dass es zu gefährlich wird, alarmieren wir den Hubschrauber.« *Oder werfen ihnen ein paar Decken rüber, und dann können sie da hocken bleiben, bis sie schwarz werden*, beendete sie ungnädig in Gedanken. Warum musste sie sich eigentlich wegen dieses Idioten hier ihren Feierabend um die Ohren schlagen? Außerdem klebte inzwischen jede Faser Stoff an ihrem Körper.

Sie zog einen der Gurte an und bedeutete Max, das Gleiche zu tun. »Hast du schon mal gesichert?«

»Ja, zwar nur in einer Halle, aber das sollte ich noch hinbekommen. Du bist ja ein Leichtgewicht.« Max lächelte so aufmunternd, dass Ulli wider Willen lachen musste. Ihre finsteren Verwünschungen standen ihr offenbar ins Gesicht geschrieben.

Ulli griff nach Haken und Hammer und begann mit der Überquerung. Es war kräftezehrend, aber es ging viel einfacher, als sie erwartet hatte, und nach nur zwanzig Minuten stand sie neben den beiden Vermissten jenseits des Geröllfeldes. Ulli ignorierte Bennetts helfend ausgestreckte Hand und sprang neben ihnen auf sicheren Boden.

»Danke! Ich dachte schon, wir müssten die Nacht hier verbringen.« Isa lächelte schüchtern. Aus der Nähe erkannte Ulli ihre Angst, wobei sie den Eindruck hatte, dass da noch mehr war als nur die Aussicht auf eine Nacht auf hartem Fels. Aber das musste warten. Immerhin war sie angemessen dick angezogen und trug über den voluminösen Kleidungsschichten sogar noch eine dünne Regenjacke, die ihr viel zu groß war. Sicher hatte einer ihrer Begleiter sie ihr geliehen. Sie schubste die Jüngere, die bereits ihren Klettergurt angelegt hatte, behutsam in Richtung Fels. »Kann nichts passieren, Isa. Die Haken sind fest in die Wand gedonnert. Und du wirst jetzt von dieser Seite gesichert. An jedem Karabiner das Seil aus dieser Richtung einhängen und das Seil von Max hängen lassen, das brauch ich für den Rückweg. Bist du bereit?«

Isa nickte und machte sich beherzt auf den Weg. Ulli konzentrierte sich vollständig darauf, das Sicherungsseil in den richtigen Momenten strammzuziehen.

Bennett trat an sie heran. »Ich sehe schon, bei dir ist man in guten Händen.« Es klang herausfordernd.

Ulli warf ihm einen kurzen Seitenblick zu. Er fror unübersehbar, seine Haut war von Gänsehaut überzogen und bereits ganz grau. »Ich sollte dich hierlassen, damit du mal eine Lektion zum Thema Risiko lernst«, erwiderte sie scharf.

»Risiko. Aha.« Er trat hinter sie und streifte mit der Hand ihren Rücken.

»Lass deine Finger bei dir! Wenn Isa was passiert, werde ich dich höchstpersönlich ans nächste Gipfelkreuz nageln!«

»Hey, ruhig, die Dame.« Er riss demonstrativ die Arme in die Höhe. »Ich wollte gerade fragen, ob ich dich mal ablösen soll. Du siehst müde aus und hast schließlich auch noch den Rückweg vor dir.«

Sie zog spöttisch die Augenbrauen in die Höhe. »Du und sichern? Weißt du überhaupt, wie das geht?«

»Du wirst lachen, aber ja. Glaubst du ernsthaft, ich würde mit der Kleinen hier in den Fels gehen, wenn ich von alldem gar keine Ahnung hätte?«

»Willst du die ehrliche oder die höfliche Antwort?«

»Ich sehe schon, du hast dir eine vollumfänglich qualifizierte Meinung über mich gebildet.« Zum ersten Mal klang Bennett aggressiv. Ulli war das egal. Wenigstens hielt er jetzt die Klappe.

Isa hatte ohne Zwischenfälle Max erreicht und winkte zu ihnen hinüber.

Ulli machte eine einladende Handbewegung. »Du bist dran, Bennett.«

»Ich? Ich dachte, du gehst rüber und ich als Letzter.«

»Wieso das denn?«

»Ich ...« Er biss sich auf die Lippen, und Ulli lachte leise auf. Im letzten Moment schien er noch gemerkt zu haben, dass irgendein Machospruch im Sinne von *Ich bin stärker, gewandter, besser oder was-auch-immer* gerade gar nicht angebracht war. »Ich ... kann dich sichern«, beendete er den Satz etwas lahm.

»Ich soll mich dir anvertrauen?«, rief Ulli. »Eher gefriert die Hölle.« Im gleichen Moment bereute sie ihre Worte. Bennett zog eine gekränkte Miene, doch er war offensichtlich durchfroren genug, um diesen Punkt nicht weiter ausdiskutieren zu wollen. Er kletterte über die Lawine und kam sicher bei Max und Isa an.

Ulli warf einen prüfenden Blick auf den Fels. Vielleicht wäre eine andere Reihenfolge doch besser gewesen. Sie war auf einmal völlig erschöpft. Der Tag war lang und ereignisreich gewesen. Die Aussicht, sich noch einmal an eine Felswand zu hängen, behagte ihr nun gar nicht. Aber sie hatte keine andere Wahl. Mit schweren Gliedern machte sie sich an den Rückweg.

Sie hatte ungefähr die Hälfte geschafft, als sich unvermittelt einer der Haken löste. Sie schrie auf und packte in den Felsen. Ihre Füße baumelten über den Ausläufern der Lawine und trafen ein paar lose Steine. Das Seil straffte sich.

»Pass auf!«

»Duck dich gegen den Fels!«

Ulli presste sich an die kalte Steinwand und krallte sich fest. Der gesamte Berg um sie herum kam in Bewegung; alles rutschte, Steine klackerten. Sie schloss die Augen und konnte nur warten. Der Brocken, an dem sie hing, würde an Ort und Stelle bleiben. Hoffentlich.

»Jetzt, komm, Ulli, nur noch ein kleines Stück!« Das war Max. Sie kam seinen Worten nach, setzte sich wieder in Bewegung, griff mit klammen Fingern nach Vorsprüngen und hangelte sich irgendwie weiter. Das straff gespannte Sicherungsseil und der enganliegende Gurt waren das Einzige, was sie davon abhielt, in Panik zu verfallen. Scheinbar endlos hangelte sie über das Gestein und klammerte sich so sehr an jeden Vorsprung, dass das Weiße an ihren Knöcheln hervortrat.

»Komm!« Plötzlich war Max neben ihr, hing sicher an einem weiteren Seil, half ihr über das letzte Stück. Wer sicherte jetzt wen? Sie wollte es nicht wissen.

Als sie endlich, zwei Meter oberhalb des Weges, festen Boden unter den Füßen hatte, konnte sie es kaum fassen. Sie blieb stehen, verschnaufte, während sich ihr matter Blick langsam klärte.

Und dann sah sie Isa und Bennett einträchtig auf der sicheren Seite stehen, und sie begriff, was die beiden an der Kletterwand getan hatten. Sie hätte nicht sagen können, woran genau sie es festmachte – eine vertraute Geste, ein vielsagender Blick? Aber es war offensichtlich. War das zu glauben? Und dafür brachte sie sich hier in Gefahr?

Max sprang die nassen Felsen hinab und rollte das Seil auf. Ulli konnte sich kaum darauf konzentrieren, wo sie ihre Füße hinsetzte. Erleichterung, Wut und eine Reihe anderer Emotionen lagen mit ihrer Erschöpfung im Wettstreit, und jetzt, da die Anspannung nachließ, zitterten ihr die Knie. Dabei konnte ihr nichts mehr passieren. Wenn sie abrutschte, plumpste sie auf einen nassen Weg, mehr nicht.

»Komm, ich helf dir.« Ein Arm umfasste zögerlich ihre Hüfte. Als sie sich umdrehte, sah sie Max in die Augen. Sie hielt inne und erkannte, dass er ebenfalls etwas ahnte. In den Augen des jungen Mannes brannte ohnmächtige Eifersucht – und noch etwas ... Beschützerinstinkt? Zum Glück war er besonnen genug, Bennett und Isa nicht ausgerechnet jetzt eine Szene zu machen. Das, worauf Ulli am allerwenigsten scharf war, war zusätzlicher Stress.

Mit Max' Unterstützung hüpfte sie den letzten Absatz hinunter, dann sammelten sie schweigend die Ausrüstung zusammen. Max legte Isa freundschaftlich die Hand auf die Schulter und drückte sie erleichtert. Sie lächelte dankbar zu ihm auf, zu müde, um etwas zu sagen. Ulli konnte es ihr nachempfinden.

Die beiden jungen Leute wandten sich dem Weg zur Hütte zu.

Und dann stand Bennett vor ihr, und sie war augenblicklich außerstande, etwas anderes zu tun, als ihn anzusehen. Auch an seiner Miene war die Erschöpfung deutlich abzulesen, doch er lächelte verwegen und schob sich mit der Hand die zerzausten feuchten Haare aus der Stirn.

Wie alt war er wirklich? Seine Augen leuchteten plötzlich auf wie die eines kleinen Jungen, den man gerade beim Streich seines Lebens erwischt hatte, und der nun zeigen wollte, dass er tief und aufrichtig bereute – bis zum nächsten Mal.

»Ich sollte mich bei meiner Retterin bedanken. Chapeau, Ulli, dein Einsatz hat mir tief imponiert.« Er trat ganz nah an sie heran und beugte sich zu ihrem Ohr. »Vielleicht gibt es da eine Möglichkeit, mit der ich mich erkenntlich zeigen könnte?«

Ulli verstand kaum den Sinn seiner Worte, doch die Botschaft war sonnenklar. Sie dachte nicht nach, sie reagierte einfach. Sie holte aus und schlug zu.

Bennett versuchte noch zurückzuweichen, doch die Backpfeife kam viel zu überraschend. Seine Wange färbte sich unter dem Bartschatten umgehend dunkler. Verdutzt hob er die Hand, befühlte seine Haut und spuckte Blut aus. Dann nickte er langsam, presste die Lippen aufeinander und schwieg.

Seine Passivität war mehr, als Ulli ertragen konnte. Am liebsten hätte sie ihn umgehend wieder auf die andere Seite des Erdrutsches verfrachtet. »Bist du eigentlich völlig von Sinnen?«, fauchte sie. »Nicht genug damit, dass du an einem *Durchgang-verboten*-Schild vorbeirennst, und das auch noch völlig unangemessen ausgerüstet, nein, du bringst auch noch ein junges Mädchen in Gefahr! Wer ist so blöd und geht bei so einem Wetter ohne Regenschutz raus?« Sie hielt inne und verengte die Augen zu zwei schmalen Schlitzen. »Wundert mich eigentlich, dass du es überhaupt von Hamburg bis hierher geschafft hast und nicht schon unterwegs verreckt bist! Und wo wir schon mal dabei sind: Hältst du mich wirklich für so blöd, dass ich nicht kapiert habe, dass du es dahinten an der Kletterwand mit ihr getrieben hast?«

Er erwiderte nichts.

Eine scheinbare Ewigkeit standen sie sich gegenüber und maßen einander mit stummen Blicken.

Ulli wartete. Sie hatte alles gesagt.

»Es ist doch nur das, oder?«, knurrte er schließlich schroff. »Du bist grün vor Neid, weil ich die Kleine rangenommen habe. Na und? Ich wusste nicht, dass das verboten ist. Verstößt es gegen deine ... Moral?«

Und damit ließ er sie einfach stehen.

Erst jetzt wurde Ulli wieder bewusst, dass sie nicht allein waren. Zum Glück waren Max und Isa schon einige Meter vorgelaufen und sahen sich nun neugierig um. Es war ihnen nicht anzusehen, was sie mitbekommen hatten.

Ulli biss sich auf die Unterlippe, bereute schon, was sie gesagt hatte. Sie hatte Bennett gegenüber jedes Wort auch so gemeint, aber es war in Bezug auf Isa nicht fair, es einfach so herauszuposaunen. Und Max hatte es ebenso wenig verdient, von ihrem Unmut Bennett gegenüber in Mitleidenschaft gezogen zu werden. Doch ihre Reue verflog schnell, als Bennetts Worte in ihrem Kopf nachhallten. Grün vor Neid? Was bildete dieser Mann sich eigentlich ein! Nein, alles hatte seine Grenzen. Kein Kerl der

Welt war es wert, sein Leben für ihn aufs Spiel zu setzen. Isa hatte vielleicht nicht gewusst, worauf sie sich einließ, aber er hätte es wissen müssen. Und bei allem, was recht war: dass sie lesen konnten, hatte sie eigentlich von beiden erwartet.

Bennett drehte sich noch einmal um. »Kommst du? Wir sollten alle ins Warme.«

»Ich bin angemessen angezogen und habe mich bis gerade eben bewegt, danke!«, stieß Ulli zwischen zusammengebissenen Zähnen hervor.

Bennett zuckte gleichgültig mit den Schultern und ging an Max und Isa vorbei.

Ulli spürte den Blick der jüngeren Frau, war aber endgültig zu müde, um der ihr ins Gesicht geschriebenen Verwirrung auf den Grund zu gehen. Max dagegen lächelte sie warm an und streckte die Hand nach ihr aus. »Aber er hat recht, Ulli. Eine heiße Dusche und Tee sollten uns allen guttun.«

19. Aussprachen

Isa wusste nicht, wo ihr der Kopf stand. Diese ganze Sache war ihr so unendlich peinlich; Ullis Rettungsaktion fast noch mehr als das erotische Abenteuer mit Bennett. Nicht auszudenken, was erst los gewesen wäre, wenn Ulli wirklich einen Hubschrauber hätte anfordern müssen!

Die ganze Zeit über kümmerte sich Max um sie, aber irgendwie lief die ganze Ankunft in der Hütte und die Begrüßung durch Jul und Giannis an ihr vorbei. Sie duschte heiß, ohne dass die Wärme des Wassers sie erreichte, und dann saß sie nahezu apathisch im Gästeraum und wartete darauf, was als Nächstes passieren würde. Wenn sie doch nur aufbrechen könnten und diese ganze fürchterliche Tour endlich vorbei wäre!

Erregtes Stimmengewirr ließ sie aufhorchen. Erst versuchte sie, es zu ignorieren, aber als die Stimmen immer lauter wurden, ging sie in Richtung Treppe, wo sie die Schreihälse vermutete. Die Stimmung unter den Jungs war seit der Ankunft in der Hütte derart sonderbar, dass es sie langsam nicht einmal mehr wundern würde, wenn sie aufeinander losgingen. Sogar Max war fahrig und unwirsch. In Max, dem Peacemaker, wie Giannis ihn getauft hatte, dem ruhigen Pol der Gruppe, brodelte es. Und er war es auch, der hier durch das halbe Treppenhaus brüllte und mit Jul stritt. Isa lauschte und begriff erst gar nicht, worum es ging.

»… mal nicht immer nur mit dem Schwanz denken. Es geht nicht nur um deinen Spaß!«, brüllte Max.

»Sie ist erwachsen, scheiße noch mal! Und du musst hier gar nicht die Unschuld vom Lande rauskehren. Oder welches Bett hast du letzte Nacht warmgehalten?«

»Das ist es doch! Ich mach mein Ding, aber du ziehst andere mit rein!«

»Bullshit! Und ich hab die Schnauze voll von euren Vorhaltungen, echt jetzt!« Eine Tür knallte und wurde sofort wieder aufgerissen.

Max erhob seine Stimme. »Würde mich auch interessieren, wieso du plötzlich alles okay findest, Giannis!«

»Ich sag dazu nichts mehr.« Giannis' Stimmte war kaum zu verstehen, so ruhig sprach er.

Einen Moment herrschte Schweigen.

»Da hast du es!«, rief Jul triumphierend.

Isa stutzte. Hatte sie das eben richtig verstanden? Hatte Max etwas mit … Ulli? Denn sonst war ja keine Frau da, und bei Max schloss sie alles andere aus. Das war ja … interessant.

»Ich sag dir was.« Wieder Max. »Besser, du regelst das mit Isa und erklärst ihr, dass es eine einmalige Sache war. Oder ich sag ihr die ganze Wahrheit. Und du weißt, wie empfindlich sie genau auf dieses Thema reagiert.«

Was sollte das jetzt heißen? Leise trabte Isa die Treppe hoch, während sie weiter lauschte, ohne aus dem Gesagten schlau zu werden. Stattdessen wurde sie wütend. Was sein Gutes hatte, wie sie grimmig feststellte. Es riss ihre Lebensgeister aus der Lethargie. Sie stemmte die Hände in die Seiten und stellte sich mitten in die Tür des Schlafraumes ihrer drei Begleiter, ohne dass diese ihre Ankunft bemerkten.

»So!«, sagte sie, und drei Köpfe fuhren zu ihr herum. »Ich würde jetzt gern diese ganze Wahrheit wissen. Um was genau geht es denn, wenn ich bitten darf?«

Max setzte sich neben Giannis auf eines der Betten, und zu zweit beobachteten sie Jul feixend. Der presste die Lippen aufeinander und schwieg erbittert.

Isa musterte ihn kalt. »Ich höre.«

Jul hob die Hände und entschloss sich zum Angriff. »Die letzte Nacht war eine einmalige Sache, weil meine Freundin zu Hause sitzt. Oder aber, was die beiden werten Herren hier mir nicht glauben wollten: Meine Beziehung kracht gerade gewaltig und will nach unserer Rückkehr beendet werden. Ich wollte es nur nicht so lieblos aus der Ferne machen. Und dann könnten wir beide zusammen neu anfangen. Na, hab ich ja nicht allein zu entscheiden, stimmt's?« Er lächelte gewinnend. Oder zumindest sollte es ein gewinnendes Lächeln werden. Isa hingegen fand es falsch und verschlagen – und sie war für einen Moment sprachlos.

»Hast du das gerade wirklich gesagt?«, stieß sie schließlich hervor. »Du legst die Alte ab, bügelst schon mal die Neue und hast auch noch die Stirn, mir das so ins Gesicht zu sagen?«

Jul zuckte unbestimmt mit den Schultern.

Sie schoss ihm einen mörderischen Blick zu. »Ich dachte, du hättest so was wie Anstand!«

Sie machte auf dem Absatz kehrt und floh in ihr Zimmer. Am liebsten hätte sie alles kurz und klein geschlagen, wusste nicht, wohin mit ihrer Wut. Hektisch sammelte sie ihre Kleidungsstücke zusammen und stopfte sie wahllos in den Rucksack. Nein, das war einfach zu viel. Jetzt war sie zweimal binnen nur vierundzwanzig Stunden von irgendwelchen dahergelaufenen Kerlen benutzt worden. Gut, Bennett hatte keinen Hehl aus seinen Absichten gemacht; er hatte einfach nur seinen Spaß haben wollen. Aber dass jetzt auch noch Jul sie nur als nettes Abendvergnügen beansprucht hatte, verletzte sie tief.

Plötzlich hielt jemand ihr Handgelenk fest. Sie riss sich los und starrte Max an, der wie aus dem Nichts neben ihr aufgetaucht war.

»Was hast du vor?«, fragte er in ruhigem Ton. Wenigstens er schien seine innere Mitte wiedergefunden zu haben.

»Ich breche auf.«

»Jetzt? Allein? Es ist dunkel!«

»Ist mir egal.« Trotzig packte Isa weiter. »Ich hab das Akkulicht, und wenn ich langsam fahre, sollte ich den Fahrtweg nach Bozen heil hinunterkommen. Dann setze ich mich in einen Zug und fahre nach Hause. Ich hab die Schnauze voll.«

»Isa, ist ja okay. Aber warte bis morgen früh. Sei doch vernünftig. Bitte!«

Sein Tonfall ließ sie innehalten. Sie blickte auf, und der flehende Ausdruck in seinen Augen brach ihre Wut. Sie senkte die Hände und ließ sich neben dem Rucksack auf das Bett fallen.

Ein Poltern im Flur ersparte ihr eine Entgegnung. Gleichzeitig liefen sie und Max zur Zimmertür und sahen Jul mit Rucksack auf dem Rücken und Fahrradhelm in der Hand die Treppe hinunterstürmen. Giannis folgte ihm etwas langsamer mit seiner Ausrüstung.

»Und was wird das jetzt?«, fragte Max.

Giannis blieb am Treppenabsatz stehen und wuchtete sich seinen Rucksack auf die Schultern. »Wir fahren. Runter nach Bozen, und dann morgen früh mal sehen. Aber so kann das hier nicht mehr weitergehen.«

»Spinnt ihr jetzt alle? Wartet doch bis morgen früh!«, rief Max irritiert.

Giannis lächelte dünn. »Unser lieber Julian hat die Schnauze voll. Abgesehen davon, dass er sich das meiste davon selbst zuzuschreiben hat, kann ich ihm das nicht mal verdenken. Die Tour ist nicht mehr zu retten. Ich glaub, es ist besser so.«

»Ja, aber was ist mit dir?« Max machte einen hilflosen Schritt auf seinen Freund zu. »Warum willst *du* fahren? Ich meine, einerseits finde ich es besser, wenn Jul nicht allein aufbricht. Aber wieso das alles?«

»Weil ...« Giannis verstummte, als am anderen Ende des Flures eine Tür klapperte und Ulli aus ihrer Wohnung auf die Gruppe zukam. Giannis warf ihr einen seltsamen Blick zu, den Isa nicht deuten konnte. Zwischen den beiden war etwas vorgefallen, das war deutlich. Aber warum Giannis so unsicher, beinahe ängstlich oder verstört wirkte, konnte sie nicht erkennen.

Er fasste sich und grinste. »Lass gut sein, Max. Bleibt ihr beiden ruhig hier; ich fahre mit Jul runter nach Bozen. Einer muss ja auf ihn aufpassen, damit er sich nicht noch einmal langmacht. Und in ein paar Tagen, wenn wir uns zu Hause wiedersehen, quatschen wir noch mal in Ruhe über alles. Tschüss, Ulli. Und danke für alles!«

Ohne sie alle noch eines weiteren Blickes zu würdigen, sprang er, zwei Stufen auf einmal nehmend, die Treppe hinunter.

Isa zog fröstelnd die Schultern zusammen. Sie fühlte sich auf einmal nicht mehr wohl in ihrer Haut, hatte den Eindruck, für den ganzen Schlamassel verantwortlich zu sein. Und obwohl ihr völlig klar war, dass das Unsinn war, kam sie nicht gegen das Gefühl an.

Plötzlich legte sich ihr eine Hand auf die Schulter. Es war Ulli. »Hey, Isa. Was hältst du davon, wenn wir beide uns noch mal die Sauna anheizen? Treffen wir uns in einer halben Stunde dort. Und anschließend kümmere ich mich ums Abendessen.«

Isa atmete tief durch. »Einverstanden.« Ihr kam es vor, als würde Ulli eine stumme Botschaft mit Max austauschen. Aber sie verstand nicht, welche und warum, und so langsam war es ihr auch egal. Also ging sie zurück ins Zimmer und ließ die beiden einfach stehen.

★

Dieses Mal wartete Isa im Flur vor der Dusche, bis Ulli zu ihr stieß und sie gemeinsam die leere Sauna betraten. Ihr Bedarf an Überraschungen, so angenehm sie auch gewesen sein mochten, war gedeckt. Sie wollte sich in die Hitze fallen lassen, alle viere von sich strecken und für heute über nichts mehr nachdenken. Es reichte ihr völlig, das bohrende schlechte Gewissen zu verdrängen, weil Jul und Giannis in der Dunkelheit nach Bozen gefahren waren. Sie legte sich auf eine Bank, und Ulli goss etwas Wasser über den Ofen. Das Aroma von Zitrusfrüchten und Rosmarin verbreitete sich angenehm in dem kleinen Raum, und nachdem auch Ulli sich hingelegt hatte, wurden das Knacken des Feuers und das Zischen des verdunsteten Wassers zu den einzigen Geräuschen.

Isa schloss die Augen, atmete tief durch und ließ die Wärme in ihre noch immer eiskalten Glieder sinken. Langsam glitt das lähmende Gefühl des Wartens hinter der Lawine mit ungewissem Ausgang von ihr ab, und die Kälte verging.

Auch Ulli räkelte sich eine Etage tiefer zufrieden auf ihrem Handtuch, und als Isa sie eine Zeitlang betrachtete, wuchs in ihr der Wunsch, sich zu erklären. Ahnte die Wirtin etwas von dem, was wirklich am Klettergarten vorgefallen war? Isa wusste nicht, wie sie anfangen sollte, aber schließlich fasste sie sich ein Herz.

»Ulli?«

»Hm?«

»Ich wollte mich entschuldigen. Also wegen der Sache eben. Wir haben euch alle in Gefahr gebracht.«

»War halb so wild. Jetzt seid ihr ja wieder heil in der Hütte.«

»Aber du warst schon ganz schön sauer, oder?«

Ulli blinzelte und setzte sich auf. »Ich war sauer auf

Bennett. Weil der so blöd ist, nur mit einem T-Shirt bei dem Wetter da draußen herumzulaufen. Und weil ihr beide einfach an einer Absperrung mit Verbotsschild vorbeilauft, ohne euch um die Konsequenzen zu kümmern. Weißt du, es ist mir völlig egal, ob die Leute in den Innenstädten bei Rot über die Ampeln laufen oder so was. Aber hier oben trage ich einen Teil der Verantwortung. Und ich will einfach nicht, dass meinen Gästen was zustößt.« Sie machte eine wegwerfende Handbewegung. »Ist jetzt auch egal, ist passiert. Ich bin nicht nachtragend.«

Isa schwieg verdutzt. »Aber da war kein Schild.« Dann fielen ihr die Balken und das Schild ein, die sie und Bennett unterhalb des Weges entdeckt hatten. »Wo hätte es denn sein sollen? An der Kreuzung, wo das rote Männlein auf den Fels gemalt ist? Da war der Weg völlig unterspült. Wir haben ein paar Balken gesehen, die den Hang hinuntergetrieben worden waren. Da lag auch ein weißes Schild, aber mit der Schrift – oder was auch immer darauf war – nach unten. Wir dachten, es wäre ein Wegweiser, und haben uns nicht weiter drum geschert.«

»An der Kreuzung?« Ulli zog die Stirn in Falten. »Verdammt, du hast recht. Entschuldige! Ich dachte, die Absperrung wäre unter der Lawine begraben, aber sie hätte ein Stück weiter vorne auf dem Weg stehen müssen.« Sie sah Isa so zerknirscht an, dass diese lachen musste.

»Schon gut«, rief sie. »Aber noch was: Wenn hier jemand sorglos ist, dann ich. Die Regenjacke und die Fleecejacke, die ich anhatte, waren von Bennett. Ich hatte nur einen Pulli mit, und mir wurde trotzdem so unendlich kalt. Da hat er mir beides überlassen.«

»Ach.«

»Bennett war sehr zuvorkommend und hat die ganze Zeit darauf geachtet, dass es mir gutging. Vor allem, als er festgestellt hat, dass ich mit der Situation nicht gut klarkam. Er war echt gut.«

Zu spät registrierte Isa, dass man ihre Worte auch anders verstehen konnte. Sofern sie sich bis dahin gefragt hatte, ob Ulli etwas ahnte, wurde es nun zur Gewissheit. Das versonnene Nicken mit dem leichten Lächeln, das ihre Mundwinkel umspielte ... nein, ihre gesamte Miene sprach Bände. Und noch etwas fiel Isa auf: Da war Neid im Spiel. Warum?

»Bennett hat viel Wert darauf gelegt, mich abzusichern«, setzte sie nach. »Er ist nicht halb so sorglos, wie du glaubst.«

»Was glaube ich denn?« Ulli senkte spöttisch die Augenbrauen.

»Dass er ein Windhund ist. Aber ich glaube, er hat einigen Trouble in seinem Beruf. Für ihn ist die Mouintainbiketour eine Art Selbstfindungstrip.«

»Das klingt wirklich attraktiv.« Ulli grinste gutmütig.

»Das ist nicht sehr fair. Ich hatte den Eindruck, dass ich dein Bild von ihm ein wenig graderücken müsste.«

»Ach so. Und warum, wenn ich fragen darf?«

Isa verstummte. Gute Frage. So richtig konnte sie das nicht erklären. Es war so eine dumme Eigenart von ihr, sich ständig um andere zu kümmern und alles in ihren Augen Mögliche dafür zu tun, dass es ihnen gutging. Bennett und Ulli waren sich in gewisser Weise ähnlich, und Isa fand, dass da zwei verwandte Seelen tickten. Sie konnte sich die beiden sehr gut zusammen vorstellen. Vielleicht, so dachte sie weiter, war es aber auch der hinterlistige Gedanke, dass sie von Bennett verschont geblieben wäre, wenn er sich mehr für Ulli interessiert hätte. Aber hätte sie dann nicht etwas verpasst? Es war eine schöne Erfahrung gewesen, sicherlich, aber wenn sie sie nicht gemacht hätte, hätte sie sie vermutlich auch nicht vermisst.

Hätte, wäre, wenn ...

»Ich finde einfach, dass ihr beiden gut zusammenpasst«, erklärte sie schließlich lahm. Als ob sie das etwas anginge.

Ulli blieb keine Chance, ihr eine Antwort zu geben, weil die Tür zur Sauna aufgerissen wurde und Bennett den Raum betrat. Als er die beiden Frauen sah, zögerte er.

»Ich hatte gesehen, dass du noch mal angeheizt hast«, wandte er sich an Ulli. »Aber wenn ich störe, gehe ich wieder.«

Ulli gab ihm nach einem kurzen Blick auf Isa einen zustimmenden Wink, und er ließ sich mit einem wohligen Stöhnen auf sein ausgebreitetes Handtuch fallen. »Sehr gut, danke. Mir ist doch immer noch ziemlich kalt. Weil ich ja so unangemessen angezogen war.«

»Tut mir leid«, antwortete Ulli schnell. »Isa hat mir gestanden, dass sie diejenige war, die falsch ausgerüstet war.«

»Entschuldigung angenommen.« Er sah sie nicht einmal an.

»So einfach machst du mir das?«

»Klar. Warum nicht?«

Ulli schwieg verblüfft.

Isa verbarg ein Schmunzeln hinter ihrer Hand.

Da blinzelte Bennett zu ihnen beiden hinüber und grinste. »Du weißt, warum. Und ich habe mich eben mit Max unterhalten. Eher zufällig kamen wir auf den Ruf, den das *Alpenglühen* unter Eingeweihten genießt. Er dachte, ich wüsste, dass es ein Geheimtipp ist. Wusste ich nicht. Erstaunlich. Dabei bin ich sonst ganz und gar nicht arglos. Aber das ist an mir vorbeigegangen.«

Isa schaute Ulli scharf an. Täuschte sie sich, lag es an der Hitze, oder wurde die Ältere nun tatsächlich rot?

»Ach so.« Ulli räusperte sich. »Na ja. Ich bin froh, wenn es sich nicht allzu weit herumspricht, sonst ist es ja kein Geheimtipp mehr. Was im *Alpenglühen* geschieht, bleibt auch dort. In beiderseitigem Einverständnis.« Sie versuchte es mit einem selbstsicheren Lächeln.

Bennett strahlte sie süffisant an. »Glaubst du mir, wenn ich dir sage, dass ich es nicht weitererzählen werde?«

Ulli starrte ihn an, stockte. »Soll das eine Erpressung werden?«, entfuhr es ihr unerwartet scharf.

Isa musste sich zusammenreißen, um nicht zusammenzuzucken.

Blitzschnell setzte sich Bennett auf und klatschte mit den Händen auf seine nackten Oberschenkel. »Nein, du verbohrte Zicke! Mann, es reicht mir langsam!« Etwas ruhiger fuhr er fort: »Ich hab inzwischen kapiert, dass meine Person und Vertrauenswürdigkeit und Zuverlässigkeit in deinen Augen nicht zusammenpassen. Aber glaub mir einfach – das ist nur deine engstirnige Sicht auf mich! Du kennst mich doch gar nicht!«

War er wütend? Zumindest klang er so. Mindestens aber sehr empört.

»Na ja«, entgegnete Ulli unsicher. »Dein Fahrmanöver bei eurer Ankunft, die Tatsache, dass du allein auf so einem

Trip unterwegs bist, und auch der Ausflug zum Klettergarten bei dem Wetter – selbst mit angemessener Ausrüstung – sprechen nicht gerade für dich.«

Bennett schüttelte angewidert den Kopf. »Das ist alles? Ich hab dir eben schon gesagt, ich muss mich für nichts rechtfertigen. Ein gewisses Maß an Risikobereitschaft hat mich zu dem gemacht, was ich heute bin, und ich bereue nichts davon! Verstanden? Gar nichts. Und es ist auch meine Sache. Der Rest ist nichts, nur das, was du unbedingt sehen willst.«

Er ließ sich auf das Handtuch fallen und schloss die Augen, sein Brustkorb hob und senkte sich von seinem schnellen Atem.

Ulli schwieg betroffen, und Isa hatte inzwischen den Eindruck, die beiden hatten sie vergessen. Ging sie das alles hier etwas an?

»Dein Geheimnis ist bei mir in guten Händen, Frau Wirtin«, brummte Bennett noch.

Isa brannte vor Neugier. Um was ging es denn nun? Sie hätte es zu gern gewusst, aber sie traute sich nicht zu fragen. Ob Max es ihr verraten würde? Max war verdammt verschwiegen.

Bennett winkelte ein Bein an und legte die Hand in seinen Schritt, genau wie bei ihrem ersten Zusammentreffen in der Sauna. Doch bevor Isa sich überlegen konnte, ob und wie sie darauf reagieren sollte, riss er die Augen auf und grinste beide Frauen breit an. »Aber wie wäre es denn mit einer schönen ruhigen Nummer zu dritt?«

Isa blieb der Mund offen stehen. Sie war nicht nur von dem abrupten Themenwechsel überfordert. Dreister ging es ja wohl gar nicht mehr. Hilfesuchend schaute sie zu Ulli, erwartete, dass diese ihren Gast erneut voller Entrüstung zurückweisen würde – doch das Gegenteil war der Fall. Die Ältere sah Isa erwartungsvoll und fragend an.

Isa wurde trotz der Hitze eiskalt. Die meinten das beide ernst.

20. Allein?

»Ich ... das ist ...«, stotterte Isa, sprang hastig von der hölzernen Sitzbank und zog das Handtuch hinter sich her. »Regelt das unter euch. Ohne mich.« Und schon stürmte sie hinaus und schloss die Tür mit Nachdruck hinter sich. Ob es Bennett oder Ulli war, der ihr ein leises »Schade« hinterherrief, konnte sie unmöglich erkennen, aber es war ihr auch egal. Genug war genug. Ihr Bedarf an erotischen Abenteuern war gedeckt.

Isa atmete tief durch, um sich wieder zu beruhigen, hängte das Handtuch an einen Haken, schnappte sich das Duschgel und huschte in die hinterste Duschkabine. Nach einem kurzen Schock mit kaltem Wasser drehte sie die Dusche heiß und genoss das angenehme Plätschern auf ihrer Haut. Das war am Ende dann doch typisch Bennett – ganz gleich, was er Ulli gegenüber bestritt oder eingestand.

Andererseits war es sein gutes Recht. Nicht unbedingt gutes Benehmen, aber sein gutes Recht. Wer konnte ihm verbieten, so etwas anzuregen? Sie selbst hatte sich bereits zweimal auf ihn eingelassen. Und Ulli schien, entgegen Isas Erwartung, ja nicht einmal abgeneigt gewesen zu sein. Wenn sie sich die beiden zusammen vorstellte ...

Das Wasser erstarb. Isa seifte sich mit Duschgel ein. Dann hörte sie die Tür der Sauna aufgehen. Ulli kicherte. Eine Hand klatschte auf nackte Haut.

Isa verharrte stumm.

»Komm, gib es endlich zu, darauf hast du doch die ganze Zeit gewartet«, raunte Bennett gerade so laut, dass auch Isa seine Worte noch verstehen konnte.

»Du hältst dich wohl für unwiderstehlich«, gab Ulli lachend zurück.

»Na sicher. Frag Isa.«

»Bist du sicher, dass sie ihren Spaß gehabt hat? Mal sehen, ob du wirklich hältst, was du versprichst.«

»Teste es aus, Mädchen.«

Ganz, ganz vorsichtig pirschte Isa sich an den Rand der Trennwand und lugte dahinter. Gerade ergriff Bennett Ullis Handgelenk und legte ihre Hand um seinen erigierten Schwanz. Sie nahm die Einladung an, fuhr mit ihrer Hand seinen Schaft entlang und zog die Vorhaut zurück. Dann griff sie ihm an den Sack und zupfte spielerisch daran, wobei sie seinen Gesichtsausdruck genau studierte.

Bennett atmete zischend aus und brummte zustimmend. Er legte Ulli eine Hand in den Nacken und zog sie an sich. Seine Zunge schlängelte sich zwischen ihre Lippen. Ungeduldig drängte Ulli sich an ihn, erwiderte gierig seinen Kuss, während ihre Hand um seine Erektion in einen steten Rhythmus verfiel.

Isa fuhr sich nervös über die Lippen und zog sich lautlos wieder hinter die Wand zurück. Sie wusste nicht, was sie tun sollte. Offenbar hatten die beiden sie noch nicht bemerkt. Wenn sie jetzt das Wasser anmachte oder gar an ihnen vorbeilief, wäre sie ertappt. Sie wären entweder empört, weil sie zugesehen hatte, oder sie würden sie auffordern, sich doch auf ein Spiel zu dritt einzulassen.

Und beides wollte sie nicht.

Was blieb ihr also anderes übrig, als an Ort und Stelle zu bleiben? Darauf bedacht, auch ja kein verräterisches Geräusch zu machen, lehnte sie sich gegen die Trennwand. Sie hörte Bennetts tiefes zufriedenes Brummen und schnelles Atmen. Feuchte Haut rieb aneinander.

Isa wurde nervös, fuhr sich mit den Händen über den Körper. Die Hitze der Sauna glühte noch immer in ihr – und mehr nicht. Oder?

»Komm her«, murmelte Bennett, und Ulli stöhnte lang und laut auf.

Isa legte die Hand auf ihren Venushügel, versuchte, das einsetzende Kribbeln wegzureiben. Ihre Neugier wuchs beständig, und die Geräusche von Haut an Haut, das Schnalzen ihrer Zungen und die raschen Atemzüge der beiden machten es nicht einfacher. Im Gegenteil.

Es war unglaublich unerwartet bestürzend anregend ...

Bevor ihr selbst bewusst wurde, was sie tat, rieb ihre Fingerkuppe über ihre Klitoris. Die kleine Perle war nass und glitschig. Isa nahm einen zweiten Finger, fuhr sich damit über die Schamlippen. Ihre Haut brannte, pochte unruhig zwischen ihren Schenkeln.

Dann wurden die Geräusche des Liebespaares plötzlich von dem Brausen der Dusche übertönt.

Isa streichelte sich, doch allein die Vorstellung, was die beiden dort trieben, genügte ihr nicht mehr. Endlich wagte sie einen weiteren Blick.

Bennett hatte Ulli unter der Dusche in eine Ecke eingekeilt. Er packte ziemlich ruppig zu, kniff in ihre Brustwarzen und bedrängte sie mit dem ganzen Körper. Sie hatte schon dunkelrote Flecken an Hals und Brüsten. Isa staunte, doch Ulli schien es ohne Zweifel zu gefallen. Sie hatte die Augen geschlossen und keuchte laut.

Jetzt griff Bennett Ulli zwischen die Beine, und sie presste reflexartig die Schenkel zusammen. Er lachte und schob die Hand tiefer. Sein Daumen bewegte sich über ihre Klitoris.

Isa spürte ein Ziehen genau an der gleichen Stelle. Ihre Hand fand von selbst ihren Weg; ihr Denken hatte sich längst verabschiedet. Die beiden konnten sie jeden Moment dabei erwischen, wie sie ihnen zusah, sich dabei streichelte.

Und das gab ihr erst recht einen Kick.

Eine glühend heiße Welle fuhr durch ihren Körper. Hastig zog sie die Hand weg und strich sich stattdessen über die Brüste, knetete ihre kleinen Brustwarzen hart. Die heiße Flamme in ihrem Körper beruhigte sich langsam wieder, flackerte nur noch aufgeregt, statt sie sofort zu verzehren.

Ulli ritt Bennetts Hand, bewegte ihr Becken synchron zu seinen rhythmischen Stößen. Die andere Hand hatte er um seinen Schwanz gelegt und rieb sich genüsslich.

Das Wasser der Dusche erstarb. Das Paar wurde sich bewusst, wie laut es war, und hielt inne. Ulli öffnete die Augen, und Isa huschte hinter die Trennwand. Sie hörte die beiden lachen. Es klang merkwürdig vertraut, als ob sie sich schon seit Jahren kennen würden. Als das Wasser anlief, traute Isa sich erneut vor.

Bennett hatte Ulli wieder gegen die Wand gedrückt, hob erst eines ihrer Beine. Ulli legte die Arme um seinen Nacken, um das Gleichgewicht zu halten. Ihre Scham lag offen, präsentierte sich Bennett leuchtend rot. Er keuchte entzückt, fuhr mit seinen Fingern über die Schamlippen und bohrte sie tief hinein. Er zog sie wieder hervor und stieß sie Ulli zwischen die Lippen. Sie lachte leise auf und leckte gierig ihre eigenen Säfte ab, saugte an seinen Fingern.

Isa erstarrte. Bennett kehrte ihr größtenteils den Rücken zu, aber Ulli könnte sie sehen, wenn sie in die richtige Richtung schauen würde. Isa war sich nicht sicher, ob es ihr in diesem Fall gelingen würde, sich rechtzeitig zu ducken. Der Anblick des erotischen Spiels fesselte sie so sehr, dass sie nicht in der Lage war, sich zu bewegen. Ihr gesamter Schoß brannte und pochte.

Bennett senkte die Hand und stieß sie Ulli erneut zwischen die Schenkel. Dieses Mal verteilte er ihre Säfte auf ihren Brüsten und leckte sie ab.

Isa redete sich ein, dass sie ganz sicher sofort vom Wasser fortgespült worden waren. Er konnte gar nichts schmecken.

Aber egal. Seine Hingabe und Ullis verzücktes Stöhnen waren genug. Scheu hob Isa ihre Hand und leckte sie ab. So etwas hatte sie noch nie getan; sie wäre nicht einmal auf die Idee gekommen. Es schmeckte seltsam, ungewohnt. Anders als bei Bennett, aber irgendwie doch ähnlich. Schlicht nach Sex.

Ein Zittern durchlief ihren gesamten Körper, und es kam nicht von der Kälte. Ihr war immer noch warm vom Aufenthalt in der Sauna. Ihr war heiß. Sie rieb sich über die Klitoris, forscher jetzt, und es war ihr egal, ob die beiden andern sie sahen oder nicht. Ihre Schamlippen pulsierten; es war beinahe schon unangenehm.

Endlich presste Bennett Ulli mit seinem Körper gegen die Wand und hob ihr zweites Bein. Die Frau umschloss ganz selbstverständlich seine Hüften und hielt dagegen. Deutlich sah Isa nun, wie er seinen Schwanz gegen Ullis Schamlippen rieb, kurz hineinstieß und sich dann wieder wichste.

Isa schluckte, und das Ziehen in ihren Leisten wurde immer stärker. Sie rieb ihren Kitzler schneller, wusste, dass sie jeden Moment kommen würde. Kleinen Nadelstichen gleich prickelte die Lust durch ihren Körper. Sie hielt es kaum noch aus, unterdrückte mit Mühe ihr Keuchen.

Bennett flüsterte Ulli etwas ins Ohr, und sie nickte begeistert. Er drang in sie ein, richtete ihren Körper aus und begann, sie mit schnellen Stößen zu nehmen. Dabei griff er mit seinen Armen über ihre Oberschenkel nach unten und spreizte ihre Pofalte.

Isa starrte. War das zu fassen? Er drang erst mit einem, dann mit zwei Fingern von hinten in sie ein! Ulli kreischte auf und presste ihren Mund gegen seine Schulter.

Der Anblick traf Isa unvorbereitet. Sie kam, unerwartet und heftig. Ihr Becken zuckte ekstatisch, während sie die flache Hand gegen ihre Klitoris presste und dabei mit den

Fingern zwischen ihre Schamlippen drang. Sie spürte sogar ein Zucken in ihrer Rosette, dabei fand sie den Gedanken zutiefst verstörend, dass ein Mann dort eindringen würde. Doch ihr Köper reagierte, fragte nicht danach, was ihr der Verstand vorgab. Isa versuchte, so lautlos wie möglich durch den Mund zu atmen – und war zugleich überzeugt davon, dass die beiden ihren Herzschlag unmöglich überhören konnten. Ihr Körper brannte wie noch nie, sandte gierige Flammen über ihre Haut, die sie bis in die Fingerspitzen verzehrten.

Ulli hingegen hatte keine derartigen Bedenken. Sie stöhnte hörbar gegen Bennetts Schulter, bekam kaum noch Luft. Sie genoss es, wie der Mann vorne und hinten zugleich in sie drang.

Wieder neigte er sich zu ihr, flüsterte etwas.

Ulli nickte nur, anscheinend nicht mehr in der Lage, etwas zu sagen.

Bennett steigerte seinen Rhythmus, stöhnte selbst laut.

Sie kamen beide gleichzeitig, und der Anblick bescherte Isa eine letzte kleine Welle, bevor sie sich schwer atmend hinter die Trennwand zurückzog. Ihr zitterten die Knie, und langsam klebte das Duschgel auf ihrer Haut. Sie wollte sich abduschen, anziehen, warm einpacken und unter die Bettdecke kriechen.

Sie hatte Bennett gehen lassen, und ein kleiner Teil ihres Verstandes grinste nun hämisch und fragte sie, ob das richtig gewesen war. Dieser Mann hätte ihr gehören können.

Nein, natürlich war das Unsinn, und das wusste sie auch ganz genau. Im Rausch der Emotionen, die sich in diesem

Moment angesammelt und nun in diesem letzten Höhepunkt ein Ventil gefunden hatten, maß sie jenem Mann und seinen Qualitäten zu viel Bedeutung zu. Er war gut, vielleicht war er sogar nett, aber er war ein Abenteurer. Er hätte ihr niemals gehören können; er wäre weitergezogen. Es passte an so vielen Ecken einfach nicht zusammen.

Aber der Sex war trotzdem gut gewesen.

Sie sollte es dabei belassen. Ein Abenteuer und Punkt und Schluss und aus. Sie hatte sich nichts vorzuwerfen, hatte niemanden hintergangen – im Gegensatz zu gewissen anderen Personen – und war dementsprechend niemandem Rechenschaft schuldig. So oder ähnlich hatte es Bennett doch formuliert, und er hatte absolut recht damit gehabt.

Sie hörte, wie das Wasser erstarb und die Stimmen von Ulli und Bennett sich entfernten. Eilig duschte sie sich ab, packte ihre Sachen und lief durch den engen Flur und die Treppe auf ihr Zimmer. Erst als sie mit trockenen Haaren, ihrem dicksten Pulli und der Fleecejacke auf ihrem Bett saß, fiel ihr auf, dass sie hungrig war. Sicher würde Ulli doch irgendwann ein Abendessen anbieten? Falls nicht, würde sie die Küche durchstöbern, ob sie etwas Essbares fand. Ulli hatte ausdrücklich gesagt, dass der vordere Bereich und der Kühlschrank für alle Gäste frei zugänglich waren.

Und wohin war eigentlich Max verschwunden?

Sie durchquerte den Flur und klopfte an den Schlafraum ihrer Begleiter – jetzt nur noch Max' Schlafraum, korrigierte sie sich im Stillen.

»Ja? Wer ist da?«

»Isa. Darf ich reinkommen?«

»Klar.«

Sie öffnete die Tür, schlüpfte hindurch, blinzelte und wartete einen Moment, bis ihre Augen sich an die Dunkelheit im Inneren gewöhnt hatten. Max hockte mit angezogenen Beinen vor seinem Bett auf dem Boden und starrte ins Leere.

»Hey, was ist los? Alles in Ordnung mit dir?«

»Ja. Sicher. Wieso nicht?« Sein Tonfall klang resigniert.

Isa zögerte, schloss dann die Tür und ließ sich neben ihn fallen.

»Es tut mir leid, dass alles so gekommen ist«, murmelte sie unbeholfen. Ihr war schon klar, dass sie einen gehörigen Anteil an der ganzen Sache hatte.

Max schüttelte leicht den Kopf und stierte weiter Löcher in die Luft. »Schon gut. Ich glaube, dass es früher oder später sowieso geknallt hätte. Nicht nur deinetwegen. Irgendwie war die ganze Gruppe nicht gut organisiert. Wir haben zu eng aufeinander gehangen und kannten uns dafür nicht gut genug – oder zu gut, wie auch immer.«

Ganz selbstverständlich lehnte Isa ihren Kopf gegen seine Schulter. Max legte den Arm um sie und drückte sie kurz an sich. »Ich mache mir auch Vorwürfe, weil ich die ganze Sache angeleiert und mir über einige Dinge zu wenig Gedanken gemacht habe. Ich kenne Jul immerhin lange genug.«

Sie hätten kein Mädchen mitnehmen dürfen. Oder mehrere. Aber nicht nur eines unter lauter Kerlen. Isa hörte den unausgesprochenen Vorwurf und wusste, dass Max ihn nicht gegen sie richtete, sondern gegen sich selbst. Wochenlang hatten sie das diskutiert, zum Teil mit ihr und zum weit größeren Teil ganz sicher ohne sie. Zu Beginn hatte es sie gekränkt. Inzwischen – und seit heute erst recht! – hatte sie begriffen, dass manche Bedenken begründet gewesen waren.

Isa kannte die ganze Problematik, seit sie das erste Mal auf einem Mountainbike gesessen hatte. Zu Beginn hatte sie endlos lange versucht, bei ihren Freundinnen Überzeugungsarbeit zu leisten, in Internet-Foren nach Mitfahrerinnen gesucht. Vereinzelt hatte sie eine Begleitung gefunden, doch sobald es etwas sportlicher wurde, ließ sie alle Mädchen und Frauen hinter sich. Mit der Zeit hatte sie sich damit abgefunden und war natürlich auch stolz gewesen, wenn sie mit dem ein oder anderen Mann mithielt. Die meisten hatten sie als ihresgleichen akzeptiert und sie nicht anders behandelt als ihre Kumpels. Solange sie auf dem Rad saß, spielte das Geschlecht nur eine untergeordnete Rolle.

Aber eine längere Etappentour in dieser Konstellation war eben doch etwas ganz anderes als ein Marathon oder eine Tourenfahrt. Vor allem, wenn die Frau sich in einen der Kerle verguckte.

»Wir haben die Gruppendynamik wohl alle etwas unterschätzt«, versuchte sie, Max zu trösten.

Der lachte bitter. »Du sprichst ein wahres Wort gelassen aus.« Er schien noch mehr sagen zu wollen, schwieg jedoch, und Isa war ihm dafür dankbar. Er hielt sie in dieser behütenden Umarmung und streichelte sachte ihren Oberarm, was ihr eine leichte angenehme Gänsehaut verursachte. Sie genoss seine Nähe, hatte das beruhigende Gefühl, endlich ein wenig Ruhe zu finden und nach der ganzen Aufregung wieder bei sich selbst anzukommen. Gleichzeitig hätte sie ihn gerne getröstet, doch ihr fehlten die Worte.

Sie rückte noch etwas näher an ihn heran. Max räusperte sich … – mehr nicht. Sein Körper war warm und anschmiegsam. Ein wenig wunderte Isa sich darüber, denn Max war drahtig gebaut und wirkte nicht wie jemand, an den man sich ankuscheln könnte. Sie verdrängte den Gedanken, wie sich der Rest von ihm wohl anfühlen mochte. Sie war müde, hungrig, und die dunkle schläfrige Atmosphäre im Raum trug nicht dazu bei, dass sie die Initiative ergreifen wollte. Für nichts und niemanden. Für heute war es genug.

»Hey, Isa? Schläfst du?«

»Was? Nein!« Sie schreckte auf, schien wirklich für einen Moment weggedöst zu sein.

Max schob sie sanft von sich und streckte laut stöhnend seine Beine. »Sorry, aber mein ganzer Körper wird langsam taub. Und ich hab einen wahnsinnigen Hunger! Ich hab seit heute Morgen nichts gegessen. Du?«

»Nur einen Apfel.« Isa schüttelte sich und sprang auf. »Du hast recht. Lass uns sehen, ob wir noch ein Abendessen bekommen.«

Sie folgte Max nach unten in den Gastraum, der sie hell und freundlich und mit einem für vier Personen gedeckten Tisch empfing. Aus der Küche hörten sie Geklapper, und irgendwo quäkte das Radio wieder eine italienische Schnulze.

Isa warf einen verstohlenen Blick auf ihren Begleiter. Seit sie das Zimmer verlassen hatten, war Max wieder ganz der Alte – freundlich, offen, verlässlich. Das gefiel ihr besser als seine deprimierte Stimmung.

Sie stupste ihn an. »Hey!«

Er blickte auf. Der Ausdruck seiner hübschen grünen Augen war wieder gelassen, ein wenig abgespannt vielleicht, aber nicht mehr traurig.

»Du hast am allerwenigsten Schuld an dem, was passiert ist, Max. Und du hättest Jul nicht aufhalten können.«

Er nickte. »Ich weiß, er ist ein Hitzkopf. Morgen früh wird es ihm leidtun, aber er wird den Weg hier hinauf kein zweites Mal fahren und die Tour abbrechen. Selbst schuld. Mal sehen, was wir daraus machen.«

»Genau.« Sie freute sich, als er ihr Lächeln erwiderte.

Seit Isa Max kannte, hatte er sich immer dadurch ausgezeichnet, nach vorne zu blicken, Lösungen zu finden, sich nicht mit einem Lamento über vergangenes Geschehen aufzuhalten. Unerschütterlich optimistisch, hatte Jul häufiger stichelnd gesagt, doch Isa wusste es besser. Er nahm die Dinge schnell, wie sie waren, und arrangierte sich, fand sich mit dem Unveränderlichen ab. Das war sein ganzes Geheimnis. Bald würde er sie fragen, ob sie beide gemeinsam weiterfahren oder umdrehen sollten, und ganz gleich, wie die Entscheidung ausfiel, er würde damit gut zurechtkommen. Sie würde sich ein Beispiel an ihm nehmen.

21. Geborgenheit

Leise vor sich hin summend, trug Ulli eine dampfende Schüssel Suppe in den Gastraum und setzte sie auf dem Tisch ab. Es kam ihr vor, als hätte sie Max und Isa, die unschlüssig herumstanden, unterbrochen. Also drehte sie auf dem Absatz um und kam erst einige Zeit später mit einem Brotkorb und einem Messer zurück.

»Das Brot ist jetzt leider wie die Brötchen heute Morgen aus der Tiefkühltruhe, aber trotzdem ganz gut. Ich will nur nicht, dass ihr denkt, dass das Essen nicht normalerweise frisch zubereitet wird. Setzt euch. Bin gleich so weit«, erklärte sie, als sie beides auf dem Tisch plazierte.

Als Ulli zum dritten Mal mit Wasser und einer Flasche Wein zurückkehrte, fiel ihr auf, dass Isa sich neben und nicht, wie sie erwartet hatte, gegenüber von Max an den Tisch gesetzt hatte. Fast so, als wolle sie ihn nahe bei sich haben und seine ruhige Gelassenheit auf sich abfärben lassen. Lief da zwischen den beiden was? Endlich? Sie würde es Max von Herzen wünschen.

Im Grunde waren ja beide zu jung und daher für Ulli nicht interessant, aber jetzt, nach diesen beiden Tagen, hätte sie, ohne mit der Wimper zu zucken, Max den Vorzug vor Jul gegeben. Jul war okay für ein Abenteuer, aber Max war beständig und klug. Dass er gut im Bett war, war nur das Sahnehäubchen – aber das wusste Isa erstens nicht, und zweitens war es auch ein Stück weit Geschmackssache.

Zu schade, dass Isa ihr keine Gelegenheit gegeben hatte, herauszufinden, worauf sie stand. Ulli zweifelte nicht daran, dass die junge Frau sich nicht grundsätzlich auf gleichgeschlechtliche Spiele einlassen würde – das war schließlich, zumindest ihrer Erfahrung nach, bei den meisten Frauen so. Aber vielleicht brauchte sie noch ein paar Jahre, um den Mut zu finden, sich zu ihren Neigungen und Wünschen zu bekennen und sich gegenüber solchen Experimenten zu öffnen. Bennett hatte sie, wenn sie seine Andeutungen richtig verstanden hatte, schon sehr weit über ihre bisherigen Überzeugungen hinausgeführt.

Das war schon alles in Ordnung so.

Ulli setzte sich Isa gegenüber. Gerade, als sie Suppe aufschöpfen wollte, kam Bennett und setzte sich gleichfalls. Er machte einen gelösten und friedlichen Eindruck. Sein Bart wirkte grauer, und seine Augen hatten den herausfordernden stechenden Blick verloren. Doch mit seiner selbstbewussten aufrechten Haltung und dem leichten Lächeln, das um seine Mundwinkel spielte, wirkte er darum nicht weniger attraktiv. Nicht mehr wie ein Raubtier, das auf die Jagd gehen wollte, sondern wie eines, das mit der Beute zufrieden war.

Ulli grinste verstohlen. Klar, der Mann hatte eine hundertprozentige Erfolgsquote bei den anwesenden Frauen zu verzeichnen. Mehr ging kaum.

Wurde sie schon wieder ungerecht? Sah sie ihn mit anderen Augen als noch wenige Stunden zuvor? Sie sollte aufhören, sich darüber Gedanken zu machen. Dieses Abenteuer würde in wenigen Stunden endgültig enden.

Sie schluckte trocken und musste plötzlich gegen die Tränen ankämpfen. Zum Glück widmeten die anderen ihre Konzentration dem Essen – einer Freestyle-Gemüsesuppe, die sie schnell aus dem, was die Küche noch hergab, zusammengezimmert hatte, weil es für Polenta viel zu spät geworden war. Sie lobten sie und langten alle kräftig zu, doch Ulli schmeckte nur Pappe und Flüssigkeit. Hastig spülte sie alles mit einem halben Glas Wein hinunter.

Als sie sich endlich wieder gefangen hatte, hob sie das Glas. »Nun also. Auf eure gute Weiterfahrt.« Alle tranken. »Wann soll es weitergehen? Und wisst ihr überhaupt schon, was ihr macht, Max und Isa? Weiterfahren oder umdrehen?«, fragte sie weiter.

Die beiden sahen einander unschlüssig an.

»Müssen wir noch sehen«, antwortete Max. »Ist sicherlich auch von der Wettervorhersage abhängig. Mein Bedarf an Schlammschlachten und Bergrutschen ist jedenfalls gedeckt.«

»Ich würde gern zum Gardasee weiterfahren«, meinte Isa und sah schüchtern zu ihm auf. »Wir müssen ja nicht die kleinen Trails mitten durch die Pampa nehmen; es gibt ja auch größere Wege oder notfalls die Staatsstraßen.«

Er stutzte und lächelte dann. »Schon mal ein Wort.«

Ulli nickte still. Sie schrak zusammen, als unter dem Tisch eine Hand ihren Oberschenkel streifte und ihn tätschelte. Sie blickte zu Bennett, der ihr ein rätselhaftes Lächeln schenkte, bevor er seine Hand wieder zurückzog und weiteraß.

Ulli beobachtete Max genau. Seine Wangen hatten einen roten Hauch bekommen. Aber er hielt sich zurück, rückte sogar unbewusst ein wenig von Isa ab. Das war klar: Nach allem, was passiert war, musste sie den ersten Schritt tun. Hoffentlich tat sie es.

»Können wir noch helfen?«, fragte Max, als sie fertig waren.

Ulli lachte gerührt. »Ihr könnt das gesamte Geschirr in die Küche tragen, und dann verschwindet ihr und lasst mich nur machen.« Das war der Kompromiss, sonst wurde sie die beiden jungen Leute niemals los.

Zu viert trugen sie alles in die Küche, und Max und Isa verschwanden gehorsam. Ulli drückte ihnen heimlich die Daumen, mehr konnte sie nicht tun. Sie schaute sich um. Von Bennett war ebenfalls nichts mehr zu sehen. Sie ärgerte sich nicht darüber, schließlich verhielt er sich erwartungsgemäß. Aber sie hätte sich doch gewünscht, dass er ihr wenigstens Gesellschaft leistete.

Sie drehte das Radio etwas lauter und begann zu spülen, da sie fand, dass es sich nicht lohnte, für die paar Teile die Maschine anzuwerfen.

Wie hieß der Song? *Musica è*. Eigentlich mochte sie Eros Ramazzotti nicht. Wer hatte eigentlich diesen Schnulzensender eingestellt? Aber irgendwie passte dieses getragene Zeug. Zu ihrer Stimmung, zu der Atmosphäre, zu allem.

Plötzlich legte sich eine Hand auf ihre Schulter, und feuchte Lippen hauchten ihr einen Kuss in den Nacken. Sie zuckte und ließ die Spülbürste ins Wasser fallen. »Bennett!«, flüsterte sie vorwurfsvoll. Konnte er sie nicht einmal beim Arbeiten in Ruhe lassen? Brachen jetzt, nach ihrer Nummer unter der Dusche, endgültig alle Dämme des guten Benehmens? Nachdem er doch behauptet hatte, er wäre gar nicht *so?*

Sie drehte sich um und spürte seinen amüsierten Blick auf sich ruhen. Er hatte seine Jacke angezogen – die, die sie zuletzt bei Isa gesehen hatte und die ihm tatsächlich viel besser passte –, und er hielt Ullis Strickjacke in den Händen. »Spülen kannst du später noch. Ich helf dir dann auch. Komm mit raus.«

Ulli überlegte nicht lange. Die Neugier prickelte ihr sofort durch den Körper und verursachte ihr ein aufgeregtes Flattern im Magen. Sie zog die Jacke über und folgte ihm nach draußen hinter die Hütte zum Aussichtspunkt.

Bennett ging zu der flachen Begrenzungsmauer und steckte die Hände in die Hosentaschen. Ulli war zwei Schritte zurückgeblieben. Seine Silhouette hob sich als dunkler Schattenriss gegen die umliegenden Berge ab. Der Himmel war sternenklar, nur noch ein paar vereinzelte Wolken waren von Regen und Unwetter zurückgeblieben.

»Es ist schön hier, oder?«, fragte er plötzlich leise.

Es versetzte Ulli einen traurigen Stich, und wieder stiegen ihr die Tränen in die Augen. Ein heiseres »Ja« war alles, was sie hervorbrachte.

Er wandte sich zu ihr um und streckte ihr den Arm entgegen. »Komm her.«

Sie kam auf ihn zu und schmiegte sich in seine Umarmung. Der Kloß in ihrem Hals wurde größer, sie konnte nichts mehr sagen. Und gleichzeitig wuchs in ihr Wut auf sich selbst. So war sie doch sonst nicht, kein anlehnungsbedürftiges schwaches Weibchen! Aber die Umarmung tat gut, die Wärme seines Körpers linderte ihren Schmerz.

»Was würdest du dafür tun, wenn du im nächsten Jahr wieder hierher zurückkehren könntest?«, brummte eine Stimme an ihrem Ohr.

Ulli erstarrte und wurde vorsichtig. »Viel. Allerdings nicht alles. Warum fragst du?«

Er lachte amüsiert. »Sei nicht so misstrauisch. Wobei ich nicht beurteilen kann, wie groß das Opfer für dich wäre, wenn ich dir im nächsten Sommer Gesellschaft leisten würde.«

Die Bedeutung der Worte drang nur langsam in ihr Bewusstsein. Hatte er das gerade wirklich gesagt? »Das meinst du nicht ernst!«

»Und warum nicht? Du hast dich doch auch irgendwann dafür entschieden.«

»Ja, aber ...« Sie verstummte, wusste nicht, was sie sagen sollte.

»Die Frage ist«, sie hörte sein unverschämtes Grinsen aus seinen Worten heraus, »ob du es mit mir aushältst. Oder ob du ganz schnell die Flucht ergreifst, beziehungsweise mich zum Teufel jagst.«

»Hast du dir das denn gut überlegt? Bist du dir der Konsequenzen bewusst? Das hier ist kein Luxushotel; die Wohnung oben ist klein. Wir müssen uns um Kühe und Gäste kümmern, bei Sturm und Unwetter raus. Es kann sehr eintönig sein, in der Nebensaison, wenn mal ein paar Tage kaum Gäste kommen, und trotzdem müssen wir immer bereit sein. Und ...«

»Jetzt hör aber auf.« Bennett lachte und drückte sie an sich. »Ich habe mir sicherlich noch nicht über jeden Aspekt Gedanken gemacht, aber wenn dir die Idee grundsätzlich nicht gefällt, ist jede weitere Diskussion überflüssig. Ich mache es mit dir oder gar nicht.«

»Und deine Arbeit in Hamburg?«

Bennett schwieg lange. Ulli spürte, dass sie sich mit dieser Frage auf dünnes Eis gewagt hatte.

Endlich seufzte er tief. »Vielleicht hast du ja doch in mancherlei Hinsicht recht, was deine Einschätzung meines Charakters betrifft, Ulli. Ich kann ein Windhund sein. Es lief nicht mehr gut in letzter Zeit. Vielleicht zu viel Stress, vielleicht mein Alter – beides kann ich mir immer noch nicht eingestehen. Jedenfalls habe ich die Agentur aufgegeben. Das Geld würde ein paar Jahre reichen, vielleicht bis zur theoretischen Rente, wenn ich mich zusammenreiße. Aber es ist nicht mein Ding, die Hände in den Schoß zu legen. Na ja, außer vielleicht, um mir einen runterzuholen.« Ulli prustete kurz, und er lachte hörbar erleichtert, weil er merkte, dass er den richtigen Ton getroffen hatte. »Nein, es ist mir Ernst. Ich möchte etwas Neues anfangen. Du wirfst mir vor, dass ich das Risiko suche. Ein Stück weit stimmt deine Einschätzung eben doch. Ich würde diesen Schritt wagen – mit einer Frau, die ich kaum kenne, eine Hütte zu betreiben, deren betriebswirtschaftliche Kennzahlen mir vermutlich kalte Schauder über den Rücken treiben werden.«

»Wieso deine Agentur? Isa hast du erzählt, dass du Grafiker bist.«

»Ja, genau. Einer, der schon seit Ewigkeiten keinen Stift mehr in die Hand genommen hat, weil er seine Berufsbezeichnung nur noch dem Namen nach trägt und sich tatsächlich mit sieben Mitarbeitern, deren Sorgen und Nöten und Urlaubsanträgen sowie Dutzenden von Kunden herumschlägt.« Er hielt inne. »Ich wollte wieder etwas Handwerkliches machen. Etwas, bei dem man das Ergebnis am Ende anfassen kann. Ich bin nicht der schlechteste Koch, und die Aufgaben eines Alm-Cowboys lerne ich sicher auch noch.«

»Oh.« Ulli schwieg beeindruckt. Sie glaubte ihm jedes Wort. Sie war überzeugt davon, dass Bennett auch im Anzug eine glänzende Figur abgab. Aber so ein Hipster-Leben, vierzehn Stunden im Büro mit Latte macchiato und Buzzword-Bingo, passte irgendwie nicht zu dem Bild, das sie sich von ihm gemacht hatte. Dazu hatte er sich viel zu schnell dem einfachen Leben hier angepasst. All die Bedenken, die sie eben noch vorgetragen hatte, auch die unausgesprochenen, kamen ihr auf einmal unangemessen vor. Er würde sich hier gut zurechtfinden, davon war sie zumindest in diesem Augenblick überzeugt.

»Also etwas Handwerkliches«, wiederholte sie seine Worte. Dabei wurde ihr ganz warm.

Er brummte zustimmend.

Ulli legte einen Finger an die Lippen und tat, als müsse sie nachdenken. Sie wollte ihn ein bisschen hinhalten, dabei war ihre Entscheidung längst gefallen. Sie würde ihm anbieten, mit ihr ein paar Wochen Urlaub zu machen. Wenn er wollte, konnte er sie durch die Zeit als Skilehrerin begleiten. Und wenn sie sich bis zum nächsten Frühjahr noch nicht auf die Nerven gegangen waren und sich ständig stritten, würde sie es mit ihm versuchen.

Denn, das sollte sie doch endlich wenigstens vor sich selbst zugeben, auch sie war einem gewissen Risiko gegenüber nicht abgeneigt. Vielleicht hatte sie seine Einstellung deshalb so verachtet: weil sie selbst wusste, in welche Schwierigkeiten sie ein solches Verhalten manchmal bringen konnte. Aber war es nicht besser, voranzugehen und ab und zu hinzufallen, statt immer nur auf derselben Stelle zu treten?

»Was«, wollte sie wissen, »kannst du denn noch, außer kochen und Kühe hüten?«

Er beugte sich jäh vor und presste seine Lippen auf die ihrigen. Überrascht keuchte Ulli auf. Seine Zunge drang in ihren Mund und prallte gegen ihren Gaumen. Sein Kuss war hart und fordernd. Ulli war, als hätte ihr jemand einen Stromschlag versetzt. Nach nur einer gefühlten Sekunde zog Bennett sich auch schon wieder zurück.

»Ich kann gut vögeln«, erklärte er schlicht mit rauher Stimme.

Ulli grinste breit. »Das reicht nicht. So kannst du den Aufenthalt hier nicht abarbeiten.« Ihr wurde heiß. Nach diesem seltsamsten aller Tage hätte sie niemals erwartet, schon wieder Verlangen nach einem Mann zu haben. Doch schon fluteten erwartungsvolle Wellen durch ihren Körper und versetzten ihr Blut in Wallung.

Bennetts Atem streifte ihre Wangen. Er drängte sich an sie und presste seinen harten Schwanz gegen ihren klopfenden Schoß. Wieder fanden seine feuchten Lippen ihren Mund, und ihre Zungen umschlangen einander, tanzten wild miteinander.

Bennett fackelte nicht länger, als er bemerkte, dass sie sofort bereit war. Und, ja, wie bereit sie war. Nach all den Erlebnissen der letzten vierundzwanzig Stunden war ihr Körper so sensibel geworden, dass er auf die kleinste Berührung reagierte. Ihre Nippel waren schon hart, bevor Bennetts Finger sie unter der Kleidung streiften.

Er lachte, laut und glücklich. Es kümmerte ihn nicht, dass die anderen beiden Gäste ihn hören könnten. Warum auch?

Ulli lächelte bei dem Gedanken an Isa, wie sie ihnen unter der Dusche zugesehen hatte, in stiller Überzeugung, sie würden sie nicht bemerken. Sollte die Kleine doch ruhig zusehen, hatte sie gedacht. Es hatte sie nicht gestört, im Gegenteil, es hatte sie gehörig angeheizt.

Bennett schob eine Hand unter den Saum ihrer Hose und keuchte überrascht auf. »Du bist so fantastisch.« Er verteilte die Feuchtigkeit über ihren Schamlippen und rieb hart über ihre Klitoris.

Ulli lachte nur und schnappte gleichzeitig nach Luft. Er rieb sie so hart. Es erregte sie viel zu schnell.

Er drängte sie nach hinten gegen einen der Holztische, streifte ihr die Hose ab, hob sie darauf und spreizte ihr ungeduldig die Beine. Rauhes Holz scheuerte gegen ihren nackten Hintern, und plötzlich fühlte Ulli sich um Jahre zurückversetzt; an den heißen Sommertag, an dem mit Kyle alles begonnen hatte. Die Situation war so ähnlich, wie die Männer verschieden waren.

Bennett stellte sich vor sie und glitt sofort in sie hinein. Ulli stöhnte ohnmächtig, stützte sich mit den Händen nach hinten auf die Tischplatte ab. Jetzt konnte sie seinen harten tiefen Stößen gegenhalten. Er legte eine Hand über ihre Klitoris und rieb sie fordernd.

Sie biss sich auf die Lippen, um einen Schrei zu unterdrücken, als der Orgasmus sie völlig unerwartet einnahm und überrollte. Ihr wurde schwarz vor Augen, und das Blut rauschte in ihren Ohren, bis sie nichts anderes mehr wahrnahm außer ihren Schamlippen, die gegen seinen Schwanz pulsierten.

Bennett ergoss sich stöhnend, blieb tief in ihr stecken, bis das rhythmische Zucken nachließ. Dann erst zog er sich zurück.

Ulli kam langsam wieder zu Atem. Schweigend rutschte sie vom Tisch und zog ihre Hose hoch, spürte die Feuchtigkeit zwischen ihren Schenkeln, die ihr sagte, dass sie es beide genossen hatten.

»Reicht das?«, fragte Bennett spitz.

»Was?«, fragte Ulli, immer noch ein wenig benommen.

Er näherte sich ihr und legte seine Stirn gegen die ihrige. Mit der Fingerspitze wischte er ihr eine Träne von den Wangen. Ulli hatte gar nicht bemerkt, dass sie weinte. Das war die Anspannung, sonst nichts. Sie fröstelte in der kalten Nachtluft.

»Meine Qualitäten als Liebhaber. Reichen die, um meinen Aufenthalt hier abzuarbeiten?«

Lachend schüttelte Ulli den Kopf. Was, wenn sie jetzt »Nein« sagte? Sie war endgültig am Ende ihrer Kräfte angelangt.

»Mal sehen«, sagte sie unverbindlich. »Auf jeden Fall darfst du ein Praktikum machen.«

»Das reicht *mir* erst mal.« Er küsste sie auf die Nase. »Danke, Ulli.«

22. Wer zuletzt lacht

Isa saß auf ihrem Bett und versuchte, sich auf das Buch in ihren Händen zu konzentrieren – definitiv ein sinnloses Unterfangen, wenn man jeden Satz viermal las. Mit einem entnervten Seufzer schlug sie es zu und legte es auf das kleine Brett über dem Kopfende, das als Ablage diente.

Sie und Max hatten sich in aller Freundschaft verabschiedet und waren auf ihre Zimmer gegangen. So wie es sich für alte Freunde gehörte.

Und irgendwie fühlte sich das falsch an.

Ein paar Mal an diesem Abend hatte sie geglaubt, dass Max versuchte, sich ihr anzunähern, zu flirten, ihr zu sagen, dass er nicht nur ihr Freund sein wollte, sondern mehr. Aber jedes Mal, wenn sie genauer hinschaute oder aufhorchte, fiel er in diese zurückhaltende Freundlichkeit zurück.

Was wollte er? Wollte er überhaupt etwas, oder machte sie sich etwas vor?

Isa war vollkommen klar, dass sie jetzt den ersten Schritt tun müsste, nach all der Zeit, den Eifersüchteleien wegen

Jul und ihrem Abenteuer mit Bennett. Was aber, wenn Max dann endgültig seine gute Meinung über sie verlor? Wenn er sie für promisk und aufdringlich hielt?

Ihr Traum von einer soliden Beziehung, in der ihr Partner ihr gewisse Freiheiten einräumte – umgekehrt natürlich auch – und in der sie gemeinsam Spaß hatten, sich aufeinander verlassen konnten, der war noch nicht ausgeträumt.

Und genau deshalb wollte sie nichts mit Max anfangen. Nicht noch ein Abenteuer, noch eine Bettgeschichte. Ganz oder gar nicht.

Aber wollte er das denn? In all den Jahren, die sie einander kannten, hatte sie nie darauf geachtet, ob er sich für sie interessierte. Sie war schließlich an Lukas vergeben gewesen. Max war ihr verlässlicher Kommilitone, hatte mit ihr Statistik gepaukt, kurz bevor sie beinahe an ihrem Biologiestudium gescheitert wäre. Sie hatten unzählige Arbeitsgruppen und Stunden an Prüfungsvorbereitungen gemeinsam hinter sich gebracht.

Max war in ihrem Leben einfach immer da gewesen, hatte sich ihre Beziehungssorgen angehört, war mit ihr sogar auf Konzerte gefahren, weil sie den gleichen Musikgeschmack hatten und Lukas den ihrigen nicht teilte.

Sie sehnte sich nach ihm, aber sie wollte ihn nicht verletzen, oder gar am Ende egoistisch erscheinen, indem sie seine Nähe suchte, ohne Rücksicht darauf zu nehmen, was er dabei empfand. Im Gegensatz zu der Sache mit Jul wüsste sie dieses Mal ganz genau, auf wen sie sich da einließ. Wie gesagt, ganz oder gar nicht. Sie starrte eine Weile geradeaus auf das gerahmte Foto an der gegenüberliegenden Wand. Eine Großaufnahme vom Rosengarten mit dem berühmten Alpenglühen. Ein unbeschreiblich schönes Meer an roten und orangen Farbtönen vor einem blassblauen Himmel. Es strahlte friedliche Ruhe aus. Doch solange Isa auch darauf starrte, diese Ruhe wollte sich in ihrem Inneren nicht einstellen.

Und dann hielt sie es nicht mehr aus. Resolut sprang sie vom Bett. Sie mussten reden. Natürlich bestand die Gefahr, dass sie jetzt einiges kaputt machte: eine solide jahrelange platonische Freundschaft. Aber so konnte sie auch nicht weitermachen: nichts zu sagen oder zu tun, die Gefühle, die sie plötzlich zu erkennen glaubte, zu unterdrücken, bis sie womöglich eines Tages abebbten und alles wieder so war wie zuvor. So, wie es ohnedies nie wieder sein würde. Sie waren einander in den letzten Tagen nähergekommen, hatten eine neue, eine andere Art von Vertrautheit entwickelt. Vielleicht sogar mehr, als ihr selbst bewusst gewesen war.

Das konnte ihre Chance sein, oder ihr Verderben – nämlich dann, wenn Max ihre seltsamen Gefühle nicht erwidern würde. Aber sie musste ihm sagen, wie viel sie für ihn empfand, und wie dankbar sie ihm war, dass er immer noch da war, dass er ihr nichts nachtrug, dass er ihr Fels in der Brandung ihrer Gefühle war, an dem sie sich festhalten konnte – und vor allem festhalten wollte, mehr als alles andere auf der Welt.

Zaghaft klopfte sie an seiner Tür. Ein Rumpeln erklang dahinter, als ob er hastig vom Bett gesprungen wäre. »Ja?«

»Ich bin's, Isa. Darf ich reinkommen?«

»Moment.«

Verwundert hörte sie, wie die Tür von innen aufgeschlossen wurde und Max sie schließlich einließ. Er trug ein T-Shirt, obwohl es im Zimmer empfindlich kalt war, und seine weite Wanderhose. Beiläufig rieb er sich mit Daumen und Zeigefinger durch die Augen und dann über die unrasierte Wange.

»Was möchtest du?« Er wirkte zwar nicht unfreundlich, aber fürchterlich einladend klang das nicht unbedingt.

Isa zögerte unsicher. »Ich wollte noch mal mit dir reden.«

»Von mir aus.« Er wandte sich ab und setzte sich auf das Bett, auf dem er, dem zerwühlten Zustand nach, zuvor gelegen hatte.

Isa betrat das Zimmer. Sie konnte nicht erkennen, was er getan hatte, bis sie gekommen war. Er wirkte müde und leicht genervt, vielleicht hatte er einfach geschlafen. Nicht gerade die besten Bedingungen für ein klärendes Gespräch unter Freunden.

Isa setzte sich neben ihn. Nicht zu nah, dass es aufdringlich wirken könnte, aber auch nicht weit weg. Gerade zwei Handbreit Abstand, das erschien angemessen. Sie wandte sich ihm zu. Auf einmal verließ sie der Mut, und sie wusste auch gar nicht, was sie eigentlich sagen wollte. Ihr Kopf war wie leergefegt. Wie lautete noch gleich ihr Plan?

»Ich wollte mich bei dir entschuldigen.« Sie senkte den Kopf.

»Du bei mir? Wieso?«, fragte er verblüfft.

»Weil ich den Urlaub gecrasht habe. Ich habe deine Freunde von hier vertrieben, und es ist alles genau so gekommen, wie ihr es befürchtet habt. Eine Frau in einer Männerclique stört nur. Das Kumpelding funktioniert eben so nicht.«

Statt einer Antwort atmete Max tief durch und rückte ein wenig ab, um sich zu ihr zu drehen. Dabei berührte er ihr Knie mit seinem. Isa durchfuhr ein kleiner Schauder.

»Erstens ist das Blödsinn, zweitens gehören zu so einer Bettgeschichte immer zwei, und drittens ist dazu alles gesagt.«

Isa zog hilflos die Schultern hoch.

»Hey, was ist los mit dir?« Er legte die Hand auf ihre Schulter und schüttelte sie sachte. Eine ganz und gar vorsichtige und freundschaftliche Geste.

Sie schaute auf. »Ich hab mich einfach völlig idiotisch benommen.«

»Passiert doch jedem mal.« Seine Augen ruhten auf ihr, aufmerksam und freundlich.

Erst jetzt bemerkte Isa, dass sie die Rollen getauscht hatten. Vorhin, vor dem Abendessen, hatte er sich Vorwürfe gemacht, und sie hatte das resolut zurückgewiesen. Jetzt wiederholte er im Grunde die gleiche Botschaft, die sie ihm vor wenigen Stunden mitgegeben hatte.

Sie grinste unbeholfen.

Und dann beugte sie sich vor und küsste ihn, bevor sie der Mut verließ.

Er zuckte überrascht zusammen, als sie seine feuchten Lippen berührte. Er zögerte einen langen Moment, doch dann ließ er den Kuss zu, empfing ihre Zunge und wagte sich seinerseits vor. Sachte streifte er ihre Lippen und drang in ihren Mund.

Isa unterdrückte ein aufgeregtes Zittern. Sie legte die Hand ebenfalls auf seine Schulter; sein Körper war warm, ein verlockender Kontrast zur kalten Luft im Zimmer. Sie rückte ein wenig näher. Sein Kuss wurde forscher, seine Zunge bewegte sich schneller und flatterte durch ihren Mund. Spielerisch zupfte er mit den Zähnen an ihren Lippen.

Max umarmte sie nun, verstärkte den Druck und forderte sie so auf, noch näher zu kommen. Da wurde Isa bewusst, was sie tat und mit wem. Jäh riss sie den Kopf zurück.

Max runzelte die Stirn und starrte sie an.

»Max, ich … du sollst nicht denken, dass ich hier … Scheiße, wie soll ich das sagen?«

Er schüttelte den Kopf und strich ihr mit einem Finger über die Wange. »Manchmal ist nicht der richtige Zeitpunkt, um zu reden, Isa.«

»Aber ich will nicht einfach nur … Du bist für mich …« Verdammt, warum war das so schwer? »Ich will dich nicht ausnutzen.«

Er lachte auf, ergriff ihre Oberarme und hielt sie fest. Ganz fest. So, wie nur er das konnte. Das machte er nicht zum ersten Mal, denn er hatte ihr schon häufiger ernst zugeredet. Sie hatte sich dabei immer wohl gefühlt, sicher und gut beschützt. Jetzt löste seine Berührung ein aufgeregtes Prickeln aus.

»Ich kenne dich doch, Isa. Warum lässt du es nicht einfach laufen?«

Er beugte sich zu ihr, schob seine Zunge zwischen ihre Lippen. Sie schloss die Augen, spürte seinen festen Griff und den zarten, aber darum nicht weniger fordernden

Kuss. Er drang in ihren Mund, seine Zunge schien überall gleichzeitig zu sein. Er presste seine Lippen auf die ihrigen, ließ ihr kaum eine Möglichkeit, nach Luft zu schnappen.

Isa ergab sich. Er kannte sie, so gut wie kaum jemand anders. Sie musste sich keine Sorgen machen, dass sie ihn verletzen könnte oder er sie verletzen würde.

Sie legte eine Hand auf seinen Oberschenkel. Seine Muskeln waren hart und angespannt. Zaghaft ließ sie die Hand hinauf in seine Leiste wandern – und weiter. Überrascht ertastete sie seine Erektion unter dem Stoff. Sein Schwanz war bereits steif. Sie spürte, wie sich sein Mund kräuselte. Er lächelte in ihrem Kuss, und seine Zunge schnalzte wild gegen ihre.

Plötzlich war Isa sicher, dass Max hinter der verschlossenen Zimmertür dabei gewesen war, sich selbst zu befriedigen, als sie geklopft hatte. Der Gedanke hätte sie vor ein paar Tagen noch befremdet, doch als sie sich jetzt vorstellte, wie er mit seiner Hand seinen Schaft massierte, wurde ihr ganz warm. Verlangen rauschte durch ihren Körper. Die Luft im Zimmer war gar nicht so kalt, wie sie geglaubt hatte. Sie keuchte auf.

Max brach den Kuss, streifte ihr das Sweatshirt über den Kopf und zog sein T-Shirt aus. Ihr Blick verfing sich an seiner muskulösen Brust. Als er das bemerkte, lächelte er, packte sie und zog sie mit einer lässigen Drehung aufs Bett. »Jetzt entspann dich, Isa.« Er beugte sich zu ihrem Ohr, während seine Hände bereits an ihrer Hose zupften. »Lass uns den Augenblick genießen, ja? Reden können wir hinterher immer noch.«

Sie nickte, wobei sie nicht sicher, war, ob er das überhaupt sah. Mit einem schnellen Schwung hatte er sie aus der Hose befreit, kniete nun zwischen ihren Beinen und beugte sich hinab.

Isa überlief eine Gänsehaut, als seine unrasierten Wangen an ihren Innenschenkeln entlangschabten. Dagegen ließ er seine Zungenspitze ganz zart über ihre Klitoris wandern. Es fühlte sich kalt an. Nein, gar nicht wahr, es war heiß und feucht. Er umschloss die empfindliche Perle mit den Lippen und saugte daran, umtanzte sie zugleich mit der Zunge. Isa keuchte, konnte sich nur mühsam beherrschen, sich der Berührung entgegenzustrecken. Sie krallte ihre Finger in die Bettdecke.

Seine Hände waren an ihren Schenkeln, schoben sie weiter auseinander und pressten sie gegen die Unterlage. Isa zappelte und wölbte ihm nun doch ihr Becken entgegen.

Max beugte sich weiter hinunter und drang mit der Zunge zwischen ihre nassen Schamlippen, leckte tief hinein.

Isa stöhnte leise. Ihre Haut war inzwischen gereizt, reagierte viel schneller auf die intimen Berührungen als jemals zuvor. Und Max war unfassbar. Er schabte abwechselnd mit seinen Wangen über ihre Haut, dann ließ er seine nasse flatternde Zunge folgen. Der Kontrast machte Isa zu schaffen. Ihr Herzschlag beschleunigte sich.

Endlich ließ er ihre Schenkel los – nur um mit den Fingern in ihre Spalte einzudringen. Hart presste er seine Hand hinein. Isa keuchte laut auf und schloss entzückt die Augen. Wie viele Finger waren das? Zwei? Drei? Auf jeden Fall war es geil. Es war kaum noch nötig, dass er sie nun bewegte, langsam hinaus- und wieder hineingleiten ließ. Sie spreizte die Beine weiter, genoss den gleichmäßigen Rhythmus. Ab und zu streifte er wie zufällig mit dem Daumen über ihre Klitoris. Jedes Mal durchzuckte Isa eine kurze Welle. Sie spannte die Muskeln an, wollte auf keinen Fall die Kontrolle über ihren Körper verlieren – was ihr zunehmend schwerfiel.

Ihr fiel auf, dass Max nicht eben sanft war und dennoch sehr genau zu wissen schien, wie er seine Bewegungen dosieren musste. Er stieß mit den Fingern tief in sie hinein, spreizte sie leicht und zog sie zurück. Seine Hand rieb so hart gegen ihre Schamlippen … Das Gefühl war unglaublich. Isa zitterte voller Erregung, hatte Mühe, ruhig liegen zu bleiben. Sie blinzelte, wollte nun auch die Initiative ergreifen, Max etwas zurückgeben. Sie wollte seinen Schwanz massieren. Bei dem Gedanken grinste sie glücklich.

Dann war seine Hand ganz plötzlich weg, und sein Körper war auf ihr. Er war nackt, Isa hatte gar nicht bemerkt, dass er sich inzwischen auch ausgezogen hatte. Sie riss die Augen auf und sah sein Gesicht über dem ihrigen schweben. Er betrachtete sie aufmerksam. Sein Blick war immer noch ruhig, doch Isa konnte das Verlangen darin lesen.

Er senkte seinen Schoß und presste seinen Schaft gegen ihren Venushügel.

»Bist du bereit?«, wollte er wissen.

»Was ist mit dir?«, fragte sie statt einer Antwort.

Lächelnd versiegelte er ihren Mund mit einem nassen Kuss. Isa öffnete die Lippen, empfing seine Zunge, merkte gleichzeitig, wie er das Becken hob und sein steifer Schwanz zwischen ihre Schamlippen glitt. Augenblicklich kam sie.

Vergeblich versuchte sie, nach Luft zu schnappen, doch sie brachte nur ein ohnmächtiges Keuchen zustande. Der Mann über ihr bewegte sich in einem schnellen Rhythmus, stieß tief in sie hinein und verstärkte die köstlichen Wellen, die ihren Körper erfassten.

Isa versuchte, sich zu bewegen, der Wucht seiner harten Stöße zu entkommen und sich ihnen zugleich entgegenzustrecken.

Alles vergeblich.

Max dominierte sie, entschied allein über ihren Orgasmus, ließ keine Gegenwehr zu. Isa zuckte ekstatisch, schlang die Arme um seinen Oberkörper, um sich festzuhalten. Beinah glaubte sie, die Wucht ihrer Empfindungen könnte sie in die Unendlichkeit katapultieren.

Max bewegte sich schneller, rammte jetzt mit kürzeren Stößen in sie hinein. Dann hielt er inne, spannte stöhnend ein letztes Mal seine Muskeln an.

Isa spürte, wie er sich pulsierend in ihr ergoss. Sie hob das Becken, wollte verhindern, dass er sich sofort zurückzog.

Er verstand und legte sich zwei Atemzüge lang erschöpft mit seinem gesamten Gewicht auf sie, bevor er seinen Oberkörper hob, um sie ansehen zu können.

Isa nickte stumm und dankbar. Manchmal war jedes Wort zu viel.

Jetzt erst zog er sich zurück, rollte zur Seite und legte einen Arm über die Augen.

Lange Zeit lagen sie einfach nur da. Als die Hitze ihren Körper verließ und sie anfing zu frösteln, zog Isa die Decke über sie beide.

Sie schmiegte sich an ihn. »Max?«

»Hm?« Er nahm den Arm nicht weg, schaute sie nicht an.

Isa sank der Mut. Interessierte ihn denn gar nicht, was sie zu sagen hatte? »Das war jetzt nicht alles, oder?«, brachte sie mühsam hervor, wappnete sich innerlich gegen die Abfuhr, die mögliche Verletzung.

Endlich richtete er seinen Oberkörper auf und stützte sich auf den Unterarm. »Isa. Warum hast du so wenig Vertrauen in dich?« Seine Stimme klang rauh. »Du hast doch eben gesagt, dass du mich nicht ausnutzen willst. Das reicht mir.« Er räusperte sich und sah sie offen an. Seine sanften grünen Augen leuchteten auf. »Ich liebe dich, Isa.«

Sie starrte ihn stumm an, wagte kaum, Luft zu holen. Hatte sie gerade richtig gehört? Konnte das wahr sein?

»Mich? Wirklich?«, war alles, was sie hervorbrachte. Nicht sehr romantisch, wie sie zu spät bemerkte.

Er war einen Moment verblüfft, dann grinste er breit. »Ja, wirklich. Schon lange. Schon fast so lange, wie ich dich kenne.« Er senkte den Blick. »Aber im Gegensatz zu gewissen anderen Leuten habe ich Anstand. Du warst für mich lange nicht erreichbar.«

Sie nickte, konnte ihr Glück kaum fassen. »Danke.« Und nach einer Pause: »Ich habe lange nicht begriffen, was du mir bedeutest, Max. Du bist seit Jahren mein bester Freund und warst immer da, wenn ich dich gebraucht habe. Es ist wohl Zeit, etwas zurückzugeben.«

Er schüttelte sachte den Kopf. »Lass gut sein. Lass uns einfach gemeinsam weiterfahren, ein paar schöne Tage am Gardasee verbringen, und danach sehen wir weiter.« Er legte ihr die Hand in den Nacken, zog sie an sich und küsste sie sanft. »Du bist mir nichts schuldig.«

Isa nickte glücklich. Sie war anderer Meinung. Aber das hatte Zeit. Nach ihren Eskapaden der letzten Tage hatte sie endlich das Gefühl, wieder bei sich und bei dem richtigen Mann angekommen zu sein. Und das allein zählte.

»Verrate mir deine geheimsten Sehnsüchte ...«

SUSAN F. MACKAY

Butterfly of Venus –
Geheime Leidenschaft

ROMAN

Die 40-jährige Elizabeth Harding hat eigentlich alles: einen tollen Job, gute Freundinnen und einen attraktiven Ehemann. Doch dann wird sie für ein deutlich jüngeres Unterwäschemodel sitzengelassen. Um sich abzulenken, beginnt Elizabeth eine leidenschaftliche Affäre mit dem 16 Jahre jüngeren Declan. Dieser ist nicht nur äußerst attraktiv und Sänger einer bekannten Rockband, sondern weiht sie nach und nach auch in die Geheimnisse wahrer Lust ein ...

Wer ist ihr Mr. Right?

RACHEL VAN DYKEN

Games of Love –
Bittersüße Sehnsucht

ROMAN

Kacey und Jake sind zusammen aufgewachsen, doch auf dem College brach der gutaussehende Frauenheld ihr das Herz. Trotzdem haben sie es geschafft, Freunde zu bleiben. Nun bittet er sie, sich als seine Verlobte auszugeben, denn Jakes energische Großmutter fürchtet um seine Zukunft. Kacey lässt sich auf das Spiel ein. Doch als sie das Wochenende bei seiner Familie verbringt, trifft sie auch auf seinen Bruder Travis, der sie in Jugendtagen stets gepiesackt hat. Zu dumm, dass der schweigsame Einzelgänger inzwischen eine unwiderstehliche Anziehung auf sie ausübt.

COURTNEY COLE

If you stay –
Füreinander bestimmt

Die junge Mila ist Künstlerin und überzeugter Single. Das ändert sich, als sie Pax kennenlernt, der auf den ersten Blick kein Traummann ist: tätowiert, knallhart und mit schlechtem Benehmen. Doch ausgerechnet er bringt in Mila eine Seite zum Schwingen, die sie vorher nicht kannte …

If you leave –
Niemals getrennt

Madison führt seit dem Tod ihrer Eltern das Familienrestaurant, was all ihre Zeit beansprucht. Daher spielen Männer für sie keine Rolle. Doch dann tritt Gabriel in ihr Leben und verändert alles. Aber beide haben in der Vergangenheit schwere Zeiten durchlebt. Können sie diese mit Hilfe des anderen überwinden?

Steal my Heart: Sex and Landscape als prickelnde Serie im eBook!

EMILIA LUCAS

Steal my Heart 1–5

Folge 1: Mitternachtssonne: Auf einer Kreuzfahrt in Norwegen lernt die junge Skilehrerin Ina den attraktiven Londoner Josh kennen. Von Anfang an wissen beide, dass es für sie nie mehr geben kann als eine kurze Affäre. Doch kann Ina Josh wirklich so einfach vergessen?

Folge 2: Regenschauer: Bei ihrem jährlichen Kurzbesuch in London kann Ina nicht widerstehen. Sie sucht Josh auf, um das Wochenende mit ihm zu verbringen …

Folge 3: Eissturm: Gerade als Ina glaubt, endlich über Josh hinweg zu sein, steht er plötzlich vor ihr. Er hat sie für zwei Tage als Skilehrerin gebucht. Weil eine Beziehung immer noch unmöglich scheint, nimmt Ina sich vor, ihn auf Abstand zu halten.

Folge 4: Tropenhitze: Ina glaubt, endlich die perfekte Lösung für Josh und sich gefunden zu haben, und kann den Urlaub in der Dominikanischen Republik unbeschwert genießen. Bis Josh ihr seine Gefühle gesteht …

Folge 5: Polarlicht: Ina hat sich damit abgefunden, Josh nicht wiederzusehen und ohne ihn nach Norwegen zu fahren. Als er schließlich auftaucht, kann sie ihr Glück kaum fassen. Doch bald muss sie feststellen, dass er nicht gekommen ist, weil er sich an die Abmachung halten will. Kann Ina sich für ihn entscheiden?